广院有多远·定福庄的早春
胶片的美好时代·堆胶片
电视不停转·一号记者
给电视一个支点·29个男生2个女生
班徽永存·从信物到精神

胶片的美好时代

——北广“77摄”口述实录

朱 冰 主笔

中国传媒大学出版社

目录
CONTENTS

上篇　重启·广院有多远

中篇 三重门·电视有多高

下篇 重逢·生命有多深

引子·唯一的“77摄”

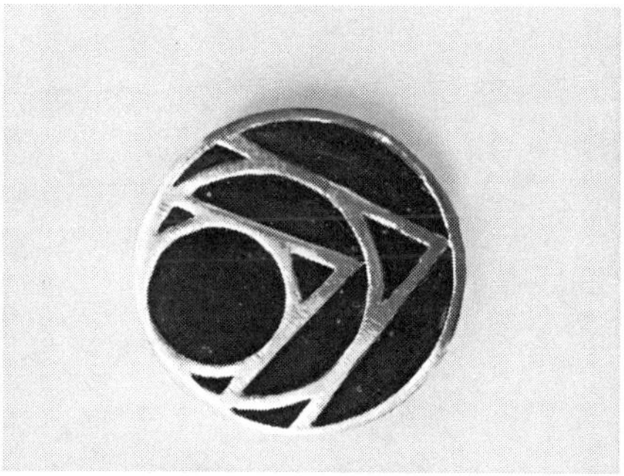

被歌德称为“上帝的神秘作坊”的历史，尽显人物的关键时刻，他们宛若星辰一般永远闪耀着光辉，普照着人类自身。

以抽象、简练的线条在由三个圆圈代表的镜头组中间嵌入77两个阿拉伯数字，这个精妙的创意来自一枚由“31”个人秉持的群体信物——班徽。

三十年轮流转，“77”卓然而立，精致而简洁，协调而神秘，深沉而隽永。它，到底有着怎样的寓意？

77——1977，就是这31个人命运中的关键时刻。也因了这个关键时刻，他们的个体故事与历史走势交相映照，呈现出空前绝后的“唯一”性。

1977年高考：他们是“文革”后的首批高考生，也是“唯一”一批在冬季参加高考、于春季入学的中国大学生。

1977年建制：他们是中国高校历史上“唯一”的“77摄影班”，因北京电影学院77级未招收摄影专业，于是便先有了他们的身影——北京广播学院77摄影班，半年之后，才有了北京电影学院著名的78摄影班。

他们是一群被时代和命运选中的人，这31个人，他们将共同的生日定于1977，他们以班徽作为共同的信物，他们享有中国高校唯一的名号——77摄影班。

让我们走近这个唯一的“77摄”，走进一个只有在1977年才有可能出现的奇特组合，触摸一段尚未走远却盘根错节、明暗交错复又渐渐模糊的时光。

上篇

重启·广院有多远

1977年，是中国国家命运的大拐点。1977年，也是中国恢复高考的第一年。这一年，被北京广播学院录取，对于每一位77摄影班的同学来说，堪称个人命运系统的一次大大的重启……

01 骄子前传

正如一位学者所言，今日中国最大的现实是超现实，当我们将回溯的目光放至比1977更为靠前的年份，忽然发现60年代中国版本的超现实更为决绝。

好像在奔腾的大河中间陡然竖立起一道大坝，隔断了在正常的轨道上运行的一切。如此的变故，就好像一场场来来去去的疾病，在刚刚17岁的青春中国肌体上反复发作。这样的疾病有一个共同的名字——政治运动。

只不过，肇始于1966年的这场运动，将一个国家和它的公民拖入了长达十年的疯狂之中。

“始”于1966

1966年5月25日，以北京大学哲学系党总支书记聂元梓为首的哲学系七名党员贴出了署名大字报：《宋硕、陆平、彭佩云在文化革命中究竟干些什么？》，激烈抨击北京大学领导班子。大字报一贴出，立即轰动全校。6月1日，毛泽东看到了聂元梓等人写的大字报，表态说：“对聂元梓的大字报，我决定立即广播。请你通知陈伯达，要在明天的《人民日报》上发表，同时要配社论，给左派们以最大的支持。”“文化大革命”开始爆发。

可谓一张大字报点燃了“文革”造反之火。

伴随着“造反有理”的汹涌浪潮，6月15日，《人民日报》又发表社论，开始以更加激烈的言辞来抨击高考制度，宣布要将它“扔进垃圾堆里去”。高考终于成了被打倒的对象，全国高校随之停止招生。“读书无用论”像夏日的疾风暴雨生生将校园内的学子们裹挟进去。

这一年，任金州13岁，刚刚小学六年级毕业。对于一个在二炮大院长大的北京男孩，他最得意的不尽然是取得优异的学习成绩，而是结交比自己见多识广的大朋友们。好成绩、好人缘再加上“话痨”，使得他成为学校有影响力的小小的意见领袖。当全面停课的消息传到任金州所在的学校，他的第一反应就是放下书本，积极追随高年级那些穿着军装、威武无比的“红卫兵”大哥哥们，和他们一起投入到火热的大串联中去。

> 任金州：我跑到公安部的门口，就是现在公安部门口的接待室给家里打电话，跟我老爸说，我要到北京站，上火车，我要去重庆，寻访红岩村和白公馆，给我点钱。我爸在电话中大吼你马上给我回来，我一听不妙，立即把电话挂了，马上往北京站跑，就怕我爸派人把我从北京站截回来，跑到北京站身无一文地登上南行的列车。

“文革”串联，天下大乱，红卫兵们带着介绍信，走遍大江南北，车票不花钱，吃饭有公家接待。还是个大孩子的任金州跟随着这支队伍向西南进发了，火车上没有座位，就睡在火车的座位底下。四天后到了重庆，瞻仰了江姐被囚禁的渣滓洞；最后从重庆坐船沿长江一直到武汉，在武汉转了一圈，然后回到北京。到了北京家中，向母亲要了20元钱，又继续南行，串联到了南京和上海：参观了南京雨花台、总统府、中山陵，上海江南造船厂，鲁迅、宋庆龄故居，外滩、南京路上好八连一一看过去……返回北京后，任金州身上的20元钱竟然原封未动。

貌似解放的狂欢给一代年轻人带来了短暂的行动自由，但同时将知识领

1970年4月任金州于河北兴隆平安堡1516部队3营8连1班

域的求索之路彻底堵死。从1966年到1968年，任金州和他的同班同学只是勉强继续上了一年课程，也就是初中一年级，之后，他们就完全告别了学校的书桌，走入了另外一个天地。1968年，15岁的任金州在父亲的安排下，参军入伍，来到天津郊区成为一名步兵。也是在同一年，18岁的初二学生岑传理被迫中断学业，从学校直接入伍，奔赴青岛成为人民海军的一员新兵。

高校停止招生，学校全部停摆，全民闹革命让几代人的脚步停滞。若干年后，中国出现了一个“老三届”的名词，岑传理作为一名“老初二”成了其中的一分子。但对于大多数亲历者来说，这个词和背后的故事，日后都成为蹉跎青春那欲说还休的符号记忆。① 20世纪60年代初，中国遭遇连年自然灾害，加上高考废止，大量初高中生滞留在城市。据不完全统计，1968年全国在校“老三届”学生超过一千万人，国家就业形势十分严峻。在这种情况下，当时苏联号召青年到边疆开荒，既解决粮食问题又解决就业问题的做法，很快被中国借鉴。1968年12月，上山下乡开始在中国如火如荼地开展起来。② 1969年，钟大年加入了这个后来被称为“上山下乡知识青年”的庞大队伍。

钟大年：15岁，在现在算是未成年人，需受“妇女儿童保护法”保护。而我在15岁时，被“上山下乡”的大潮裹挟，从北京到了陕西一个只有十二户、六十多口人的小山村劳动。

---

① 参阅2007.4.23《成都商报》特别报道《他们的1977》。

② CCTV编：《“生”于1977》，浙江人民出版社，2008年版。

也许是命运的关照，在和同辈人一起慨然奔赴黑龙江建设兵团的当口，16岁的马国力意外地得到了一个当兵的机会，而更加幸运的是，他被分配到中国民航飞行总队从事航空摄影工作。也是在1969年，作为在总参大院长大，有着军界父辈的孩子，和任金州一样，叶青醇入伍似乎是情理之中的正常安排。

> 叶青醇：1969年底，我算是69年的兵。我们部队有着传奇的经历，唐山大地震，这支部队第一个冲进现场。抗震救灾后，驻守在唐山旁边的一个凤山水库，是离唐山最近的一个部队，番号是北京军区炮兵五师50团，我当了一名通讯兵，干的工作就好像《英雄儿女》中手持报话机的王成那样。

当兵，这是“文革”中知识青年最好、最令人羡慕的出路，也是那个年代的年轻人家庭地位的凸显。在77摄影班这个集体中，1954年之前出生的有9名，其中7位都有参军的经历。除4名北京学生之外，贵州的李讯、云南的周五一以及江西的柳春江也在其列。解读当时每一名77摄影班同学的选择，他们和今日同龄人一样，各自的落点都是时代、家庭、个人等诸多因素角力的结果。只是，当他们在一个本该属于书桌旁的年纪而过早地成为社会成员的一分子时，用幸运和不幸来概括都未免过于简单。

1957年出生的程鹤麟，曾应《凤凰周刊》约稿，写下一篇名为《少年程鹤麟的“文革”岁月》的文章：

> 1966年5月中旬伟大的那一天，不到10岁的程鹤麟正在跟小伙伴玩滋尿窝。1968年10月月尾的那段伟大日子，广播里传来特大喜讯，一个大人物被抛弃了，小学生程鹤麟高高兴兴地戴着印有“红小兵”字样的红袖章跟着大人一起上街游行乱叫打倒狂呼万岁。青年和少年的程鹤麟，其“文革”岁月基本上就跟法国皇帝路易十六常在日记中所写的那句话一样：“无事可记。”

可叹政治风暴中的少年意气竟然如此鲜活不已。无论是到军队的大熔炉里历练，还是投身到农村的广阔天地中修行，开始于1966年的浩大运动都不可避免地永远定格成77摄影班或大或小成员的青春期背景。

也许荒诞至极，所以无事可记。

70年代

对于77摄影班的50后们，上世纪70年代是身体和思想双重发育的时期。“前有六十年代，后有八十年代，而七十年代给人的感觉，更像是两团狂飙相继卷来时候的一小段间歇，一个沉重的喘息。”这是《七十年代》主编李陀描摹70年代的一段话语。50后们虽然在年龄上多少有些差异，但他们都是在70年代成长，在这两个狂飙之间度过了自己的少年或者青年时期。

从校园来到社会的广阔天地，军队和农村的环境并没有改变任金州、钟大年们的好学生特质，那就是凡事要拔尖的冲动。这种由家庭滋养而成的生而优异的习惯已经嵌入了他们的骨子里。

任金州入伍一年之后就担任了部队教导团的班长，1968年参军的他管理着1966年入伍的兵，于是，他的班长生涯从16岁就拉开了帷幕。只是，相比做管人的干部，精进于专业技艺更让他有满足感。

> 任金州：我是军事训练的尖子，是全能特等射手，步枪、冲锋枪、班用轻机枪都擅长。比赛投弹，我们连最远的一个投72米，为了赶超他，投的时候用力过猛，结果使胳膊受了伤，不过还好，70米，得了第二名。
>
> 钟大年：农民干活讲求实在、基本功好。当年在农村，农活里最难的“提楼、下籽、入麦秸，扬场使得左右锨”我样样精通，也算是一方佳话。

无论是顺境，还是逆境，对于实务的要求从未放低水准，这也许促成了他们日后成为电视领域“顽固的手艺人”。无论是务实，还是务虚，他们是一群从未放低过自我要求的人，这在一个知识越多越反动的年份，一颗顽强的学习进取之心分明是一股股自我进步、社会发展的深流。

岑传理：父亲为我起这个名字意为“传播真理”。 在青岛当兵的时候，我办了一张青岛图书馆图书证，那个图书馆员说你是当兵里唯一来办图书证的。虽然教育中断，但是文化有很强的传承性，希望能够继续学习的强烈愿望始终没有断。每到放假的时候，部队有一天可以休息，上午还有执勤，下午可以出去，基本一天时间，我能在那儿坐好几个小时看书。

当时大量的读物被当作毒草收缴封存，能读到的都是规定图书。1970年毛泽东倡导高级领导干部读读哲学，任金州写信让自己的家人直接将老父亲的书邮寄到部队。黑格尔、费尔巴哈系列，以及《西方哲学史》和毛泽东的《矛盾论》《实践论》等大部头成为任金州和叶青醇的枕边读物。读累了哲学，两人都还自学起了英文，以至于战友们大惑不解，丢给他们一个问题：你想干什么？

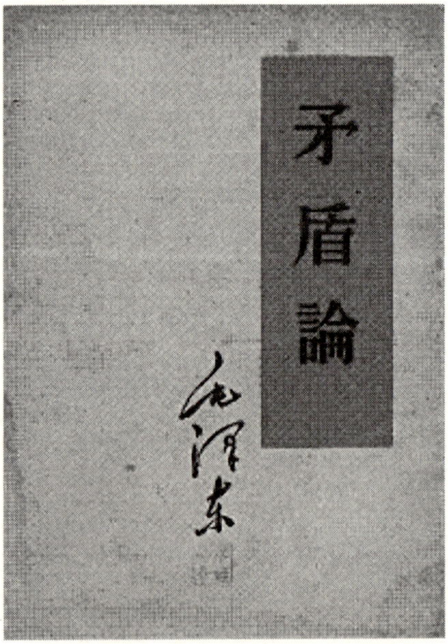

叶青醇的枕边书

想干什么？他们也不知道答案，但答案似乎已然在他们心里。正如作家韩少功的反思：“文革”不过是一场大病来袭，但如同历史上文网森严的旧中国和政教合一的旧欧洲，它并不曾冷却民众的精神之血，无法遏制新文化的萌发、繁殖、积聚、壮大以及爆发，直至制度层面的改革。这才是历史真切而生动的过程。

对于“知识”的渴求，以及通过知识来改变命运的念头好似奔腾的地下河，于流落各处的知识青年们心中川流不息。这样的感觉，对于一批正在“劳其筋骨”的77摄影班成员而言显得尤为强烈。

1955年俞建成出生于杭州，高中毕业后插队去了浙江淳安农村，之后返回城中成为一名工人。

大学时代的俞建成（徐佳伦摄）

俞建成：这个工厂，也许你们不太清楚，叫混凝土厂，干什么呢？造马路的，我在里面拌混凝土。这个工作是极其极其累的，比农民还要累，没想到工厂比农村还要辛苦，所以就很希望自己的处境能有所改变。

段晓明1954年出生于江西萍乡，高中毕业之后也是插队，开始在一个采石厂采石头，后来又去养猪。

大学时代的段晓明（徐佳伦摄）

段晓明：1972年开始有了推荐上大学制度，但因为我父亲的问题，本来推荐上工农兵学院，是个大学，最后被人家挤掉了，挤掉了以后我就上了个中专，学的是电厂的锅炉检修，毕业以后就和锅炉打交道了。那个时候钻锅炉比在农村待着还难受，极想跳出去。

1970—1971年，中国开始推行“自愿报名，群众推荐，领导批准，学校复审”的方法招收工农兵上大学，一系列非客观选拔标准不仅造成了“走后门”现象丛生，而且“唯成分论”也严重挫伤了出身不好的青年们的学习积极性。

从城市到乡村，从乡村到工厂，在命运的流转中，知识青年们在困惑，在思考。这是一群看似被时代卷裹着前行的人，但他们的心从未随遇而安。

乔保平祖籍河北，1956年出生于保定，自小便跟随父母支边来到甘肃。70年代初期，他作为回乡知青在太行山下的家乡陪伴年迈的祖母，经历了五年的农村生活。返城后他每年都回家乡探望老人，因此希望能有机会转到离家乡近点的地方便于照顾祖母。

这样的愿望，对于在北京出生的军队大院子弟刘建新而言，更是一个具有宿命意义的英雄梦想。

刘建新：我光上小学就上了四个：在北京的北锣鼓巷上了一个小学，在三里河上了一个小学，之后在外地上了两个。因为我要跟随父亲的工作流动。四年级的时候我跟随父亲在嘉峪关卫星基地过了一年，很快“文化大革命”开始，我父亲就到了西藏，就这样，我在四川完成了中学。高中毕业以后下乡了，两年半后返回成都，在成都市果品公司卖水果。当时我们是因“文化大革命”被赶出北京的，那么我的想法很简单，那就是：我要凭自己的努力再回到北京！

一群人，一群时刻准备着的人，一群渴望重生的人，他们缺少的，只是一个机会……

一切为了明天，但明天何时到来？

“生”于1977

一个时代怎样开始，一个时代就怎样结束。

仿若十年前《人民日报》以社论《横扫一切牛鬼蛇神》宣告了“文革”的开始，1977年10月22日，新华社发布了一条同样具有历史意义的消息：取消大学推荐制，全面恢复高考。凡是工人、农民、上山下乡和回乡知识青年、复员军人、干部和应届毕业生，符合条件均可报考。

这个消息的爆出看似突然，其实已经酝酿了数年，它的出炉和一个大人物密切相关——邓小平。伴随着70年代初期邓小平政治命运的起起伏伏，他的“三上三下”也牵涉着中国知识青年们的命运变迁。1977年夏天，教育部召开了高等学校招生工作会议，这场从8月13日到9月25日，持续44天的会议充满了争鸣的火药气息，其焦点就是要不要保留推荐制的人才选拔制度。刚刚复出工作，时任国务院副总理的邓小平关键时刻作出了富有远见卓识的决定：当年恢复高考！10月12日，国务院批转了教育部《关于1977年高等学校招生工作的意见》。于是，就有了10月22日新华社发布的这则爆炸性的消息。

这个消息好像爆炸了一颗原子弹，震撼了整个中国大地。消息在中国飞快地传播着，像火一样在高粱地、橡胶林、稻田、军营和车间里蔓延，带给无数在文化的黑暗中挣扎的青年，尤其是身在农村的青年们一个巨大的希望。人们的命运和试卷再次联系了起来。一个通过公平竞争改变自己命运的时代到来了。[①]

当远在新疆的王政听到这个消息的时候，他还是乌鲁木齐县一个公社的下乡知青。作为1976年毕业的高中生，他和当时广大的知识青年一样选择了到农村插队。

> 王政：在乡下，磨地都是晚上磨，坐在拖拉机上在那里耙地，尘土特别大，所以人就留两个眼睛，用布把脸都蒙上，灰尘特别大，一般一干就是一晚上，把高的土坡磨下去，在那儿干了一茬子，这一茬子也就算是一季了，把这个干好了以后才能播种，将一百多斤的麦子背着走到地里头，送到播种机上，再扶着播种机开。冬天就是挖渠，一榔头下去一个白点，挖渠完了淘粪，到厕所里打粪便的冰块，因为冬天粪便就像水柱子一样，我们把它打掉，再把它运的地里头，是这样一个过程。

---

① 马国川、赵学勤著：《高考年轮》，新华出版社，2007年版。

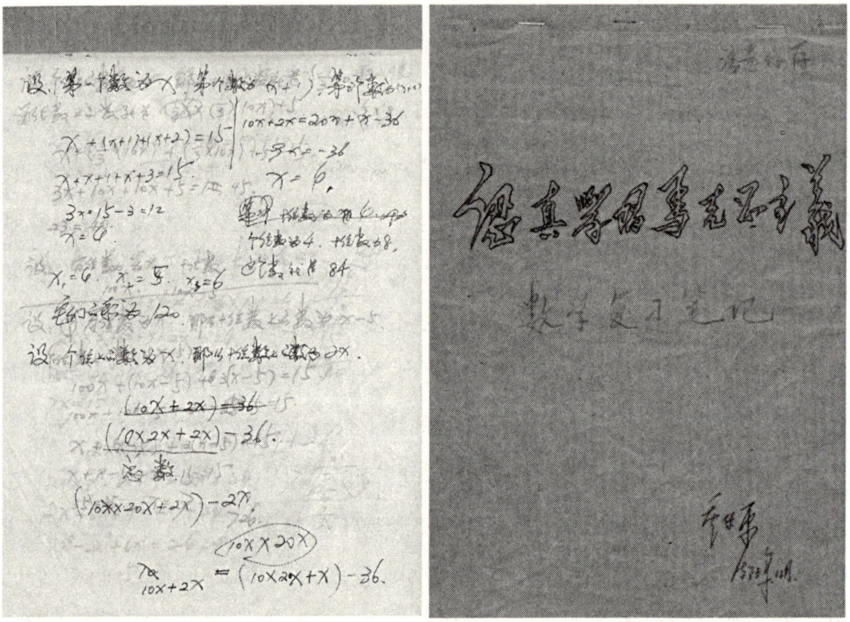

乔保平的高考数学复习笔记

恢复高考的消息像投进水面的一颗巨大的石头，搅动了青年王政平静的心湖。为了抓住这次改变命运的机会，他特意购买了茶叶、方块糖等少数民族极缺的东西，找到维吾尔族生产队长，队长很照顾王政，就安排他做了一项清闲些的工作——放羊。

王政：在山上放牧真是日出而作，日落而息。而放牧前，我都要带着一个行军水壶，但很快就喝完了，开始只有强忍着，后来有了诀窍：就是要想方设法抓有奶的母山羊，并将羊奶挤在自带的水壶中，以此解渴。也正是放牧使我有了时间和精力读书、学习。

为了抢时间学习，知青们的智慧真是“可歌可泣”。在新疆长大的75届高中生刘新荣也曾经是公社里的牧羊人，也是利用这种公私兼顾的方式，拼命温习着中学的课本。

因为1977年高考10月份宣布恢复，12月就开考，所以留给考生们的复习时间非常短暂。刹那间，从城市到农村，中学课本被抢购一空，借书者有之，抄书者有之。

1977年，乔保平已经是兰州师范的一名干部，在校办厂任车间副主任。为了复习好文科生都发憷的数学，他专门请了20天假，光数学复习就用去了半个月。他找来几册弟弟中学用过的课本，在自己装订的政治学习笔记本里，把所有的例题似懂非懂地抄写了一遍，还请本校的数学老教师孙金铭重点辅导过几次，并工工整整地在封皮写上了“数学复习笔记”。历史和地理只复习了5天，语文来不及复习就上了考场。

当时，社会上有一句名言：学好数理化，走遍天下都不怕。复习好数学，对于每一位准备高考的人来说都是一个大问题。为了解决数学课本的问题，黑龙江双鸭山矿建公司工人胡立德从自家装煤的仓房中找到了一本老教材。

> 胡立德：自己文科有点基础，就选择了报考文科。语文、政治、地理这些科目，根据复习材料，自己基本可以搞定。最要命的是高中数学课本，如果没有老师讲解，单凭自己看，根本看不懂。家境贫寒，也没钱请老师辅导。好在我比较喜欢书，不管什么书，是书我就留着。我在装煤的仓房里发现有一本哈尔滨教育学院1964年编印的《高中数学》。这是一本函授教材，函授以自学为主，考虑到自学的需要，教材对例题的各个步骤就展示得特别详细。每天吃完晚饭，按照教材的顺序，我慢慢啃起来，学累了，就休息一会再学。

复习第一，政治第二，这是程老汉的玩法。1977年秋天，程鹤麟还没成为程老汉，20岁，刚从地处南平市的一座隶属于福建省广播事业局的电台转发台调到福州，任省电视台值机员。局机关就把他们这一批新来乍到的年轻人留在局机关，负责监管“清查对象”。恢复高考的消息传到了程鹤麟的耳朵里，他立马和自己负责监管的对象——福建人民广播电台副台长老李谈了一次话：

程：我想去听辅导课，你不会趁我不在逃跑吧？

李：不会，我问心无愧我跑什么？

程：你不会自杀吧？

李：不会，我清清白白不会自杀。

得，小程听课去了，放任老李一个人爱咋地咋地。老李够意思，没逃跑，没自杀，乖乖待在那间小屋里听收音机看报纸，等着年轻的程鹤麟听完课“回家”。

与“文革”期间正常高中毕业、基础较好的的学生不同，任金州的备考之路进行得可以说是“处心积虑”。1977年，任金州已经走过了五年军队、五年工厂的历程。1974年，他从北京电影机械厂转到了厂所属的技工学校担任班主任，兼政治课教师。

任金州：当时大中小学校万马齐喑，谁都不愿意当老师，“臭老九”待遇，知识分子是非常压抑的。我想学习，上大学不成，我通过当老师可以学习，所以只有我去了。教完政治课之后，我就改变了身份，改做学生，坐在最后一排，和技校学生一起学习数学和物理。授课老师们也希望我去听课，因为我是班主任，可以帮助他压阵。就这样，技校两年我把初中到高中六年的课程全补了。上大学是我的一个梦想，当时心中始终有一个情结：一定要上大学。

大学，对他们来说，曾经是不可企及的梦想，而当报考志愿——北京广播学院摄影专业呈现在他们的面前时，对当时大多数年轻人来说，这更是一个既陌生又奢侈的名词。因为当时的国人很少有接触照相机的机会。1974年，陕西省咸阳市国棉八厂前纺车间辅助工张艺谋花了186块6买了一台相机，海鸥四型双镜头反光相机。这对于当时月工资只有三十几元钱的他，是个大花销。献血的钱攒了三年，加上点母亲的资助才圆了他拥有照相机的梦想。说到普通人家与摄影的关系，作家方希打了个比喻：上世纪70年代拍照是件大事，借个相机，换上衣裳，拖家带口奔公园拍一天，跟今天去欧洲旅游一趟差不多。

在1977年这个特殊的年份，选择“北京广播学院”这个艺术类院校，选择“新闻摄影”这个专业的考生注定会有那么几分不同。无论是任金州的“热爱摄影这门技艺”，岑传理的“宣传真理，传播知识”，刘建新的“爱玩相机”，还是程鹤麟的“摄影好拉风”等各个版本对于“摄影”的初认知，77摄影班同学到底共同拥有哪些先天特质？任金州班长的话一言以蔽之：与77级其他专业的大学生相比，在进入这个专业大门之前，他们已经是一群“出身较好，知识面广，视野开阔”的人。

进入一个非凡的专业，必定经受一番非凡的折腾。与其他高校不同的是，北京广播学院对于当年录取的学生还要进行一轮特别的考核——专业面试。

刘建新：当时就在四川招一个，报名的就是好几千人，光我那天面试就好几百人。我当时根本就不知道面试是怎么回事，就进了四川广播局的院子，一抬头看见迎门墙上书写着标语：努力办好广播，为全中国和全世界人民服务。结果考试时考官就问了我：你知道毛主席给广播事业的题词是什么？我几乎是脱口而出，考官很满意。到了图片分析这一环节，因为我很早就接触摄影，自己也深爱摄影，所以很自信地对一幅林县红旗渠铁姑娘队人物特写发表了自己的观点，考官们也很满意。面试完毕，双方感觉都不错。

因为摄影专业对考生视力有特别要求，那就是裸眼视力必须1.2以上。广西壮族考生黄著诚小时候因打石头仗，把右眼打伤，视力只剩下0.8，另一只视力尚好。为了抓住难得的高考机会，他硬是把视力表上0.8至1.5的几行“E”的方向全记了下来，忐忑中过了面试。有一天，正在工地干泥水工的他忽然接到通知，招生办找他有事。

黄著诚：我一听差点没从墙上掉下来，心想八成是被招生办看出破绽来了，一路上失魂落魄，硬着头皮回去等待发落。我一进屋就觉得气氛紧张，其中一位北方模样的人眼光特别犀利地盯着我，他先是翻开一本画报，让我评说几幅照片，最后把一张报纸按在墙上，让我离远一点念报上的文章给他听，好在我的另一只眼视力超群，很轻松就念下来了。客人没说什么就走了，这不就更酷、更深不可测了吗？可是突然有一天，我接到了广院的录取通知书，并且是对视力要求像飞行员一样高的摄影专业。

大学时代的黄著诚(徐佳伦摄)

黄著诚的背表秘笈任金州也用过。当时任金州的左眼1.2,右眼1.0,面对考官叶家铮老师,心中有些紧张,但依靠过人的记忆力顺利通过了视力测试。

任金州:回到单位里,我的心里有点忐忑,我那时候知道学校地址,就给学校写了一个信:北京广播学院招生领导,我实事求是地讲,我的眼睛只有1.0和1.2,但是我特别喜欢这个专业,在考试的时候,我就背下来了后两排,结果我的测试成绩是1.5,实际我眼睛没1.5,但是我很喜欢摄影。如果你们认为我1.2和1.0可以上这个学的话,就录取我吧;如果觉得不能录取,我希望你们迅速把我的档案投放到下一个档。

据说,当时这封信转到了北京广播学院新闻摄影教研室主任矫广礼那里,他当场表态说:就凭诚实这一点,录他了。从此北京广播学院摄影专业入学视力要求也改为双眼裸视1.0。

一步步走近北京广播学院,对乔保平来说纯属偶然。初始报志愿时他填写了三个学校:北京大学、兰州大学、甘肃师范大学。当他向在甘肃省广播事业管理局工作的姑妈说起报考北京的主要目的,就是为了离家乡近方便探望照顾祖母时,姑妈非常欣慰,并向他建议再报一所北京的高校,这个学校是北京广播学院,其中有个摄影专业当年在甘肃有一名招生指标。

乔保平:这虽然是我第一次听说北京广播学院的名字,但我听从了姑妈的建议,决定去改志愿。我愣是跑到区招办,调出来报名表把第三志愿划掉,在第一志愿后面加了北京广播学院,以此作为第二志愿。

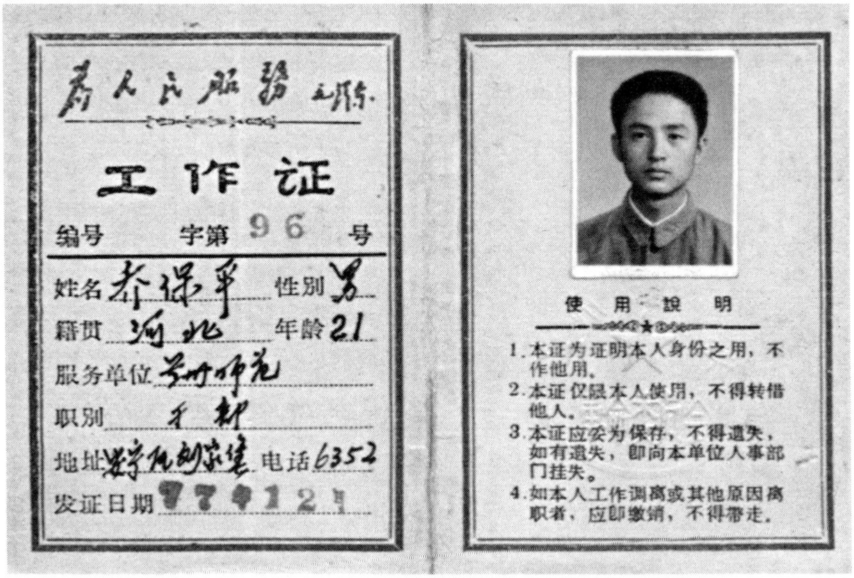
为人民服务 毛泽东

工作证

编号 字第 96 号

姓名 乔保平 性别 男

籍贯 河北 年龄 21

服务单位 兰州师范

职别 干部

地址 电话 6352

发证日期

使用说明

1.本证为证明本人身份之用，不作他用。

2.本证仅限本人使用，不得转借他人。

3.本证应妥为保存，不得遗失，如有遗失，即向本单位人事部门挂失。

4.如本人工作调离或其他原因离职者，应即缴销，不得带走。

乔保平在兰州师范学校时的工作证

高考之后，北京广播学院优先招生，乔保平被提前录取。78年元旦过后不久，录取通知书寄到了他的工作单位兰州师范学校。这时，离学校放寒假的日子很近了。乔保平就赶紧办各种手续，办转户口和粮食关系，很快就回了河北老家与奶奶以及女朋友团聚去了。春节过后，按照开学的日期，乔保平从老家又直接到了北京广播学院报到。

暑假期间，乔保平返回兰州师范看望同事，学校政工组组长向已经是北京广播学院大一新生的他告诉了一个意外的消息：你走后，单位又收到兰州大学的录取通知书了。原来春节前后，就在乔保平离开兰州的日子里，其他大学正常录取开始，招办也许忘记了在登记册上划掉他的名字或做备注，兰州大学招生人员翻名册一看，这个考生报了兰州大学没人录，就这样又把他重复录取了。命运就是这样奇妙。只是就那么几日，便注定了乔保平同学与北京广播学院有缘而不是兰州大学。

阴错阳差，命运就是这样奇妙。只是就那么几日，便注定了乔保平同学与兰州大学终是无缘。

高中毕业，当了三年农民、一年半警察的温化平，青春逼人的温化平

在77摄影班的群体里，有两名女生特别引人瞩目，她们的加盟也颇具戏剧性。一个是有警察背景的福建姑娘温化平，高考分数可以直达北大，但就因为北京广播学院提前录取，她没有经过面试，就被爱才的任远老师直接截留了下来；另一个是在北京郊区某小学任数学老师的王桂华，因为她的家庭出身是“贫下中农”，被系领导作为“农民生”招进了77摄影班，以表明考试的公正与平等。

1977年冬季高考，570万人激情参考，成为中国历史上规模最大的一次考试，录取比例达29∶1。这一年被后来的诸多评论家称为“一个国家和时代的拐点”，当然，它更是许多个人命运重生的拐点，它给予知识和知识分子以应有的尊严和地位，重启的是一个国家走向复兴的伟大梦想。

自此，一众来自四面八方，背景五花八门的工人、农民、上山下乡和回乡知识青年、复员军人、干部和应届毕业生，踏进了同一个门槛——大学，他们拥有了一个共同的名字——骄子。

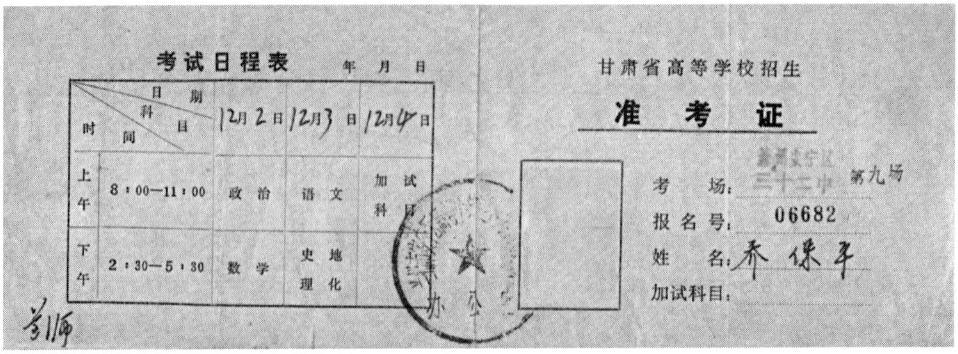

考试日程表 年 月 日

日期/科目/时间		12月2日	12月3日	12月4日
上午	8:00—11:00	政治	语文	加试科目
下午	2:30—5:30	数学	史地理化	

甘肃省高等学校招生

准考证

考场：三十三中 第九场

报名号：06682

姓名：乔保平

加试科目：

当时的准考证

02 定福庄的早春

如果把1977年高考比喻成一列晚点多时的列车，将大学录取通知书比喻成车票，有幸拿到票，并且能够登上这班车的乘客，一定是不辞辛劳的早行人和守候者。

如同在不同地点和时刻上车的旅客，77摄影班的31位同学从中国的23个省市奔向北京东郊的同一个目的地——定福庄，北京广播学院所在地。

这是1978年3月，北京的早春季节。

老校门

1978年3月6日，惊蛰刚过，周五一就从昆明动身，坐了三天三夜的火车，终于从千里之外的边城来到了北京。尽管如此漫长，在77摄影班的新生中，周五一的旅途还算不上最远。当时，乌鲁木齐到北京的火车时速是60公里到80公里之间，车速比较慢，王政买的又是硬座，经过80多个小时硬板凳的煎熬，新疆学生王政就这样颠簸一路到了北京。

王政：到了北京以后已经晚点，学校的接送车已经没有了，我下了火

耍好的王政和马玉坤

车以后，就和我的同学刘新荣遇到一起了。下车以后就问，你是哪个学校的？结果一问正是同班的新疆同学，还有一个同学是播音班的，叫马玉坤，所以三个人就在火车站住了一晚上。

和周五一、王政相比，来自南方沿海广东的仇绍强运气好一些，从广州乘坐特快北上，38个小时后到达北京。在那时候，特快已经是仇绍强能坐的最快的交通工具了。广西壮族小伙黄著诚已经不记得自己坐了多长时间的火车，只记得那是自己第一次坐火车出远门，第一次到首都北京。

当年的学生证

当年的学生手册

黄著诚：虽然年轻时有过一年在南宁当工人的经历，但上大学以前从未出过远门，甚至连火车都没坐过。若不是恢复高考，我做梦都想不到自己能够来到北京，并且和母校结缘。

和母校的初接触，从对校门的初印象开始。在杭州学生俞建成的第一印象中，1978年，北京的初春，北京广播学院的初春，给人的第一感觉是蓬首垢面。学校接新生的校车到火车站来接新生，笑容自然热情，但那场景却很不配合，满眼望去，车站的广场被斑斑点点移动的蓝黑色填充着，并且还与那灰茫茫的天色互相挤兑，似乎在争辩，谁更惨淡。驶往学校的路上，眼见，墙是灰黄色的，路是灰黄色的，高高耸立的白杨也是灰黄色的，白杨的树叶永远是耷拉着脑袋，任凭风沙扑打，毫无怨言。印象更深的，还是学校的校门，车渐渐驶近，印入眼帘那校门，不是黑色铸铁的那种欧式，也不是牌坊式的中式，与想象的完全不一样。

鲁伟在老校门留影

俞建成：78年，北广的校门是用直径大约4—5公分的钢管焊接而成的长方形钢管门，上方是半弧形，主色调是油漆漆成的暗红色，又有点斑驳陆离，如果一旁没有那块校牌指点，你说是哪里都可以，具有使用价值，而没有灵魂。

校门是一所学校历史文化的展现，对广院有着很高期望值的俞建成通过校门的外表解读着自己的母校。清华大学校门，也许联想到了毁掉的圆明园，透着西式建筑之风；北京大学校门，纯粹的传统建筑，简直就像颐和园的一个牌坊，向世人传递一个讯息："我就是中国教育界的皇宫！"复旦大学校门，曾经也想复古，但抵不过京邦的原味，只好西化；东北大学校门，受俄式建筑影响，厚重；哈佛大学校门，不求规模，注意艺术细节；牛津大学为了体现海纳百川的教学理念，所以不设校门。而北广的校门，准确的描绘是令人熟视无睹。高考之前，俞建成是杭州一家建筑材料工厂的混凝土工人，天天走进走出的是工厂大门，而如今第一次迈入大学的校门，因为那扇门的似曾相识，竟也觉得如此的自然。生平第一次踏入北京，踏入北广，从兴奋的期待，瞬间落入平常。从校门复又踏进校园，广院的面积堪称袖珍，广东学生王小幸对于母校的第一印象就是"小"，校园还没有自己的中学校园大。

刘建新拍摄的著名的广院白杨树

广院所在的定福庄位于京城偏僻的东郊，那时的定福庄是真正的村庄，出北京站沿东行，再出了二环建国门之后，立马风景大变，通往广院的道路两旁树木很高，周围都是乡村田野。土气的周边环境、简陋的校门、局促的校园让学子们少了些兴奋，但他们不知晓的是，这所1959年挂牌的中国唯一的广播电视高等学校几乎比他们所有人都年轻。从建校时起，广院一直以位于定福庄东街的西门为主校门，因为门口较窄，很多车开进校门的时候可谓是“挤”着进来，进进出出的班车被戏称为“考茨基”（考司机）。但广院的风范与个性就在于此，正是从这所小小的校园里走出了众多中国广播电视事业的大专家、开创者和奠基人。和其他高校一样，广院在“文革”中也未能免于政治风暴的侵袭，校园被工厂占用，教室变成了车间，运动场变成了堆料场，图书资料、仪器设备和课桌课椅荡然无存。70年代末，当广院和“文革”后的第一批学生相遇的时候，它正经历着白手起家的二次创业阶段。外表不那么光鲜的母校其实就好像历经浩劫之后的中国，期待着和它的师生来一次热烈的拥抱，彼此鼓励，共同创造美好的明天。

余义宁：回头看那个冬天，能够记起的细节十分有限，但是有一道门，却牢牢地钉在了我的记忆深处，那是广院的大门。为什么很多细节我都记不起来，却对一道门的记忆如此清晰？我一直百思不得其解。直到最近，当我有机会静下心，重新梳理自己的轨迹，我才突然明白，那个影像不仅仅是广院的大门，它更是我人生道路上的一道门。是的，在1977年，高考恢复，大学校门重新打开，虽然还处在将开未开的阶段，但是对于我来说，也已经足够了。

从一个激荡的动乱时代跋涉而来，他们终于在这里找到了各自生命的一个舒缓的出口。

老大哥

矫广礼老师是钟大年进入广院认识的第一个人。3月10日入学报到那天，钟大年一早来到学校，矫老师对他说：“你去接待新生吧。”没有任何交待，

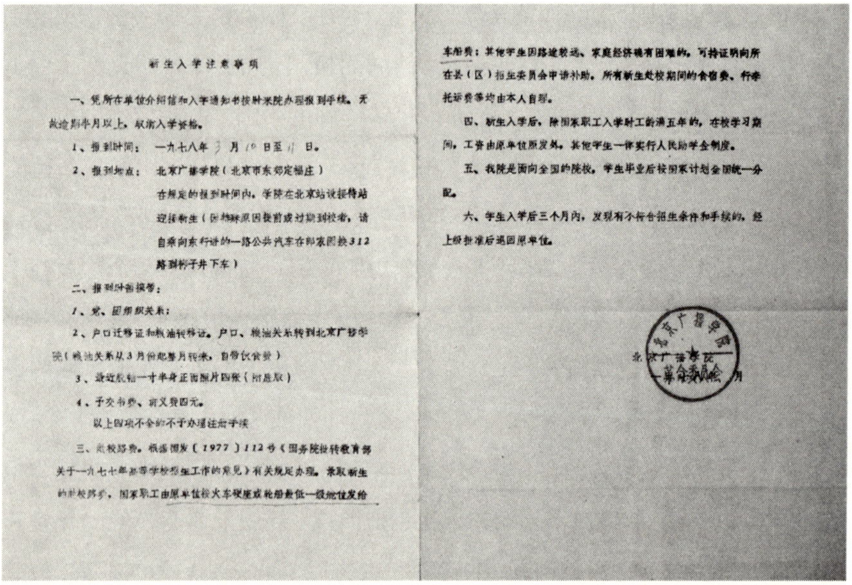

新生入学注意事项

一、凭所在单位介绍信和入学通知书按时来院办理报到手续。无故逾期半月以上，取消入学资格。

1、报到时间：一九七八年 3 月 10 日至 11 日。

2、报到地点：北京广播学院（北京市东郊定福庄）

在规定的报到时间内，学院在北京站设接待站迎接新生（因特殊原因提前或过期到校者，请自乘向东行驶的一路公共汽车在郎家园换312路到杨子井下车）

二、报到时需携带：

1、党、团组织关系；

2、户口迁移证和粮油转移证。户口、粮油关系转到北京广播学院（粮油关系从3月份起整月转来，自带伙食费）

3、最近脱帽一寸半身正面照片四张（附底版）

4、子交书费、讲义费四元。

以上四项不全的不予办理注册手续

三、赴校路费。根据国发〔1977〕112号《国务院批转教育部关于一九七七年高等学校招生工作的意见》有关规定办理。录取新生的赴校路费，国家职工由原单位按火车硬座或轮船最低一级舱位发给车船费；其他学生因路途较远、家庭经济确有困难的，可持证明向所在县（区）招生委员会申请补助。所有新生赴校期间的食宿费、行李托运费等均由本人自理。

四、新生入学后，除国家职工入学时工龄满五年的，在校学习期间，工资由原单位照发外，其他学生一律实行人民助学金制度。

五、我院是面向全国的院校，学生毕业后按国家计划全国统一分配。

六、学生入学后三个月内，发现有不符合招生条件和手续的，经上级批准后退回原单位。

北京广播学院
革命委员会

当年的《新生入学注意事项》

好像钟大年就不是新生，天经地义知道应该怎么做。其实，矫老师对于钟大年的信任是有道理的，作为一名插队陕北九年的北京知青，钟大年参加高考时已是工作过数年的公社干部。

人际之间不经意的一次巧遇，往往由此建立起某种特定关系，并为今后的人生之路带来意想不到的机缘和变化。

1978年3月，来自甘肃的乔保平由北京站乘坐学校接站的大轿车抵达广院门口，正巧被参加迎新工作的钟大年热情接下车来，两人结对各提一头抬着每位新生报到必带的大体积铺盖卷，朝着紧临校门的宿舍楼走去。

"老师您贵姓？" 乔保平误以为他是年轻教师。

"我不是老师，我也是新生。因为家在北京，被学校通知提前到校帮忙迎接新生。"钟大年连忙解释。

"啊，你是哪个专业？"

"我是77级摄影班。"

"我也是这个班，"说话间，两人很快便走到了宿舍楼口。

"你去哪间宿舍？"

“哪间有空就去哪儿。”

“我那间就我一人，就去我那间吧。”……

就这样，钟大年成了乔保平踏进广院校门遇到并结识的第一位同学，而且住进了同一间学生宿舍，成为四年朝夕相处的“大学同窗”。俩人都曾有过知青和工作的经历，是同宿舍五人中的两个“烟民”，加之其他的一些相近因素，后来两人自然成了交往融洽、相处默契的好友。

有趣的是，在当天报到的同学中，山东的韩国强竟然将钟大年误认为学校的“老校工”。

> 韩国强：入学报到那天，我一进校门，就遇到了一位“老校工”。他身着黑棉袄，脖上扎着一条灰围巾，略显沧桑的脸上挂着微笑：“七七摄的吗？”我忙说：“是。”他赶忙接过行李就带我来到宿舍。“你住上铺还是下铺？”这时我才恍然大悟，原来他是我的同学——钟大年。

听到新来的同学有半数见自己先叫“老师”，这时钟大年才认真地打量了一下自己的形象：灰衣灰裤，满脸沧桑，实在不像个新学生。于是，一笑憨然。

怀着对学校生活强烈的渴望，马国力由自己的老师，清华大学摄影组组长郑永泽专门驾驶着一辆三轮摩托车送到了广院，郑老师还专门送给了马国力一件皮衣。经过一个多小时的颠簸，两人终于到达了广院的门前。当马国力拍打着身上的“老羊毛”时，走过来两个人，热情地帮助他拿起了行李，并送他到了自己的宿舍。马国力连声说着“谢谢！”他们只是含含糊糊地答应着，马国力心中就一直在想：他们到底是学生还是老师啊？当晚才知道，他们是自己的同学，其实只比自己早几个小时到校。

为了让新同学们早日感受到广院的温暖，学校不仅组织了校车到车站迎接，早到的同学们又自发组织起来，亲自到车站迎接自己的同学。在温暖情意的氛围里，刚刚到校的马国力积极加入到了迎接新同学的队伍中。

> 周五一：在乍暖还寒的初春，坐了三天火车的我从车站出来，短短的路程，已冻得我双脚麻木，第一次领教了北方冬天的滋味。很快让人感到温暖的是，当时学校居然派了汽车来接站，而且还有先到校

的同学前来帮忙。记得挤在车上一同入校的同班同学是厦门来的温化平，而来接站的是后来很有名气的老哥马国力。他俩成了最早认识的同班同学。

河北鲁伟同学的亮相独具个性。作为一名"生下来就挨饿，上学没有课，毕业就下乡"的插队下乡知识青年，鲁伟在广阔天地里修炼成了一副"身体健壮、头脑简单、生猛无忌"的麻辣范儿。为了保护好远离家乡的自己，他挑起扁担，带上被褥、脸盆、网兜之类就第一次进了京。之所以带根扁担，目的就是为了防身，谁若敢惹事，鲁伟同学会毫不犹豫抄起扁担朝他抡过去……挑着根扁担站在北京站前，他才感觉自己用力过猛了。不过他很快在北京广播学院新生接待站附近发现了一个同类项，原来是同车来的河北另外一名新生严翔，是学播音的，他的行李是两个大包袱，中间系着，前后像褡裢似地背个大包袱，狼狈样子比自己好看不到哪去，于是，鲁伟同学一下子释然了……

刚入校时的鲁伟（徐佳伦摄）

到校早了一两天，鲁帅哥就被通知到西校门迎接新生，帮人家拿行李。接了很多人，唯独记住了一个人的面孔，后来知道她的名字叫杜宪。看到她第一眼的印象是，身着小翻领蓝布褂上衣，梳着运动头发型，朴朴素素、清清爽爽。心想天下还有长得如此标致的女孩儿，这在我们大队乃至全公社也找不出一个来。再后来，帅哥的眼光被得到验证，她的面孔和形象果然让全国人民都看着舒坦、顺眼。

刚刚任央视《新闻联播》主播的杜宪

随着报到阶段进入最后尾声，77摄影

班的同学终于全部到位：29位男生，2位女生。同学来自四面八方，光北京的生源就有7名，浙江、福建和新疆分别有两名，其余省份只有一人。31个同学，来自23个省市，轨迹连起来，几乎是整个中国，每个人的背后都有一个故事，几乎每个人的嘴里都有一种方言。班里藏龙卧虎，光是中共党员就近半数。最大的岑传理28岁，最小的王小幸18岁，全班1954年之前出生的有岑传理、任金州、钟大年、柳春江、马国力、周五一、叶青醇、段晓明和李讯，他们堪称77摄影班中的“老大哥”级人物。

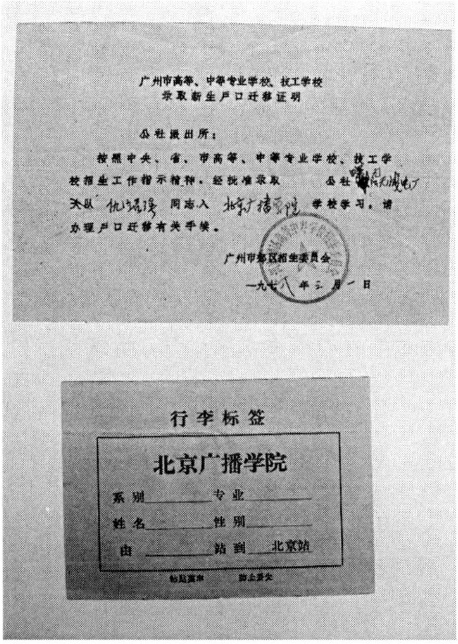

77级入校资料

任金州上大学前就已经有十年工龄，刚入学，就被系里指定为班长。原来，广院面试伊始，在系领导矫广礼的安排下，北京的招考老师就特别留意从考生中选拔班干部，选拔标准是政治好，有能力，专业也不错，文化成绩过关。当来自北京电影机械厂的团委书记任金州出现在面试现场的时候，叶家铮老师立刻认定了他就是班长的最好人选。

任金州：我是工厂团委副书记，工作十年，入党七年，老党员了，照片分析的好，又爱摄影，文化考试又过关，这些条件让老师们很满意。在复试现场，除了专业问题，叶家铮老师还问了我许多专业之外的问题，例如，在厂里具体负责什么工作？管理多少人？工作状态怎么样？我回答完之后，他告诉我，挺好，如果你能被录取你是否考虑当个班长。

正式入了学，任金州的职务除了班长，还兼任党支部书记。岑传理入学后，班主任白老师找他谈话，让他在班长和支部书记两个职务之间选择一个，任金州经过权衡，本着“远离政治”的原则，选择了“班长”，再经过党员会的举手表决，岑传理当选了支部书记。就这样，77摄影班拥有了一个内定的班长和选举产生的书记，钟大年担任副班长，马国力担任学习委员，柳春江担任生活委员，周五一担任文体委员，班委会正式宣告成立（大三后两年，乔保平、徐佳伦分别接任生活委员和文体委员）。

刘建新：在班里，我只是中间年龄段的，任金州、钟大年、马国力，他们真的像老大哥一样，照顾和帮助我们这些年龄稍小的同学。所以说，我们现在还叫任金州班长。说句老实话，他在这方面做得非常好，因为他也是部队子弟，我也是部队子弟，所以我们在这方面有很多的共同点。

因为同班同学存在着从18岁到28岁的年龄跨度，所以班里会出现非常特殊的情况，甚至刘建新同学和叶青醇同学还有着“辈分”之说。

叶青醇：现河南电视台总编辑刘建新比我小不了几岁，却比我小一辈儿，呵呵。我们有一次聊天说起他爷爷刘其仁（原总政宣传部副部长，少将），我很开心地告诉他以后叫我“叔叔”了。他很惊讶问为什么？我说刘其仁的小儿子刘海虹是我小学同学。

不仅仅是年龄元素，更有因地域和阅历等等差异而形成了心理上的互相比照，也就是在这样的比照中，77摄影班的同学们认识着彼此，阅读着社会。

王政：到校入班，我被分配与任金州、刘建新、程鹤鹤、张旭奎、李迅同一间宿舍，开始了朝夕相处的生活。在同学们办理手续的过程中，我发现全班31同学中，竟有13人是中共党员，这使我感到莫大的差距和不足。再则，由于在新疆的生活和学习中，书籍读得较少，信息又匮乏。因此，在认知社会、分析问题中显得孤陋寡闻，更感自己才疏学浅。

田广：那个时候同我们班上其他同学相比，我是从最穷、最落后的一个小县城来的，而我们班家在北京的就有7个，占近四分之一，其余的也都是从省会城市或地级市来的。我们班家庭出身高干的有一多半，而那时候我老爸只是一个县农机局的干部，当然了，班里也有一两个家庭出身地位同我差不多的，但人家可是从省城里来的，所以我还是有自卑感。

与田广的自卑感不同，王小幸加入这个集体后大呼“意外”。77年恢复高考时，王小幸刚好高中毕业，于是，他成为77摄影班唯一的一名应届毕业生。入学时王小幸刚满18岁，到广院后才知道自己在全班年纪最小，同班同学多是在社会上工作多年的成年人了。入学的初期，王小幸开始感到很不自在，总觉得与这些成年人之间缺乏共同语言，但他很快发现，这些大同学们和他一样充满着对未来的憧憬，对校园生活的渴望，对新生活的创造激情。无论年龄大小，无论地域差异，彼此之间都有着共同的感受，那就是幸运感和自豪感，一种只有那个年代才有的精神风采。

“我怀念上大学的日子，那是在青春里散步、憧憬中成长，张大口吸着早晨新鲜的空气，连空气都是甜的。”王小幸的回忆里充满着春天的气息。

定福庄的春天来了。

千山万水，殊途同归。当77摄影班的同学们一个个走入母校的大门，各自的命运系统版本已经在定福庄东街1号开始了加速度升级。

徐佳伦习作中的王小幸

03 穷人美

2010年，意大利著名时装品牌Prada的少女副线品牌缪缪(Miu Miu)春夏秀场将假领子重新搬上T台，淡出人们视线很久的假领子突然王者归来！

假领子的回归，也许只是时尚界的小把戏，但在中国人的集体记忆中，诞生于物质匮乏时代的这个小物件，道尽了国人内心对于时尚和美好的追逐。

穷，但有追求，人人有股力争上游的劲头，正所谓“穷人美”。这也正是77级大学生特有的潮和酷，一个重生国家的激情与梦想。

当学习成为欲望

当77级大学生刚刚展开大学生活的当口，全国科学技术大会隆重召开，邓小平操着那口熟悉的四川口音，明确提出了“四个现代化关键是科学技术的现代化”、“科学技术是生产力”、“知识分子是工人阶级的一部分”等著名论断，知识分子头上的“资产阶级”帽子被摘掉，科学的春天终于到来。这个春天召开的大会不仅解放了人，更解放了智慧！

时代的推波助澜，点燃了77级大学生心中被雪藏了十年的渴望，当他们有幸在科学的春天里步入大学的校园，珍惜和奋进便成为一代人的座右铭。

……珍惜和奋进便成为一代人的座右铭。

任金州："文革"打碎了传统的师道尊严，教育秩序大乱。77级上学后，首先恢复了上课时学生起立向授课老师问好等课堂仪式。我们前两年的基础理论课——如广播概论、英语、中共党史、哲学、政治经济学、古汉语、古典文学、现当代文学、外国文学等——77级三个班都是一齐上的，上课的教室就是一号教学楼的208教室(现在此教室已经改为咖啡厅了)，我、胡欣欣、江良作为三个班的班长就轮流值班喊起立，英语课还用英文喊。我清楚地记得给我们讲现代文学的黄侯兴老师、讲古汉语的张相如老师、讲古典文学的马群老师走进教室看到起立声中一百多个学生(中间不乏二十八九岁和三十多岁的老学生)齐刷刷地站立着向他(她)们喊"老师好!"时，两眼含着热泪，捧着教案的双手颤抖着。张相如老师说："好多年没见到这种景象了，老师得到了尊重，知识得到了尊重，心里真是非常激动。"他们在讲课中也极为认真、极为投入。马群老师讲台上全版本古典作品的背诵，张相如老师上课时不停走动中的故事讲解，黄侯兴老师娓娓道来的文化大家的精品解读，都给我们留下了深刻的印象。

遗憾的是，现在纠正"文革"错误已经三十多年了，大学生们在课堂起立向老师问好的礼仪又不见了，一些课堂上出现的倒是老师一边在上面讲课，学生们一边在下面看电脑、玩手机，门口处出出进进的学生，课堂如同一个自由市场，师道尊严再次消失了。

马国力：我太希望叫一声"老师"了。小学毕业正赶上那不堪回首的十年，25岁我才有了重新叫老师的机会。我胸中怀有对学校生活的渴望，和对已经失去时光的补偿，我真觉得生命就攥在自己的手心里。

《大众摄影》杂志1979年1月刊封面

对于已经流逝的时光，我们唯一能做的是徒然地感叹，但77级的大学生们有自己的办法，那就是“夺回”！时代已经不会再阻止77摄影班的求知欲望了！

夺回的方法有千百种，其中之一就是马不停蹄地读书。

北京广播学院77级只招收了新闻系编采班、摄影班和播音班三个班，入学前两年的许多基础理论课是三个班在阶梯教室一起上大课。自这一阶段开始，阅读成为同学们学习的主要方式，学校图书馆里的书籍就好像一盘盘大餐，被猛然端到了一群患了知识饥渴症的人面前。

王桂华：经历“文革”之后，想读书，想尽快丰满自己，嗷嗷待哺的学生以最快速度冲进图书馆，冲进阅览室。课后、饭后就要想着去阅览室抢占一个座位。全国的图书出版少得可怜，史书、名著在“文革”中销毁得最严重。因此，想要在图书馆借一本好书就要等，就要轮流，不知道哪一天才能轮到你。也许是缘分，我和当时在图书馆工作的汪永晨老师在借书还书的过程中逐渐熟悉。汪老师会在恰当的时候通风报信给我，告知哪本书回来了，赶快来借。

钟大年：刘姥姥进大观园，什么都新鲜，这正是我进入大学后的心态。在农村时，只能找到《薛仁贵征东》或是《麻衣相术》之类的书看看，了解外面的世界也就是通过《自然辩证法》、《大众摄影》一类的杂志。广播学院有那么大的图书馆，有那么多的书和杂志，政治、历史、文学、艺术，真的觉得既新鲜又兴奋。

对于钟大年同学的刻苦精神，室友韩国强记忆颇深。

韩国强：大年住我上铺，他的床头有一盏台灯，总是熄得最晚。为了不影响寝室同学休息，他便用报纸遮住灯光读书。他读书很杂，文学、历史、哲学、美学无不涉猎，记得当时他读《东周列国志》到了着迷的程度。那时，我们都省吃俭用，攒钱买再版名著，订专业杂志，为学外语买“半头砖”录音机。学习可谓如饥似渴。大年平时话语不多，但是我们经常交流读书心得，以及对时局的看法。我感觉大年分析问题很到位也很务实，身上有那么一股农民知识分子的韧劲。他常说，眼下只有打好文化功底，专业才能学习好，我们这些人的弱项就是读书太少。

深夜学习的灯光不仅闪亮在寝室里，还闪亮在阅览室，闪亮在教室中，有时候老师们要出面一个个去教室巡逻，将熬夜学习的同学们撵回寝室休息。

任金州：我们如饥似渴地学习，疯狂地学习，真像一块块干干的海绵浸到水里拼命地吮吸。唯恐没有学习的地方，我们拼抢图书馆的座位，拼抢教室的座位。从静悄悄的图书馆，到静悄悄的核桃林，无论走到哪里，都可以看见抱着书本认真读书的同学。

王政：大一到大二期间，那时候都是理论课，所以看书特别多，看书的过程当中有两次，看得我眼睛忽然看不见东西了，失明了。我非常害怕，急忙叫同学把我搀到医务室，医生说“眼睛太疲劳了，要注意休息”，给我开了药并嘱咐说近段时间不要再熬夜看书了，回宿舍睡觉。睡到早上一睁眼，可以看到东西了，过了两三月以后又看不见了。

任金州：我们77摄有个极特殊的同学，孙林，课余时间他很少与大家在一起玩儿，而是经常一个人在教室的门后，占着每个班仅有的一台开盘式录音机，头戴耳机反复听英语口语教材，旁若无人陶醉似地朗读。他的英语口语和精读是全班最好的，但他依然不满足，在三四年级时他还一人跑到一墙之隔的二外旁听学习了日语，据说到大学毕业时他还考下了一个日语学历证书。

77级学生有个群体性的特点：大家在学习上都彼此暗暗地叫劲，每一个人都不希望在专业上、在知识面上比别人差，每一个人内心都怀揣着一个远大的抱负，希望在今后的事业上能有所作为、出人头地。有意思的是这些想法他们之间从不交流，而是在学习过程中成为一种“潜意识”、“潜规则”，直至成为一种班风，并将这种风格一直带到工作中。

学习这件事，不是缺乏时间，而是缺乏努力。正如这句哈佛校训的名言，学习成为77级大学生们内心最深的欲望，与时间竞争，与同学竞争，在他们这一代人的校园记忆中成为灿烂的篇章。

77级大学生中有工作经验者居多，他们十几岁走出家门，被推进一个无边无沿、无亲无故的“广阔天地”。在这个天地里工农商学兵，他们什么都干过；酸甜苦辣咸，他们什么都尝过；悲欢离合，他们什么事都经历过；三教九流，他们什么人都接触过……以至于当他们迈进大学校门时，表现出来的竟是出奇的平静，但平静只是一种表象，与其说是曾经沧海的老练，不如说是重新出发之前的镇静。高考彻底改变了他们各自的人生，走入一个“同学少年都不贱”的新格局中，忽然发现身边的他们各具优势，或朴实、或狂狷、或内敛、或潇洒，有的文章写得棒，有的摄影水平高，可以说各具风采、意志风发，颇有同道中人大集合的兴奋。这种兴奋之余，也有一种互不示弱的暗暗较劲，但这种较劲体现在学习的竞争中。可以说，学习成了他们的欲望，也成了他们的生活方式，单纯、刻苦、孜孜不倦是那个年代大学生们最主要的特征，也是他们一直秉承的理念和彼此之间共同励志的手段。

温化平：沉积了十年，我们这一群人才有机会进入正规大学学习，虽然不曾看见有谁为此欣喜若狂，但心里都知道我们耽误得太多了，每一个人都迫不急待投入到知识的海洋里。在我们那个年代，没人偷懒翘课，没人浑水摸鱼，教室里、图书馆里、洗印车间里、演播室里，无处不是我们的身影。

社会是最好的大学，77摄影班的同学们几乎都经历过社会上的摸爬滚打，他们吃过很多种苦：艰苦的苦，磨难的苦，被压抑的苦……，但正是这些历练和苦难赋予了他们高度的自我管理能力和自我约束力。

胡立德：大学四年，我自己没有过旷课记录，对学校的规定，也是严格遵守。有一年开学，学校规定9日报到，我在哈尔滨车站排队买票时，轮到我已经没有8日之前的车票了，连站票都卖光了，我只好买了一张9日的坐票。当时哈尔滨到北京，特快列车也要十七八个小时，为了不耽误报到，我就拿着9日的车票上了8日的火车。火车上人非常多，过道都站满了人。我挤了三节车厢，挨排问都到哪里下车，想提前预约个位子。有三个人是在沈阳下车，但都告诉我已经有人提前约了他们的位子。我放弃了努力，就站在那节车厢，一直站到北京。虽然站了一晚，坐公交还要换一趟车，赶到学校已经是下午三点多了，但并不觉得特别累，同学们凑到一起居然还打了一场篮球。

摄影专业既要动脑，又要动手，还要跑路，这三样是必备的职业功夫。所以和编采班、播音班相比，摄影班的同学除了要学好书本知识，还要有副好身体。

在班长任金州和书记岑传理的督促下，77摄影班每天坚持全班集体晨跑，风雨无阻，日复一日。

黄著诚：我们每天早上都被书记和班长从床上撵起来出操，像培训保安一样督促我们进行晨跑。最初，谁都不太情愿在大冷天从温暖的被窝里爬起来，可是据老师说，我们将要从事的职业需要充沛的体力和精力，大家也只好硬着头皮坚持。没想到坚持了一阵子，大家都养成了爱运动的习惯，同学们个个锻炼得身强力壮。

于是那个时候，播音班同学的吊嗓子，和摄影班的撒脚丫子就成了清晨的校园里一道独特的风景线。

军服风

1970年代末期，中国流行假领子。假领子其实是真领子，领子下面有前襟、后片、扣子、扣眼，衬衫的上半截全齐了，但没有下半截没有衣袖。张旭奎指着假领子说这叫“穷人美”。当然，这是后来成为程老汉的程鹤麟同学的举证。

77摄影班的同学们是否流行过戴假领子不好求证，但在他们中间曾经风靡过军服风。

六七十年代的中国人着装风格被外媒称为“蓝蚂蚁”，意为颜色和样式单调。在当时，有件军装是件很牛的事情，借身军官服，戴着军帽，挎军用挎包拍张照片是很时尚的行为。流行穿军服，其实折射出了当时的社会崇拜，因为军服，尤其是四个兜的就意味着军官身份，象征着地位和权威，是尊严和体面的表现。

在77摄影班31位同学中，就有7位有过军人的经历，而且来自海陆空各兵种：任金州、岑传理、马国力、叶青醇、李讯、柳春江、周五一。当他们从社会上重返校园的时候，都自觉不自觉地选择了穿军装。

上大学前的柳春江是空军战士

任金州：穿军装给人一种感觉是，我是从部队回来的；我当过兵，那么当过兵的人，等于是很成熟的干部和很成熟的社会精英回到大学，说明我两头都行，我当工农兵行，学习也行，是全能型人才，所以穿军装也有一种优越的感觉。

刘建新：我是部队里长大的孩子，

父母都是军人。我在广院最喜欢穿的衣服，也就是父母留下来的军装。那时候，刚刚改革开放，其实衣服的颜色和款式已经不再像以前那样千篇一律了，可我的军装还是天天穿、年年穿，自己也觉得很自豪、很开心。

浸润于军服当中的优越感和雄性之美不仅让77摄影班里曾为军人的同学继续穿着，也吸引着从未当过兵的同学们喜欢穿着，再加上男生占据全班大多数，穿军服便成为摄影班区别于编采班和播音班的一个外在特点。

任金州：编采班的同学就不爱穿军装，如有穿的，只是零零星星地穿，而且绝少上下穿，就是又穿裤子又穿上衣那种，一般穿一件，混搭着穿。我们有不少是上下穿一身军服式的。

编采班的同学主要来自工厂，还有的是插队知识青年，播音班的同学家庭背景就更加多元，干部、工农家庭、知识分子家庭的都有。在中国人的物质生活处于匮乏期向丰富期转化的当口，77摄影班对军服的选择，其实也反映了他们心中强烈的优越感和精英意识，以及对自身这个团队的高标准期许。

柳春江：全班有很多位同学当过兵，其他同学也大多有军人亲戚，每天都有一多半人穿军装。学校开运动会，我们班做出决定，全部穿军装。我们班当过兵的借给少数几个没有军装的同学参加运动会。全校就我们班服装最为统一，大家特别高兴。

外在透射内在，标准化的流行，在77摄影班整齐划一的外表下，是心态的健康与平等。没有攀比，没有较量，即使是帅哥级的王政，在大学时代也是“犀利哥”版本。

王政：我过去放羊的时候，衣服扣子不齐，老掉，尤其是到了冬天，棉衣的扣子也掉，外面衣服的扣子也掉，所以里面的衣服就用麻绳扎上，到了学校以后依然保持这种朴素的生活方式。在学校的时候，长的衬衣下面烂了以后，就把下面剪掉，成了短袖了，生活过得特别朴实，在那个年代也是社会的一种风气吧，而且我们进校的时候，有的同学还穿补丁（衣服）。

衣服上有补丁，但心态绝对淡定。这也许是那个时代特别为77级大学生定制的奢侈与幸福。

柳春江：当年我们的心态与现在的大学生最大的不同就是入校就知道毕业后的工作岗位，没有任何后顾之忧，思想比较单纯，充满了自信和憧憬。

俞建成用“平等”两个字来描述70年代末的校园生态。在他看来，这种平等不是他们自己创造的，而是当时的社会环境造就的，因为那个时代我们整个国家的经济环境还很落后，由此形成同学之间的经济条件相对比较平等。无论是所谓的高干子弟还是来自边陲小城的同学，彼此之间的经济条件不会相差很大，况且贫困一点的同学还有国家补助。所以，同学之间所能显摆的财产，没有太大的差距，因为大家的穿着饮食和日常开销基本一样。这种平等当然是计划经济的产物，可恰恰是这种经济上的平等造就了同学之间的政治上的平等。没有特别的羡慕嫉妒恨，而这些情绪往往会扭曲人性，所以同学之间的相处都很真诚。当时学习的动力就是为了增长知识，以后到了电视台好好工作。

进取与淡定，幸福与单一，就这样纠缠着，呈现于77摄影班的学习和生活的两个领域。当我们习惯于拿比照的视角去分析一代人的外在和内在时，其实就像去购买一Miu Miu 版的假领子，可能纯粹是为了矫情一下下。

MiuMiu品牌假领子

伊夫·圣罗兰说过：时尚易逝，风格永存。

让我们向77版本的学习风和军服风致敬！

04 胶片的美好时代

2012年1月19日，伊士曼柯达公司申请破产保护，作为世界上最大的胶片供应商之一，这家百年老店不幸折戟数码时代。

技术的更新换代也许是无法阻挡的潮流，但手艺的炉火纯青却具有超越时代的力量。当古着风和怀旧调成为文艺圈和文化界的主打时，且让我们回眸77级摄影班——这群专业级手艺人美好的胶片时代。

堆胶片

1979年秋季，77摄影班结束了理论课程学习，全班分为五个小组到省级电视台见习了一个月时间，10月份回校之后就正式进入了专业课的学习。从此，他们的学习除了啃书本，又多出了一项内容，那就是——堆胶片。

摄影专业课从学习感光胶片开始。刘恩御老师讲授的感光材料，是77摄影班开设的第一门专业基础课。学校给每位同学提供了一台135单反相机，机型多为苏制卓尔基和少量的国产海鸥。

电视系的暗房始终弥漫着显影液和定影液散发出的酸味，照片拍完之

1979年任金州摄影构图课习作《未来的记者们》（被拍摄者均为77摄影班同学）

后要在这里完成胶卷的冲洗和放大工作，照片质量如何，暗房技术尤为重要。首先要在暗袋或暗室里小心翼翼地把拍好的胶卷装进显影罐里，此过程虽无技术含量，但要十分熟练和细心，操作不当就会使胶卷粘连，导致冲卷失败。显影液和定影液的温度以及显影、定影的时间都有要求，每个环节都要按规范程序完成，否则，将会影响冲卷和洗印的质量。

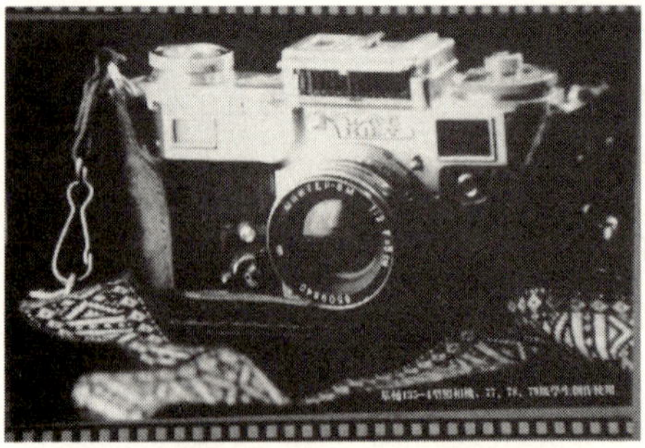

基辅135—4型照相机

任金州：两三个人一台放大机，有的人占的时间长，动作慢，洗不出来，就容易手忙脚乱。当时胡芳是暗房实验员，天天给我们弄水弄药，同学们和胡芳老师的关系很融洽。

▼ 刘建新镜头前的仇绍强

▲ 刘建新摄影习作(被拍摄者为李讯)

暗房的显影液和定影液分别装在两个塑料桶里。一次，有一组同学在完成胶片冲洗之后，将显影液和定影液倒回桶里时发生了错误，显影液的桶里装进了定影液，后一组同学的胶卷未显先定，全部报废。

为避免此类事情再次发生，实验室把小瓶装的显影液和定影液分发到每个人手里。此后，宿舍就成了暗室，大家经常关了灯在被子里装卸胶卷，在洗漱间和宿舍的晾衣绳上也常能看到一条条垂挂的胶卷，这也是摄影专业学生宿舍独有的一道风景。

每次拍完摄影作业，大家都把自己最为满意的照片贴在教室的一面墙上，老师在这里点评，同学们在这里交流，也常引来其他班级的学生来这里观看。挑照片的不足和缺陷，是作业点评的主要内容，所以每次作业上墙，同学们都像经受一次不寻常的考试，要在众目睽睽之下听老师对作业问题的分析，同学之间的点评也单刀直入、毫不留情，没有掩饰和做作，只有真心爱护和关心。

摄影行内有句话：摄影家是用胶片堆出来的。每次摄影作业学校发一盒或两盒胶卷，经常是将发的胶卷拍完，也挑不出一两张满意的照片。为了能交出理想的作品，同学们只能自己掏钱买胶卷再拍。当时，一盒黑白胶卷就是三块多，这对于大多数靠助学金学习和生活，每个月只有十几元补助的穷学生来说，买胶卷着实是一项奢侈的开支。

鲁伟有一位女同学在河北电影制片厂工作，她赞助鲁伟几盒“代代红”牌35毫米电影胶片，用现在的话说，“代代红”胶片也是那个年代的著名品牌，国产电影大多都用这个牌子的胶片拍摄。同学们分享了鲁伟获得的赞助，把大盒的胶片化整为零，截成1米5长一段，然后再分装成小盒。胶卷盒都是一次性的，冲完胶卷后胶卷盒都弃之不用，为了能够让它继续发挥作用，老盒装新卷，大家每次取胶卷都格外注意，不损伤盒盖，如果重复使用胶卷盒，盒盖发生变形会使胶片漏光，在当时的生活中废物利用最多的物品当属小小的胶卷盒了。

阿里弗莱克斯16SR型16毫米摄影机

程鹤麟：虽然照相机暗房设备均由校方提供，但胶片相纸这些材料校方只能限量提供，实在玩得不过瘾。来自厦门的温化平同学是个活雷锋，她找到厦门感光材料厂的路子，买下处理相纸，不辞劳苦背到北京，转让给同学们。80后90后或已不知啥叫“处理商品”，程老汉简单做个名词解释：所谓“处理商品”简而言之就是：一、达不到一等品但仍有使用价值的商品；二、边角料。相声《卖布头》卖的所谓“布头”就是边角料，就是“处理品”。化平兄弄到的处理相纸，有不大合格的（比如相纸小局部漏光），也有边角料。

刘存志老师的摄影艺术课和朱羽君、任远老师的电视画面编辑课，把77摄影班的学习带入电视专业课阶段，此时他们扛起了能拍16毫米电影胶片的红旗摄影机。

鲍莱克斯16毫米手持电影摄影机

红旗摄影机是甘肃光学仪器厂生产的，当年国内电视台普遍使用的是这个设备。拍照片有“电影厂”胶片做后盾，拍电视作业只有学校发

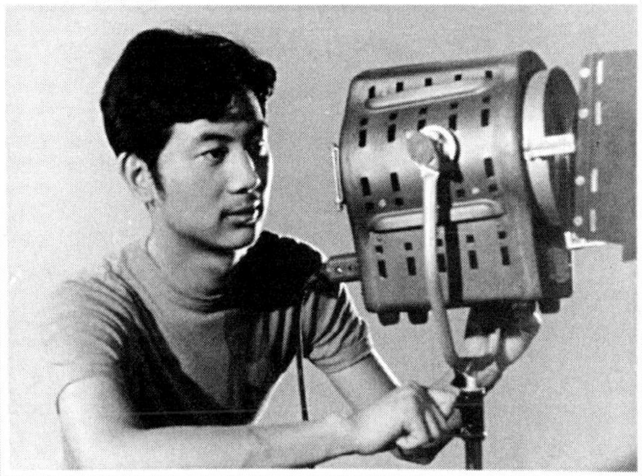

灯光照明人像作业（一）

主副光比：1:2 ． Bc：500（人脸）

曝光组合：1/5.6 1/125．

①：2000W． ②：1000W．

③：2000W． ④：1000W．

光位图

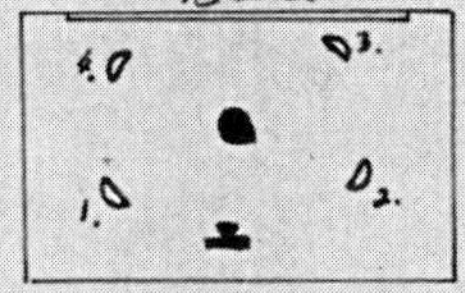

分析：

整个画面影调适中，主副光位置和光比较宜，右轮廓光勾划的光边增强了形象的立体感，丰富了画面层次，头发质感稍有表现，曝光正确。

不足处是人物右边过亮，影响整个画面的影调平衡，眼神光处理不够好，减弱了形象的表现力，衣服阴影过多。

乔保平 81.6.

不仅用光造型，而且用光表现动作的[illegible]。[illegible]右肩可[illegible]是放大机光源分布不均造成的，有损于整体造型。[illegible]

乔保平灯光照明课作业（被拍摄者为王政）

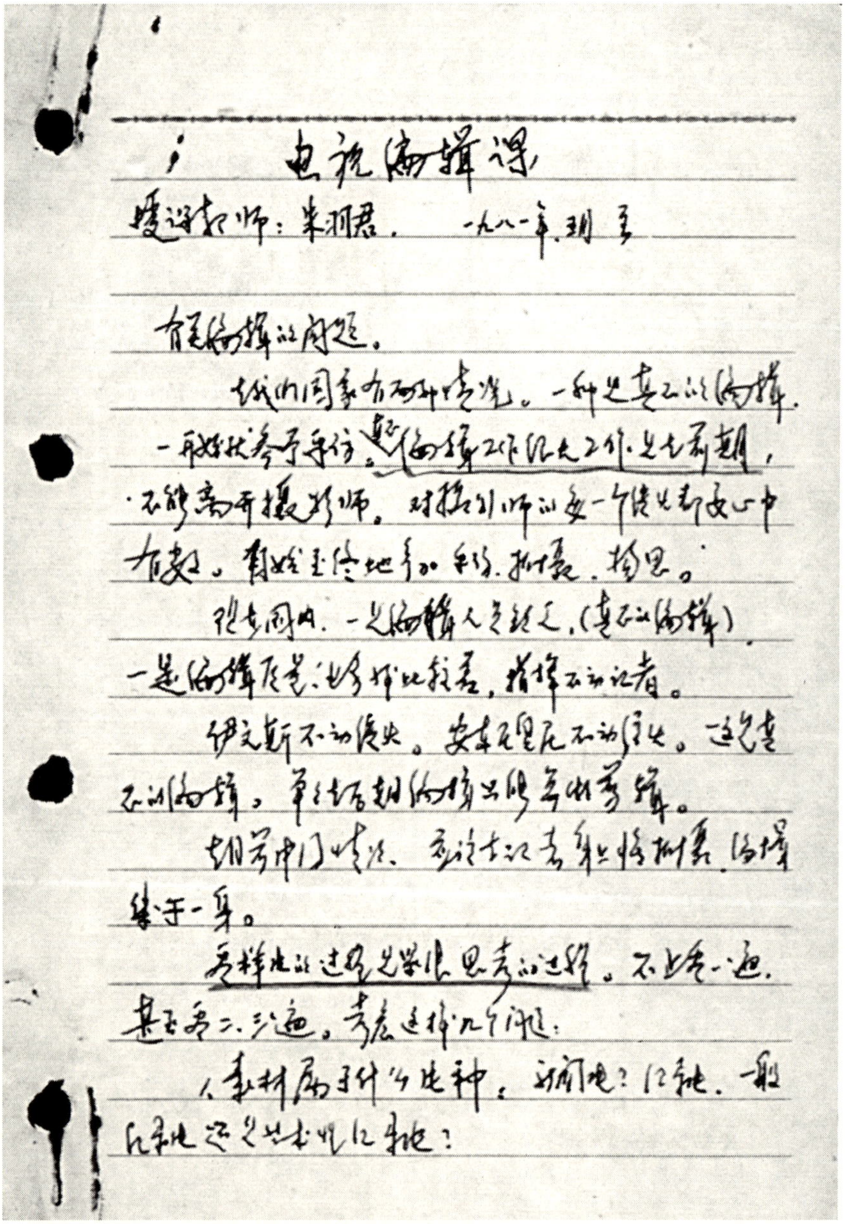

电视编辑课

授课教师：朱羽君。 一九八一年[illegible]

有关编辑的问题。

我们国家有两种情况。一种是专门的编辑。[illegible]编辑工作很大工作是在前期，不能离开摄影师。对摄影师的要一个镜头都要心中有数。有些要亲自动手加工、拍摄、构思。

[illegible]一是编辑人是导演，(专门的编辑)[illegible]

伊文斯[illegible]。安东尼奥尼[illegible]。[illegible]

[illegible]

乔保平电视画面编辑课笔记

的几盒电影胶片，每盒胶片的长度是100英尺，拍摄时间约2.5分钟，如果拍不好，连补拍的条件和机会都没有。所以每拍一个镜头，都要认真揣摩、精心设计，不能随意按动开关，一旦开拍，心里还要默数着秒数，不能多拍一秒的多余镜头。

任金州：甘光厂红旗牌摄影机是手摇发条作为动力的，手摇摇满了拍一次也就拍30秒钟，一个片盒时长是2分半，一拍起来，我们当时喜欢这种咔咔声，摄影机的抓片爪往下一拽就有机械转动的咔咔声，就跟打枪一样，我们拍摄的时候，听到这种声音就特别兴奋。

由于学校设备有限，红旗摄影机也是由几名同学合用。从那时起，任金州和马国力就成了“黄金搭档”。有一次，为了分配好摄影机，马国力同学专门给任金州留了封信：

金州：因这几天天气不佳，是否你能先拍，我等到下星期五六再说。摄影机放你家里，里面有一盒片子未拍，你可用，摄影机完好，我已试过，你如需要帮忙，请告诉我……

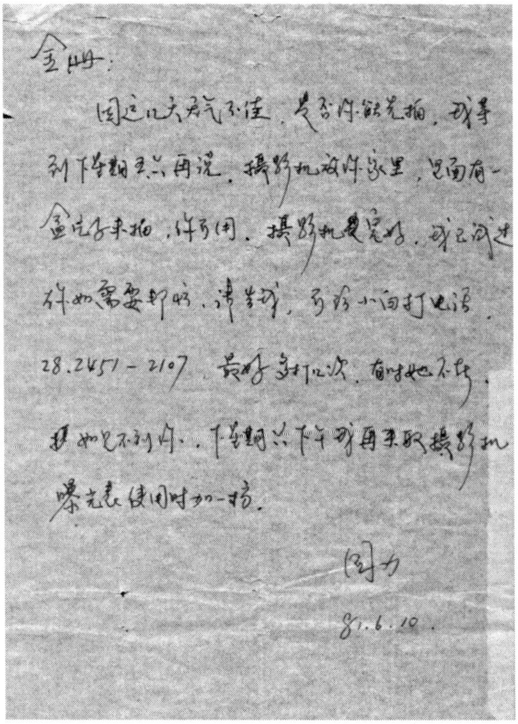
金州：
因这几天天气不佳，是否你能先拍，我等到下星期五六再说，摄影机放你家里，里面有一盒片子未拍，你可用，摄影机完好，我已试过，你如需要帮忙，请告诉我，[illegible]打电话
28.2451-2107 [illegible]
[illegible]
[illegible]
国力
81.6.10.

大学期间马国力写给任金州的一封信

两人的默契和情谊，从信中可见一斑。

电影胶片的负片依然要自己冲洗，在颇似作坊的暗室里，同学们先要把一盒盒胶片均匀整齐地缠绕在一个木制的胶片洗印架上，然后放进显影槽里。一切皆为手

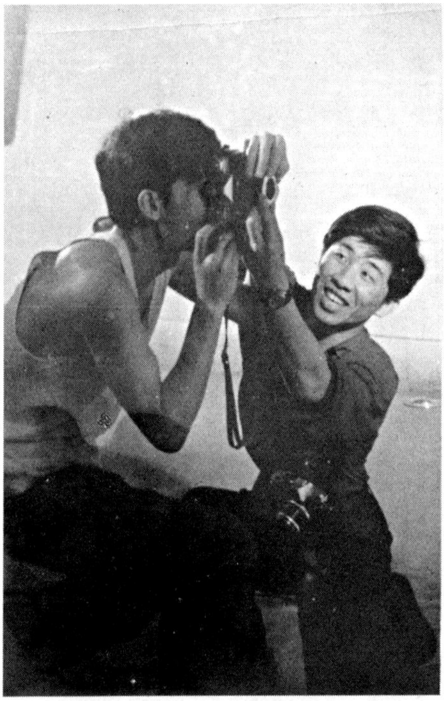

徐佳伦作品《“教学相长”的钟大年和余义宁》

柳春江摄影习作《刘新荣和孩子在一起》

工作业，既要细心，也要有耐心，每个步骤都不可粗心大意。

拍照片的时候，宿舍是暗室；拍电影片的时候，宿舍就成了剪辑室。本来就不宽敞的宿舍，每人的床边又放了一个布制的折叠式片兜，宿舍显得更加拥挤。片兜是用来放置胶片的，只要剪辑电影胶片，片兜是必备物品，不能缺少。几百英尺的胶片素材，依据镜头内容分段剪开，然后再用曲别针或夹子把剪开的胶片别在片兜的边沿上，剪辑的时候就从片兜里挑选镜头，当片兜里的胶片所剩无几时，就意味着剪片工作即将大功告成。

剪辑切刀、看片机和透明胶带，就是这么简单的工具，就能完成电影画面剪辑工作。同现在相比，当时的教学条件堪称简陋，甚至有点“寒酸”。但这非但没有影响77摄影班同学们对学业的专注和探求，反倒成为他们最为怀念的校园记忆和取之不尽的精神宝藏。

程鹤麟：摄影班的同学还就是拉风啊有木有！77编采的杨建军跟我一样来自福建，酷爱摄影，可是校方不给他们配照相机啊有木有！16毫米电影摄影机就更木有啦！有次做电影作业，程鹤麟一时抽风

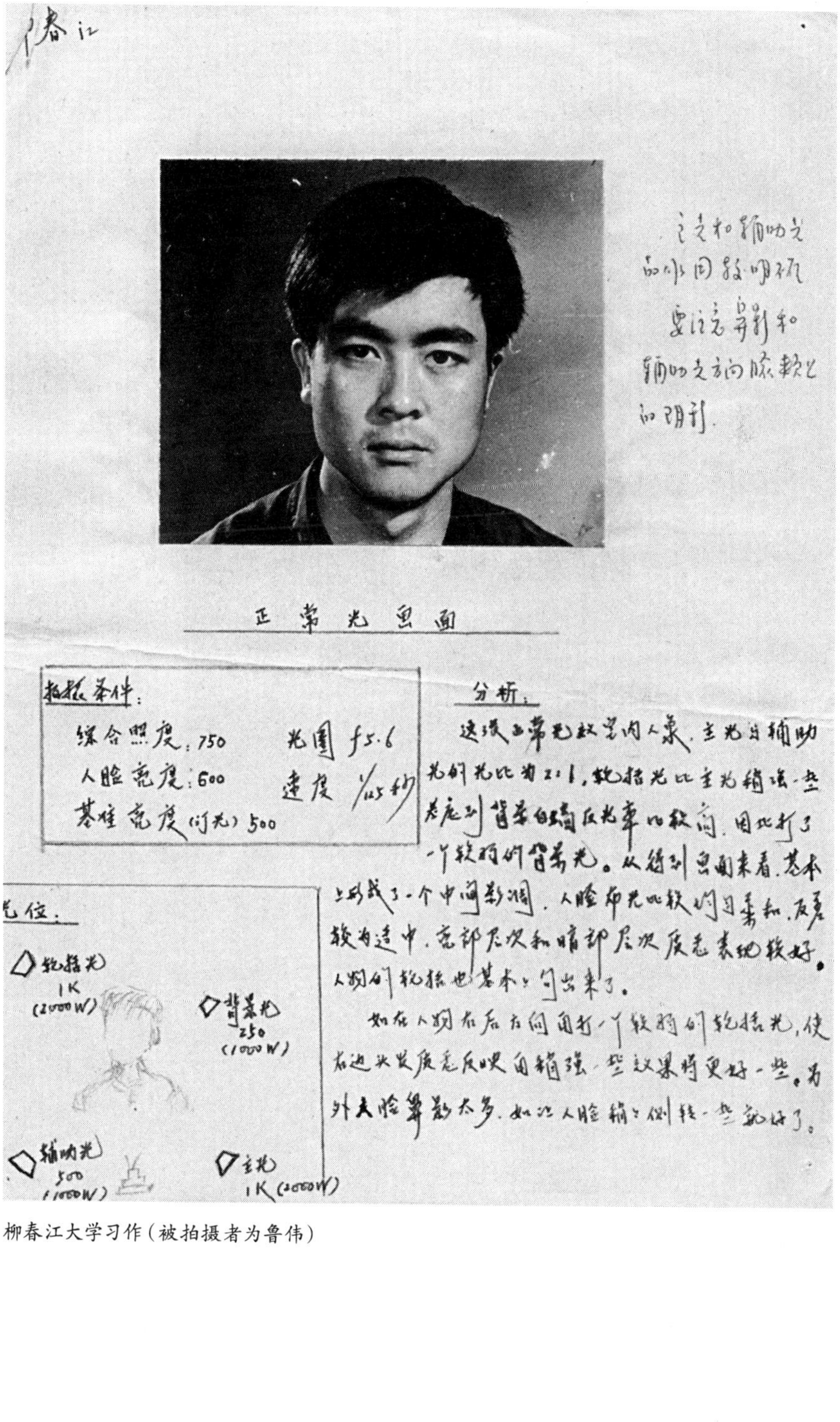
春江

主光和辅助光的亮度比明确，要注意鼻影和辅助光方向照出的阴影。

正常光画面

拍摄条件：
综合照度：750 光圈 f5.6
人脸亮度：600 速度 1/125秒
基准亮度（测光）500

分析：
这张正常光效果的人像，主光与辅助光的光比为2:1，轮廓光比主光稍强一些，考虑到背景的墙反光率比较高，因此打了一个较弱的背景光。从得到画面来看，基本上形成了一个中间影调，人脸部光比较均匀柔和，反差较为适中，亮部层次和暗部层次质感表现较好。人物的轮廓也基本上勾出来了。

如在人物右后方向再打一个较弱的轮廓光，使右边头发质感反映得稍强一些效果将更好一些。另外大脸鼻影太多，如让人脸稍稍侧转一些就好了。

光位：
轮廓光 1K (2000W)
背景光 250 (1000W)
辅助光 500 (1000W)
主光 1K (2000W)

柳春江大学习作（被拍摄者为鲁伟）

友情的意义在于帮助对方提高，同时也提高自己。这一杯水虽少，却浸透了姑娘的深情厚意。他(她)们在工作中建立了友情，互相关心，互相帮助，共同前进。

刘建新摄影构图课作业

想到去天安门广场拍升旗，就拉了杨建军同去，这哥们二话不说就跟着走啊有木有！我从住校的福建籍老师黄炜那儿借了辆自行车，下半夜驮着杨建军还有摄影机从广院出发去天安门。事件以悲剧收场：开始升旗了，摄影机发条不行了，我请杨建军帮忙手摇，摇得不匀，片子冲洗出来，那国旗是哆哆嗦嗦往上升，一会儿快一会儿慢。拍完回校，刚到郎家园自行车轮胎爆裂，臊眉耷眼去修车，修车店还没开门有木有！

刘新荣：朱羽君老师的摄影构图课，让我们真切体会到摄影创作的辛劳和乐趣。为完成作业，我们起早贪黑奔波于北京各大景区、艺术院校、工厂和乡村，能拍出一张得意的照片是最感欣慰和惬意的事。

从照相机到摄影机，从感光材料到胶片洗印，在这个系统地学习知识和掌握实际操作技能的过程中，77摄影班的同学们以笨功夫习得了真手艺，那就是不辞辛苦地付出，不计成本地打磨，只是为了生成一个好作品。

李讯：记得我和王政为拍日落照片，下午4点，才从北京城东的学院所在地辗转几路公交车，急匆匆赶往地处西郊的颐和园，在昆明湖畔寻找最佳角度和最佳构图。拍摄完成，在暮色中一个面包一瓶啤酒，美滋滋地享受着。

周五一灯光作业（被拍摄者为鲁伟）

对胶片摄影的怀念，实际上是对一种学习氛围的想念，是对人与人之间真诚交流与相处的怀念。来自77级摄影班关于影像的那些启蒙记忆也许是对胶片时代最好的纪念。

行走与发现

呵！这一切，

从自己的眼睛里看到的世界，

我把它们都记录了下来！

这是一位著名的摄影家曾经的感慨，它生动表达了摄影者与外部世界的关系，那就是：观察与记录。

当77摄影班在校园内忙于堆胶片的时候，中国社会也刚刚进入改革开放的轨道，从国民生活到社会百态，都发生着奇特和奇妙的变迁，一幅幅鲜活的社会图景为走出校门的摄影班同学既提供了丰富的素材，也在考量着同学们的发现力和观察力。

“文革”之后的拨乱反正，77摄影班是最直接的获益者，这个变革的时代给予了他们改变命运的机会，也给予了他们创造新事业的激情。用手中的照相机去记录社会，他们积极地深入到了北京城中的角角落落，奔波于取材的空间内，活跃于事件的现场内。

刘建新：我在更多的时间就是围着北京转，我围着北京转的最简单的方式就是我坐车到郎家园，完了从郎家园下来以后我就开始走，走到东单，从东单走到东四，从东四走到西四，从西四走到西单，再从西单走到东单，再走到郎家园，再坐车回学校。就这么一天一天这样走，因为在走的过程当中，你不是简单的沿着这条线走啊，这条线你可能还插过去了，你从东四到西四的时候，你可能要经过北海，你可能就拐到北海里头去了；你可能要经过景山，你可能就上了景山了，反正这中间不断地去扩展，所以我当时有很多东西都是在那个时候拍的。

刘建新不仅脚力棒，观察力也非常棒。在北京动物园内，一座拱形桥洞下的风景吸引了他，于是，他以此景为素材，拍摄创作了一幅名为《光阴》的作品：公园的一角，一切都是静悄悄的，光影从拱形的桥洞斜射过来，树枝、荷叶、流水都闪动着金色的阳光。然而，在这宁静的小景中，作者敏锐地想到了大自然的发展规律，看到了光和影的变化，仿佛听到了时间匆忙的脚步声。作品题名《光阴》，正是强调了年华似水的感受，提醒人们珍惜时光。由于视角独特，构思奇巧，《光阴》被中国老牌的专业摄影杂志《大众摄影》选中，刊登于1981年第6期，编辑部特别给予了点评，称赞《光阴》具有“委婉含蓄”的韵味。

在一群以摄影为职业的同学当中，学生时代的刘建新就为自己设立了一个目标——永远走在前面。但这个目标不是那样容易实现的，因为77摄影班的每个人都是不甘落后的家伙。每次拍摄冲洗完毕，将各自的作品挂在墙上的那一刻，就开始了一轮意味深长的“暗斗”，看到其他的同学作品有内容，自己技不如人就会感觉很没有面子。在这种情况下，柳春江同学会毫不犹豫地再次出发，继续拍摄，以求一鸣惊人。从阳光美女到王府井淘粪工，他的取材范围可谓宽泛至极。功夫不负柳同学，他的作品《独林画家》还入选了首都大学生摄影展。

刘建新习作《光阴》及其说明文字

光阴

吴 君

这两张选自首都大学生摄影艺术展览的作品，都表现了"一寸光阴一寸金"的感受。

公园的一角，一切都是静悄悄的。光影从拱形的桥洞斜射过来，树枝、荷叶、流水都闪动着金色的阳光。然而，在这宁静的小景中，作者敏锐地想到大自然的发展规律，看到了光和影的变化，仿佛听到了时间的匆忙的脚步声。作品题名为《光阴》，正是强调了年华逝水的感受，提醒人们珍惜时光。

丰富多彩的生活，为我们提供了无穷无尽的创作题材。在摄影艺术中，相同的或类似的创作意图，可以通过迥然不同的形式和韵味表现出来。你看，《光阴》的构思是那样委婉含蓄，而《饥》的作者却把珍惜时光的感受化为行动，如实刻划：这位大学生，饭碗还未放下，书本已经打开；后面几位同学背着书包匆匆奔走的身影，既增添了年轻人与时间赛跑的气氛，也生动地体现了今天大学生渴求知识、勤奋好学的时代精神。

光 阴

北京广播学院 刘建新摄

饥

北京大学 孟晓苏 邹士方摄

《大众摄影》刊登《光阴》的原始版面

恰如刘建新为自己作品《光阴》的题词：谁不珍惜青春？谁不热爱人生？切勿忘光阴似箭，珍惜，热爱她吧，一寸光阴一寸金！百废待兴的中国催生着年轻人的学习热潮。“与时间赛跑”成为当时的流行语，再加上国门初开，对外面世界的好奇与探求更是如井喷样爆发。这样的趋势与潮流一次次生动地呈现在了77摄影班同学的镜头中。

任金州：当时，在劳动文化宫举办一个国际风光展览，是与国外某个机构联合举办的，很多中国人都想看，得买票。当时买票很不正规，卖票人被挤得站在台阶上，一人多高，就站在台阶上往下卖票，人就往上涌，队形已经全乱，所有人把手伸出去，像一波又一波的浪潮一样。我正好在现场，就急忙选取了一个侧边的角度，将这个热烈的场面抓拍了下来。那个如潮的人海仿佛知识的海洋，买票人渴望的目光恰如点点波光，这个场面一次次感染着我、感动着我。我为自己的这个作品起了个名字《求知的浪潮》。

柳春江作品《王府井的女清洁工人》

柳春江作品《王府井的淘粪工人》

攝影佳作比賽
優異獎狀
作品題名：求知的浪潮
作者姓名：任金州
香港 攝影畫報 發給
1983年2月15日

80年代初，在《北京晚报》和香港《摄影画报》联合举办的摄影比赛中，任金州的作品《求知的浪潮》脱颖而出，荣获了优异奖。抓拍式创作对于一位摄影者而言，考量的职业功夫不仅是对生活的敏锐，还有对现实认识的深刻，这正是77摄影班用手中的照相机参与现实生活的出发点，它完全背离了过去媒体富有宣传意味的组织拍摄。从摆拍到抓拍，从宣传到纪实，77摄影班的学习和实践越来越贴近社会发展的脉动。

韩国强：我曾经拿着相机跑到北京大学，去关注北大竞选，观察胡平、王军涛们如何参与社会生活，我也曾经多次到天安门广场实地观察，再思考。因为我们那个时候和现在的大学生不一样，我们经过下乡、工厂，然后再上大学，77级对国情比较了解，对中国的实际情况比较了解。

技术课学习感光控制、曝光、影调，构图课学习构图、主体陪体、远全中近特的景别变化，77摄影班的同学并没有将专业领域的领悟停止于此，他们要把这种形式赋予一种内容，这个内容就是对生活的认识、对社会的认识。曾经的阅历和积累，使得他们更愿意以社会观察者和新闻记者的身份表达内心的观点与想法，记录生活，反映生活，提炼、表现生活，而不是组织生活、不去艺术加工，这是与北京电影学院78摄影班“艺术的深刻”迥然不同的“纪实的深刻”。

温化平：1980年，我在《摄影构图》课的作业《第一天》在第一届首都大学生摄影展上和北京电影学院78摄影班学生张艺谋的作品《中国姑娘》同获特等奖。那是我第一次获专业奖，既不知道当时的张艺谋是何人，更不可能知道日后的张艺谋会成为第五代的领军人物，

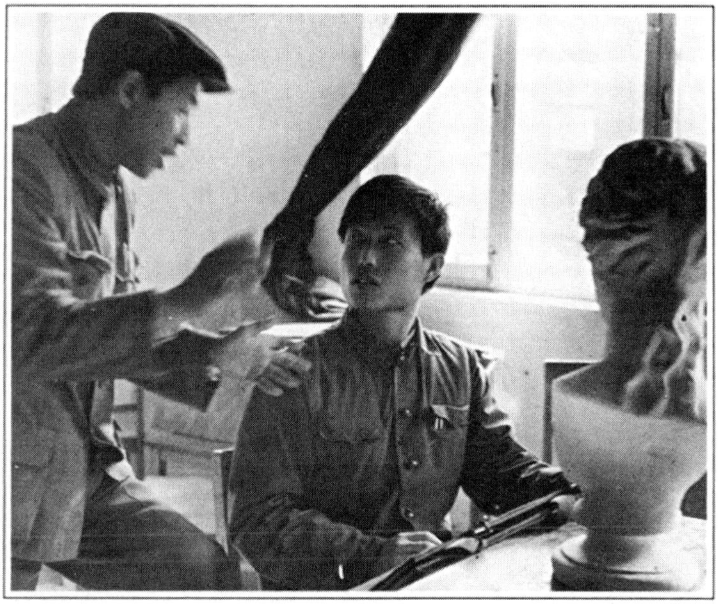

摄影班素描课（美术教师贾国士正在给任金州讲授人像素描）

但那领回来的小奖状也着实让我得意了很久。要知道上学前，我不仅没有见过电视，而且极少有机会摸到过照相机，和班里的同学比起来，很长一段时间其实是很自卑的。进入专业课的学习后，我在学习电视新闻摄影这条路上，在新闻上、在摄影上开始找到了感觉，有了自信，渐入佳境，与此同时也有了成就和成就感。

有了成就感的77摄影班以自办展览的方式公开秀自己的作品。每个同学自己准备硬纸板，将自己的作品裁切好，贴在硬纸板上，数量不限，只要是本人认为拿出手的就尽管拿出，最后用铁丝将所有的照片串联起来，挂在了广院人气最旺的学生食堂。甫一亮相，惊动全校，一看不过瘾，又继续转移到了教工食堂。

77级摄影班一朝成名全院知！

放 大 作 业

专业 摄影　　年级 七七　　姓名 温化平

标题 特殊光效

天气 室内灯光　时间　　光圈 2.8　速度 1/60

效果分析（写在框内）综合照度 250　基准亮度 250

温化平摄影作业（被拍摄者为仇绍强）

生活的哆咪嗦

《生活的哆咪嗦》是班长任金州同时期的一幅摄影作业。

任金州：一个盲人老人坐在那儿，两个恋爱青年在他的背后，幸福与不幸，温暖与孤独，来自生活深处的冲突与对立在《生活的135》这张照片上构成对比。朱羽君老师看了以后挺激动，她建议不应该用生活的135，应该把135底下再加三个点，不是激昂的135，是低沉的哆咪嗦，我就加了三点，是低音的135。

行走与发现，在行走中发现生活，也发现着彼此和自我。时代的多重印迹、生活的丰富层次在77摄影班社交与集体生活中渐次彰显。

王政：在大学期间，班长任金州年龄较长，事事都给我们做出了表率，无形中成为大家的楷模。记得在上大一和大二期间，任金州曾两次邀请我到他家，并和他家里人一同共进午餐。由于在他家的饭菜如同今日的饭菜数量和质量，使我为之感动。毕业后，我曾问过任金州："当时同学们是不是经常去你家做客。"他答："不是，也就请你去过。"看来是对小弟我的格外体贴和关照。

任金州与柳春江在校内聊天

在王政眼中很是热情大气的任班长，在王桂华同学看来，却有些“守财奴”的架势。

王桂华：上学时任金州和程鹤麟住在同一个宿舍，程鹤麟肯定是遇到了很急的事情，张口向带工资上学的任金州借20块钱。任金州思想斗争了一夜，最后的答复是不借。在毕业30年后，我已经看清楚，看家守财一定要找任金州。

30年后，重提“借钱事件”，班长任金州终于为这个事件解了扣。

话说1979年，徐悲鸿奔马邮票发行，一个小型张就5块钱，文艺青年兼集邮迷程鹤麟心向往之，但就是手中没钱。无奈之下，向带工资上学的任班长求援。

任金州：程鹤麟说借20元钱买“奔马”邮票，当时我身上没那么多钱，家在礼士路，我还得骑车回家拿，就没答应借他。一是当时懒得跑，但是最主要的是不想借他，太奢侈了，这邮票太贵了。当时12块钱一个月的生活费，最贵的菜才两毛，拿20元钱买邮票，简直太奢侈了！我个人也喜欢集邮，但我自己都不舍得买。正是在这种心理的支配下，我最终没有借钱给他。不过事后我一直抱着歉意怀揣着这份记忆。

对于自己“老抠”习性的形成，任班长的反思很有时代的典型性，这也许是徘徊于一代中国人心灵中的阴影使然。

20世纪60年代前三年，是中国的灾荒之年，也是中国人的饥饿之年，当时任金州正在上小学，“吃不饱饭，有点钱全攒着”是他对那个年代刻骨铭心的记忆。

任金州：我们小时候用完牙膏，把牙膏皮收集起来，好长时间才攒七八个牙膏皮，将它们卖了可以换几分钱，60年代的广州一两分钱可以买一块木瓜。木瓜是绿的，泡在白醋瓶子里，一般是两分钱一块，用竹子签扎出来吃，我小时候特别爱吃那东西，我爱吃醋也是那个原因。老母亲给我钱买一壶醋，五分钱的醋，我抱着醋壶往回走边走边喝，到家以后一壶醋就喝完了。那个时候的一分钱算是珍贵物了，也养成了我生活中“抠”的这么一个习惯。

消费观超前而被“驳回”的程鹤麟
（徐佳伦摄）

能不花钱就不花钱的任班长，显然与程鹤麟同学超前消费的观念截然不同。但班长就是班长，钱可以借，但有自己的原则：那就是若是借钱买粮票吃饭，自己绝对会毫不犹豫骑车回家取钱，而且借出去根本没打算要回；若是买奢侈品，概不出借。

没有借到钱的程同学就这样遗憾地与“奔马”擦肩而过，但也将两份遗憾留在了任班长心中。

任金州：没有借给他20块钱，我觉得很后悔，其实我当时有那个财力；后来，徐悲鸿“奔马”邮票特别值钱，我就发现程鹤麟是很有投资眼光的，而我却没有这样的先见。遗憾有两个：一是没帮到人家，二是我也没买。

这个遗憾可能程老汉早不记得了，他能记得的不是话剧就是美女。

有一次，校方组织77级同学去北京人艺观摩话剧——莎士比亚的名剧《请君入瓮》。有播音班的美女陪同，还能看到自己心中的话剧表演之神，程同学幸福得一塌糊涂。但就在这个美好的夜晚即将结束在一片祥和的大结局中时，那位被程同学视为话剧表演之神的名角把“白头偕老”口误成“白老偕头”，字正腔圆还掷地有声，整个剧场都被惊呆，台上台下霎时间万籁俱寂，空气凝固。散场后同学们议论纷纷，播音班有女同学痛心疾首说：哎，现在最难过的就是他自己了。但有谁知道，更有难过者就在身边，面对偶像的失常，程同学怕是有无法承受之重……

程鹤麟：我们还看过美国杨百翰大学学生的访京演出，美国的同龄人穿着花里胡哨的衣裙，男男女女互相搂着抱着跳舞令人印象深刻。还记得有次看啥晚会，女报幕员上台报幕时，坐我身边的班长任金州端着相机对她瞄来瞄去，嘴里说："程鹤麟，你说要是她这会儿摔一大跟头会怎么样啊？"任金州真坏啊有木有！

再说77摄影班仅有的两位美女——王桂华和温化平，作为"稀有动物"的她们却"独属"于第四小组的五个男生——钟大年、乔保平、韩国强、余义宁、 徐佳伦。

乔保平：刚入学分组的时候，就把这两个女生分到了我们组，我们宿舍五个男生，加上她们两个是七个人，组成一个班小组。后来班里有同学就提意见，说咱们班就两个女生，怎么分到一个组了？应该调出来一个分到我们组。但是没有拆开，没拆开的原因就是她们不同意，她们两个女生希望在一起做个伴。所以她俩就没分开，四年来始终在我们小组，别的组都非常羡慕我们。

第四小组让人羡慕的原因除了有两位女生，还有一个很大方的大款——钟大年。在77级摄影班年龄稍大一些的学生中，只要在上学前有五年工龄就可以带着工资上学，当时任金州已经是三级工，每月工资47元多，是班里带工资上学的同学中最高的一位。钟大年每月工资稍微低一些。对比大部分依靠助学金上学的其他同学，他们称得上是学生中的大款。

任金州：钟大年很豪爽，他们组经常花他的钱，掏钱请客吃饭多，一直到现在同学们聚在一起吃饭时，但凡有钟大年，都是他主动买单。

来自于人民公社，习惯了集体所有制生活的钟同学，也习惯了同学们和他共同享有自己的私人财产。

钟大年：我的工资基本上成了我们小组的活动经费。经常我的工资刚从陕西汇来，我还没见到，佘义宁已经拿着汇款单去邮局取钱去了。

韩国强：大年自己在生活上十分节俭，吸烟舍不得买烟卷，而是用旧报纸卷着烟丝抽。他常说："我们这些下过乡的人，什么苦也能吃。"但和同学们在一起，他花钱却很大方。那时我们上街打牙祭，大都是大年买单。

有热心人张罗，又有经费支持，第四小组的摄影创作和业余活动多姿多彩，七个人常常结伴而行，八达岭、香山、颐和园、北海，直至北京的大小胡同，都留下了他们拍摄的足迹。钟大年和王桂华家都在北京，只要大家一行动，他们就在家里备好吃喝，与组里的同学一起分享，其乐融融，宛如一家人。有一次用电影摄影机拍摄作业时，为了拍摄真实的海景，他们一起远赴北戴河。为了拍到壮观的长城日出，七个人选择了晚上出发，夜宿长城。

徐佳伦：当时想要拍长城的日出，但是交通工具很不方便，晚上开始坐汽车，然后坐火车，坐到长城脚下一个车站，我们自己带了煤油炉和锅，在候车室里头做饭，引得车站管理员过来看我们究竟在干什么。当时天已经很冷了，唯恐错过日出，我们晚上没敢睡觉，就在那儿聊天，聊到天蒙蒙亮爬上长城，不幸的是既没看见日出，也没拍到好照片，因为天气的原因太阳没出来，再加上学校发的普通照相机，没有变焦镜头。

当时北京广播学院地处郊区，远离城市，学生们出行是个大问题。按当时北京市公交月票的分类，到达北京广播学院需买通用月票。市区、郊区都可用，5元钱一张。这种月票还分"通工"和"通学"；"通工"是5元钱一张，"通学"是4元钱一张。就是这4元钱要花去一个学生一个月生活费的四分之一，尤其是外地来的学生一般都不会买月票。只有北京的学生因为每个周日都要回家才会买月票。地处偏僻的广播学院，学生想进一次城且不说路途遥远、搭上时间，车钱也是不小的数字。在那时，学生之间月票借来借去是常有的事情。也是因为地处偏僻，北京电影学院因为有个美术专业，画月票便成了他们

啧啧，看看那时候的身材！——密云水库游

全班的密云水库游，“贤惠”的周五一在做饭

的特色，那时的做法也成为每个学生记忆当中的一道风景。

王桂华：北京广播学院在定福庄，北京电影学院在朱辛庄，这两所地处偏僻郊区的学院，一所是培养电视人，一所是培养电影人，他们之间有许多共同之处。比如说在少有的摄影展、画展上这两所学校的学生就是常客，因此我和电影学院78摄影班的女生在摄影展相识，至今都是好友。

为了看一次画展或影展，有同学拿着借来的月票或是自己画的月票进城。月票一般是男生跟男生借，女生跟女生借。但是，更夸张的是，竟然有大胆的男生，拿着女生的月票也敢蒙混过关。

同过班和同过小组的不一样，同过小组的和同过宿舍的又大不一样，在一起“睡过的”印象就格外深刻。且让我们共赏鲁伟同学的妙笔生花——《在同一宿舍睡过的那些人》。

大学时代的鲁伟

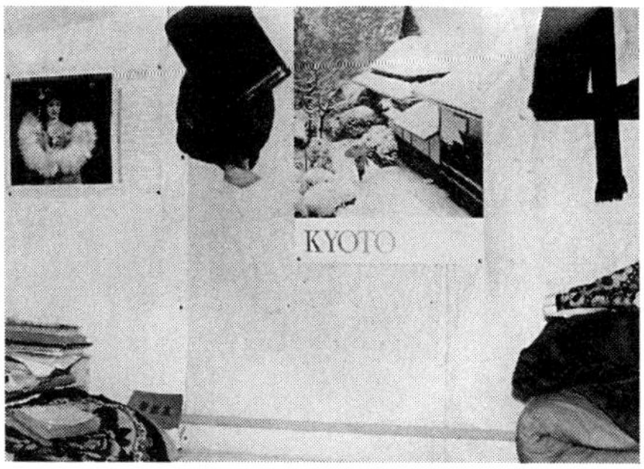

大学宿舍里刘建新的床

——黄著诚，来自壮乡广西，我们亲切地叫他“阿黄”，可能是套用“刘三姐”中的“阿牛”来的吧。压根儿就没想做官的他，参加工作后却一直在做官，他荣获“韬奋奖”的时候，我还在干着“淘粪”似的蓝领苦累活儿。在校期间，阿黄睡在我的上铺，他熟睡后的样子很特别，眼睛始终是微睁的，想对他下手干点什么坏事儿得掂量一下，不知道的人还以为他看得见呢。阿黄还有一个给我印象深刻的画面，就是他看书时的姿态，可以用“端坐”来形容，腰板儿很直，眼睛和书的距离保持着教科书式的规范，且神情极为专注。最雷人的事，算是他最初与大家一起在公共大澡堂洗澡……算了，此处省去25个字，还是给现在做局领导的黄局长留点隐私吧。

——马国力，宿舍里唯一的一个北京人，带工资上学，我这个不谙世事的外地愣小伙儿，与他始终有一种距离感。当时，在我眼里他既是个大哥也是个“大款”，可夏天穿着后背尽是窟窿的“和尚领儿”，没个款样儿。他刚开始还总主动让我和田广抽他的不带过滤嘴儿的“香山牌”。打那儿以后，不管他主动还是不主动，反正我是再也没买过烟抽，“香山牌”始终放在他的床头，从未断过档。临毕业之前，老马不无欣赏看着我说，小伙子这几年被熏陶的啊……说半截话是老马的习惯，下半句我想可能是“有个人样了”吧，在老马眼里，我在没“熏”之前，还指不定是啥样子呢。

鲁伟镜头前的柳春江

——柳春江，一个脑容量很大的江西“老表”，一个性情宽厚的兄长。据说他的一篇题目叫做“九月九”的高考作文还被选为77年的高考范文。“聪明绝顶”的他，在校期间的发型就已经酷似毛主席，心想真的不愧为革命老区的革命后代，连发型都要追随革命领袖。老柳是个电影篓子，新中国成立前后的电影没他没看过的，说起电影那是滔滔不绝、如数家珍。人啊，有长项就有短板。智力超群的老柳体能一般，胳膊柔软得像个女人，遇到体育课玩单、双杠，老柳绵软的双臂艰难地支撑着大头的样子，甚是让人同情。

大学时代的刘新荣

——刘新荣，一个新疆来的汉族小伙儿，一个没有任何不良嗜好的纯爷们。这个纯爷们天生不怎么长胡子，说话声音小却节奏快，走路步幅小但步频快。他在平常拿物件时，不经意间小手指就很自然地翘起来，这时总会让我抓个现行。私下里，我就叫他“荣荣”。荣荣性情温和，心地极为善良，与世无争，观察力很强，记忆力很好。荣荣经常揪住我说，你看你看，怎么能这样！久而久之我发现荣荣还是有“脾气”的，这个“脾气”源于他对事物的一贯看法，在一些原则问题上他很坚守。在校期间我们关系很好，记得我打篮球时被打断了门牙，只有他三番五次陪我往返于学校和北医大附属口腔医院。

——田广，一个来自宁夏的回族小伙儿。给人印象比较深的是他一年四季都堆在床铺上的那件老羊皮袄，实际上那是一件军大衣，是长城以北的解放军冬装的标准装备。在那个年代，那是件不是谁都能搞得到的奢侈品。田广很安静，囿于自己的世界里，不大与人交流。

大学时代的田广

——王屏，一个来自河南的江苏人。此仁兄除了鼻梁有一点点不易察觉地偏左以外，可以算是一表人才、风流倜傥。与我这样不到20岁，还有些天真稚气的人相比，他显得成熟老练得多。在宿舍里虽然我和他床铺相对，但却有咫尺天涯之感。

大学时代的王屏

若把77摄影班比喻成一个江湖，来自浙江的俞建成和湖南的刘惠东显然不属于少林武当大派系，而是独门小道上的少数派。在一个“文革”余温尚在的年代，他们来去自由，保持独立的个性做派显然是奇葩两朵。

大学时代的刘惠东

大学时代的余建成

俞建成：无独有偶，学校上学的四年，居然还有一个刘惠东和我相似，他怎么想，我不知道，但我们的行为却如出一辙。记得夏天军训时，班里的其他同学都趴在烈日暴晒的野地里练射击，唯独我俩在宿舍的房间里悠哉悠哉休闲着。我俩都是学校乐队的，在晚上九十点钟，同学们都想静下来看书，而我俩把铜管吹得无比嘹亮，气得住在楼上编采班的学友们直摔脸盆，可也没人前来当面说我们，而住在我们隔壁宿舍的我们班的同学，当然更不会有话了。

从上小学开始，俞建成同学就是一个要求上进的学生，在班里一直当班长，直至高中毕业。到了农村，又是知识青年的小组长。到了工厂，第一年就评上整个系统的先进工作者。但是进了大学，他似乎改头换面，当了一回后进。若干年后，俞同学将自己的后进总结为体制范畴内的后进，在道德范畴，他一直是一个先进的人。体制范畴中的后进，却会让自己的生活过得如此地自由自在，这是俞同学万万没想到的。现在想来，在体制内后进的人，属于靠墙站着的，无路可退，无可竞争，于是乎会博得更多的同情而不是为难，这样的日子当然好过，这可能就是退一步海阔天空的境界。

无论是以小组为圈子，还是以宿舍为单元；无论是主流党干，还是边缘文青，77摄影班的每一位同学和着一个时代与一所大学的律动，演奏出各自人生的哆咪嗦。那些纯真和复杂，朦胧与真实，独属于他们，独属于一个美好的胶片时代。

人生漫长，只此一段。

05 我为什么要赞美你

用影像记录和发现社会；
用行动参与和呼应时代；
用文字迎接和拥抱春天；
在路上，77摄影班曾经和一个于反思中求变的大国一同辗转……

告别的时刻已经来临

1978年之于中国，就好像1977年高考之于77摄影班，堪称一个大转折的时刻。这一年的中国，自上而下，自下而上，都在做着同一个事情，自上而下叫做拨乱反正，自下而上叫做民主觉醒。

1978年5月11日，《光明日报》发表特约评论员文章《实践是检验真理的唯一标准》，从根本理论上否定了“两个凡是”。“两个凡是”，一个是“凡是毛主席作出的决策，我们都坚决维护”；一个是“凡是毛主席的指示，我们都始终不渝地遵循”，是作为政治生活中的最高标准提出来的。“唯一标准”针对的就是“两个凡是”。两者尖锐对立，一时间，理论界和政界形成了大讨论的局面。

“文革”虽然结束，但如何评价“文革”？上层的争鸣如黄钟大吕，坊间的动静也从未消停。若把76年天安门事件看做民众意志的初体现，那么稍后的星星画派、朦胧诗、伤痕文学浮出水面，恰恰是民间各方力量自下而上的觉醒与反思。77摄影班同样被卷入到这股汹涌的思潮中。

> 任金州：我们这一代人生于毛泽东时代，是在对毛泽东的崇拜中成长的，同时又切身体会到“文化大革命”对我们的重创。作为一名知识分子，面对各种思潮，我也在进行着自己的思考与辨别。

比任金州年龄稍小的另外一位老大哥钟大年，面对一个急剧变化的年代，他的反馈有着一贯的持重。

> 钟大年：我还穿着老棉裤老棉袄时，交际舞、喇叭裤已经被风行、被礼赞；我还贪婪于巴尔扎克、爱森斯坦、斯坦尼体系这些艺术传统时，星星画派、伤痕文学、朦胧诗等等已经强烈地冲击着那时的文艺青年；当我在为终于脱离了政治有一个专业可学而庆幸时，民主墙、三角地、竞选学生会主席一类的政治游戏成为大学校园的一道风景线……农民毕竟是农民，面对一个全新的校园生活和变化的时代，只能是以不变应万变。

但是，并非所有的老大哥们都在思考，都在观望。和钟大年同岁的叶青醇同学表现出了一如既往的率性与高调。

正如人本心理学家罗杰斯在《个人形成论》的开篇从自身家庭背景谈起，这绝对是观察了解一个人的方法论。出生于世代华侨家庭，父辈参与创办了中国共产党在延安的首个航空大队，自小在三里河总参大院长大，入伍期间最好的伙伴不是战友，而是黑格尔、费尔巴哈和英文。以上信息虽然只是叶同学家庭和个人背景的只言片语，但足可以让我们看到大院子弟——叶青醇的些许底色：骄傲、激进、文艺、感性、敏锐，还有一点，用当下的话说，就是“潮爆”。

70年代末，国人渐渐有了文艺生活，交谊舞和国标舞开始风行。周末把书架子一收，广院的老图书馆于是就成了临时舞厅，在一众潮男潮女当中，叶同学凭借潇洒的外表和出挑的舞姿，很快成为全校大名鼎鼎的舞会王子，吸引了很多漂亮女生的青睐与追捧。由于父母在香港工作，叶同学真是大有潮的资本，不仅第一个将双卡录音机拎进了广院，也是广院第一个拥有日本进口摩托车的学生。

叶同学的潮不仅体现在外在，他的潮更在骨子里。天安门“四五运动”爆发时，还是工人的他不仅给予积极关注，而且还动手写了多首激情昂扬的诗歌。当北岛在诗作《回答》中以一句石破天惊的“我——不——相——信！”震醒茫茫黑夜时，叶青醇对于社会和时代的思考进入了更深层和更强烈的悸动。

随着国人对于“文革”反思和争鸣的不断深入，1978年11月出现的西单民主墙，彰显出人民要求民主的迫切愿望。就是在这样的背景下，叶青醇发起组织了一场“民主讨论会”，在校园搅起了一阵不小的旋风。

1978年的
西单民主墙

叶青醇：我作为摄影班的代表和播音班的白羽、编采班的郑固固共同策划和组织了这次讨论会。我们顶着被开除党籍的压力，承受着一些同学的冷嘲热讽，也面对着广大师生的热情期待。

11月28号上午，叶青醇与77播音班的白羽、77编采班的郑固固商量之后，在学院贴出了“新闻系民主座谈会”的海报。时间是晚饭后，地点在一号教学楼二层大教室。但是没有落实重点发言的人，因为敏感，所以名单无法确定。

晚饭前，支部书记岑传理找到叶青醇谈了话，暗示系里不同意这个座谈会。叶同学听完心都凉了，但是通知已发，只好硬着头皮开了。

> 叶青醇：晚上6点半时教室里已经坐满了人。虽然很多人是来观望的，但也是一种支持，心里多少有些安慰。我先做了一个说明：这次座谈会是响应《中国青年报》关于开展"民主与法制"讨论的号召，在同学中对关乎国家命运的民主与法制问题进行讨论。

叶青醇讲完之后，有片刻的冷场，大家都安安静静地坐着、期待着……谁是第一个站出来讲话的人？此刻，多么需要一个富有勇气的同学打破这个局面。于是，叶同学又说了几句鼓励的话。这时忽然有人大声说：小宋要讲！76级艺术系的小宋心一横走到前面的麦克风前。他直言不讳地提出了应该对毛主席有个正确的评价，如果不破除对个人的迷信，在中国就不可能建立起法制和民主。他很好地开了头一炮。

接着是白羽发言，他重点讲了"民主与四个现代化的关系"。他以南斯拉夫为例子，因为政治上的民主，该国的经济发展是我们社会主义大家庭中最快的，基本达到了欧洲中等发达国家的水平。随后是外语系的一个毕业生，他讲得趣味横生，赢得了同学们的掌声。特别是他在模仿反对学生讨论民主的一个校领导时，更引起一阵爆笑。严肃的话题变得轻松了。

班长任金州以参加座谈会的实际行动支持了叶青醇的这一激进之举。

> 任金州：叶青醇他们的讲话我有些同意、有些不同意。但是叶青醇说的一句话我印象很深，'没有现代化的思想，就不可能有现代化的社会。'其意是首先要解决思想现代化的问题，因为当时我们的思想很受禁锢，有什么思想？党中央、毛主席、国家早把思想路线弄完了，你的任务就是学习和执行，不能对现行体制进行思考，而叶的意思是对现行体制思考，这个体制不是现代化的，此类的碰撞思想对我们启发都很大。虽然我也是学生，但我是班长，稍稍有点责任感，

我不希望这个班的同学们出现一些事情。“文革”中对我毕竟有些修炼，希望在稳妥中发展，所以我在发言中强调对毛泽东要一分为二，对现行体制也要一分为二。

在任金州、马国力发言之后，播音班的老大哥汪良终于克服了犹豫，发表了一通不断引起掌声的演讲。气氛越来越活跃，发言的人一个接一个。最后一个是程鹤麟，他谈的是我国的知识分子问题，其言辞之激烈令人瞠目结舌。

广院的民主座谈会在一阵喧嚣的激昂中结束，没有结束的是师生们对于中国“文革”和改革等一系列问题的再思考。77摄影班的这一动作，在广院上下引发了很大的震动。虽然有“开除叶青醇党籍”的声音，但这样的声音已经成不了主流，77级再一次以自己的特立独行表现了一代大学生对于时代和社会的独立思考。

若干年后，叶青醇同学撰文，回忆“广院民主座谈会”，30年风雨磨炼，率性和赤诚依旧未改：

一年后，“西单民主墙”被推到了，但在人民心中却竖立起了一座民主墙。

记得当时流传着一首西单民主墙上的诗：“我的朋友，告别的时刻已经来临。再见！我能对你说些什么？说春天的严寒？说枯萎的腊梅？不！还是说欢乐吧！说明天的欢乐，说纯净的天空，说野外金黄的花朵，说孩子透明的眼睛。我们应该带着尊严告别，不是吗？”

异端是生活的诗歌

人世间有许多奇迹，人比所有奇迹更神奇。

这句话是盗用大诗人歌德先生的，也间接盗用了文字研究者程老汉的，因为它出现在程老汉的著名大作《喇叭裤礼赞》中。

“西单民主墙”风潮中，广院一下子就涌现了两个奇人，且形成了北南呼应之势，“北”指的是北京学生叶青醇，“南”即指福建学生程鹤麟。

叶同学的民主座谈会未及落幕，程同学就赞美起了喇叭裤。民主很严肃，喇叭裤是什么？

为什么赞美喇叭裤？这个听起来很酷的问题回答起来却一点儿也不酷。

歌手艾静有首歌《艳粉街》：有一天一个长头发的大哥哥/在艳粉街中走过/他的喇叭裤时髦又特别/他也因此惹上了祸/被街道大妈押送他游街/他的裤子已被撕破/尊严已剥落/脸上的表情难以捉摸。这首歌现在听来有种三流惊悚片的滑稽，但却是70年代末期的真实版暴力。

> 程鹤麟：国人喜欢为别人的穿着打扮操心，这份操心在“文革”十年里，演变成一种准政府行为，穿什么衣服变成思想问题作风问题甚至政治问题，衣服宽了窄了，裤腿肥了瘦了，裙子长了短了，全被上纲上线。“文革”期间曾流行窄小裤管的“铅笔裤”，红卫兵不爽，满街拦人，拦住就剪裤管。“文革”结束，喇叭裤顺着吱呀打开的中国国门的门缝溜进中国，迅速风靡全国。一夜之间小裤管变成大裤管，操心的人又开始操心了。虽然再没人上街剪人家裤管，但报纸杂志上讨伐喇叭裤之声此起彼伏：喇叭裤代表虚幻、代表没落、代表腐朽……

这不是改革开放了吗？怎么还搞“文革”那一套呢？报纸杂志干吗跟年轻人的裤子较劲呢？我不服，我偏要！愤怒出诗人，程鹤麟拿起笔做刀枪，直指“中山装卫道士”。

喇叭裤礼赞

我为什么要赞美你？我赞美你，就和欢呼邓小平在休斯敦戴上牛仔帽一样，——我欢呼新生活的来临，我赞美新生活的来临。你，喇叭裤，和牛仔帽一样，报告了一个时代面貌的即将改变，你随着柔和的一阵暖风来了，复苏了我们心中的活力。我从你这里，好像看到，在我生长的土地上，到处是生命的光波，到处是新鲜的情调。

我为什么要赞美你？你也许感到惊奇？是了，你自己不曾有过这个愿望。这正如你从来没有想到有那么无聊的编辑，会在报上不厌其烦地谈论你一样。然而，正像人们穿上你，是凭了他们的意志，我赞美你，完全是凭了我自己的意志。

我为什么要赞美你？因为我从你这里，领悟了启蒙文学的“宙斯”歌德这句充满自豪感的话：“人世间有许多奇迹，人比所有奇迹更神奇。”饮食起居，多么平常的事，有几个艺术家从这里产生过灵感？而你却超越群雄，把美带到了我们最具体的生活中来，在平凡中创造了奇丽！——你一定是缪斯的化身，抑或是她神圣的使者？你唤起了我们对生活的向往，你唤醒了我们的审美情趣。——我们的生活内容，原先只是贪温图饱；我们的审美情趣，曾经为中山装和标准服所麻痹，以至于迟钝得就像布什门人。是你，缪斯啊！振作了我们的精神，培养了我们的高尚情操。

假如春天没有花，假如人生没有爱，假如人生没有美，那还成个什么世界？人和动物还有什么区别？喇叭裤呀，缪斯！我赞美你！因为我从你这里，看到人与动物的区别。——动物只依照它所属的物种尺度和需要来造形，而人类却不断地依照美的发展规律来造型，并在美的创造中自我享受。

你是美的。——这并不因为你受到了一些正襟危坐的中国人的白眼而稍有逊色；恰恰相反，正由于你的美好，你畅销世界，风靡全球。你得到了世界人民的共同确认，上至总统，下至平民百姓，人人对你笑脸相迎！——你的线条，飘洒自在，优雅浪漫，给人以和谐自然的感觉。我记起了一个美学家的话，和谐是生存和繁荣保证的表现，和谐是事物的合理、完善的结构的表现。那些留恋中山装、甚至希望穿马褂留辫子的人，说你癫狂。然而在我的眼中，你的蹁跹风姿，好像一个青春常在的歌女，你有一种无形的节奏，而“节奏正是我们正常生活的表现”。——原谅我，又一次引用美学家的语录。

哈，喇叭裤，我还为你的性格赞美。——你受到了中国的林彪、“四人帮”的狠狠打击，这群歇斯底里的革命狂，把你也当成“专政对象”，大张挞伐。于是，在社会主义中国某些城市的大街上，出现了代表法律的警察，领着工人民兵（大约是代表道德的）截住一个无辜的少女，剪破她的喇叭裤——就是你，让她的两腿忽隐忽现地在大街上飘荡而过……你虽受到这样的非礼，却不作太多的计较，当中国人再度向你招手时，你便翩翩而来，热诚地施美和施惠于中国青年。

我还要纵情地赞美你的落落大方，出人头地。——这正是马褂们最嫉妒你的地方，它们因为受到人类的淘汰而深感不幸，它们想死守中国的土地以苟延残喘，它们看到你施施而行、洋洋得意，受到新一代的垂盼，禁不住妒火中烧，好像一个失恋的情妇。但是，这有什么？让它们说你是恶少、是异端吧！秋后的枯草，还配来嘲笑春天？我要用歌德的话来赞美你，“异端是生活的诗歌”。

……

令人赏心悦目的你，令人精神轻松的你，我要赞美你！我赞美你，就是赞美我自己，就是赞美我的生活，就是赞美奇丽神妙的人类！

让我在这里高声朗诵：人，是按照美的法则进行创造的；人，是在创造的作品中自我享受的。——说这话的人也是个异端，是个为正人君子们所痛恨的怪人，因为他竟敢留着那不可饶恕的大背头。但，尽管他的大背头被今天的中国的正直的、最男最女的、性别清楚分明的、一上街就关心人家是男是女的（郑重声明：他们决不是不怀好意的）漫画家和写信的读者们痛斥为不男不女，他还是写出了不朽的科学巨著——《资本论》。

（读者一定奇怪，说笔者写到这里似乎跑了题。不错，因为下面接着另一篇小文《大背头之歌》，想用这一段来做个过渡。因版面之限，《大背头之歌》便不发表了。若哪位读者有兴趣，去写个《大背头之歌》，也是很有意思的，内容可能会与我不谋而合。）

北京广播学院 郑辛之

一九七九年三月二十四日

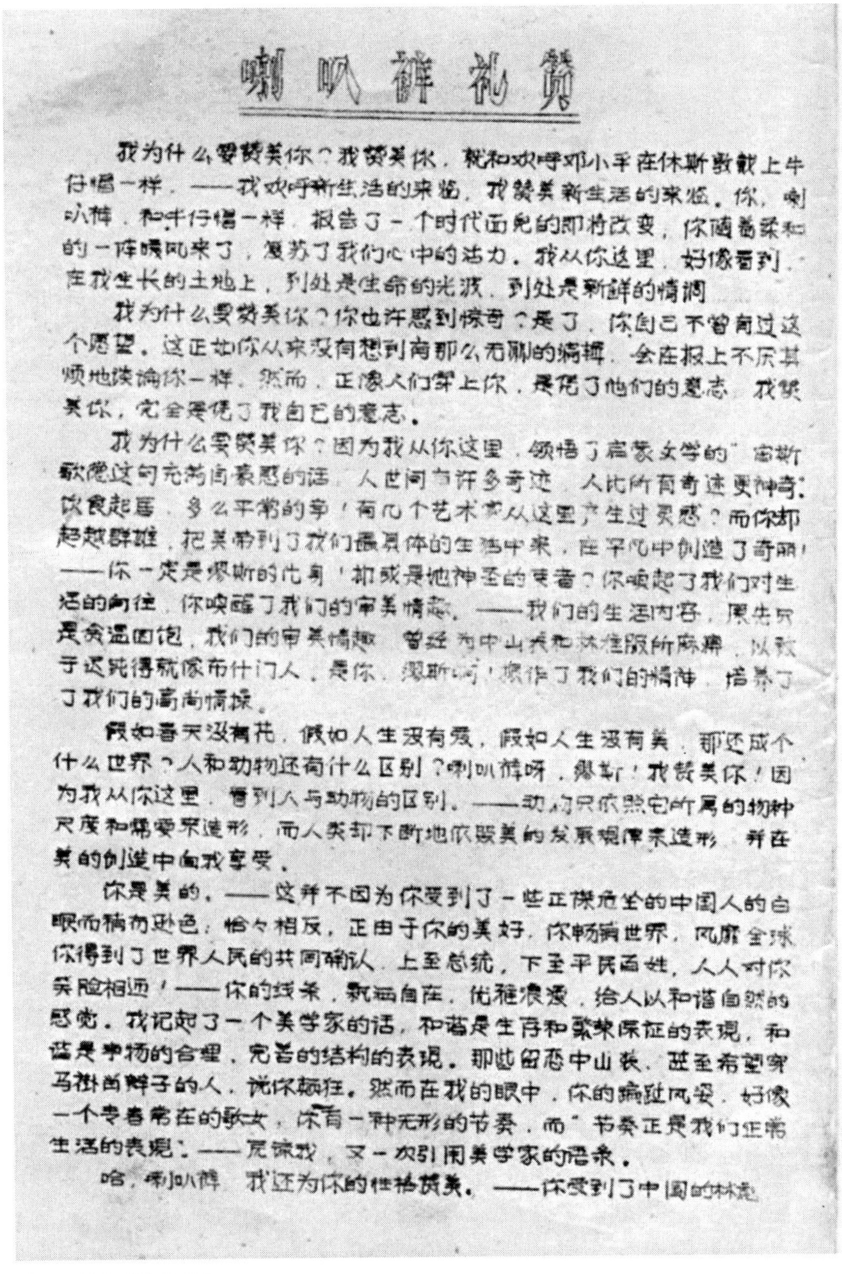

喇叭裤礼赞

我为什么要赞美你？我赞美你，就和欢呼邓小平在休斯敦戴上牛仔帽一样，——我欢呼新生活的来临，我赞美新生活的来临。你，喇叭裤，和牛仔帽一样，报告了一个时代面貌的即将改变，你随着柔和的一阵暖风来了，复苏了我们心中的活力。我从你这里，好像看到，在我生长的土地上，到处是生命的光波，到处是新鲜的情调

我为什么要赞美你？你也许感到惊奇？是了，你自己不曾有过这个愿望。这正如你从来没有想到有那么无聊的编辑，会在报上不厌其烦地谈论你一样。然而，正像人们穿上你，是凭了他们的意志，我赞美你，完全是凭了我自己的意志。

我为什么要赞美你？因为我从你这里，领悟了启蒙文学的"密斯歇德这句充满向往感恩的话：人世间有许多奇迹，人比所有奇迹更神奇"。饮食起居，多么平常的事！有几个艺术家从这里产生过灵感？而你却超越群雄，把美带到了我们最具体的生活中来，在平凡中创造了奇丽！——你一定是缪斯的化身！抑或是她神圣的使者？你唤起了我们对生活的向往，你唤醒了我们的审美情趣。——我们的生活内容，原先只是贪温图饱，我们的审美情趣，曾经为中山装和沐佳服所麻痹，以致于迟钝得就像布什门人。是你，缪斯呵！振作了我们的精神，培养了了我们的高尚情操。

假如春天没有花，假如人生没有爱，假如人生没有美，那还成个什么世界？人和动物还有什么区别？喇叭裤呀，缪斯！我赞美你！因为我从你这里，看到人与动物的区别。——动物只依照它所属的物种尺度和需要来造形，而人类却不断地依照美的发展规律来造形，并在美的创造中自我享受。

你是美的。——这并不因为你受到了一些正襟危坐的中国人的白眼而稍有逊色；恰恰相反，正由于你的美好，你畅销世界，风靡全球，你得到了世界人民的共同确认，上至总统，下至平民百姓，人人对你笑脸相迎！——你的线条，飘洒自在，优雅浪漫，给人以和谐自然的感觉。我记起了一个美学家的话，和谐是生存和繁荣保证的表现，和谐是事物的合理，完善的结构的表现。那些留恋中山装，甚至希望穿马褂留辫子的人，说你疯狂。然而在我的眼中，你的婀娜风姿，好像一个青春常在的歌女，你有一种无形的节奏，而"节奏正是我们正常生活的表现"。——宽恕我，又一次引用美学家的语录。

哈，喇叭裤，我还为你的性格赞美。——你受到了中国的林彪

《喇叭裤礼赞》原稿之一

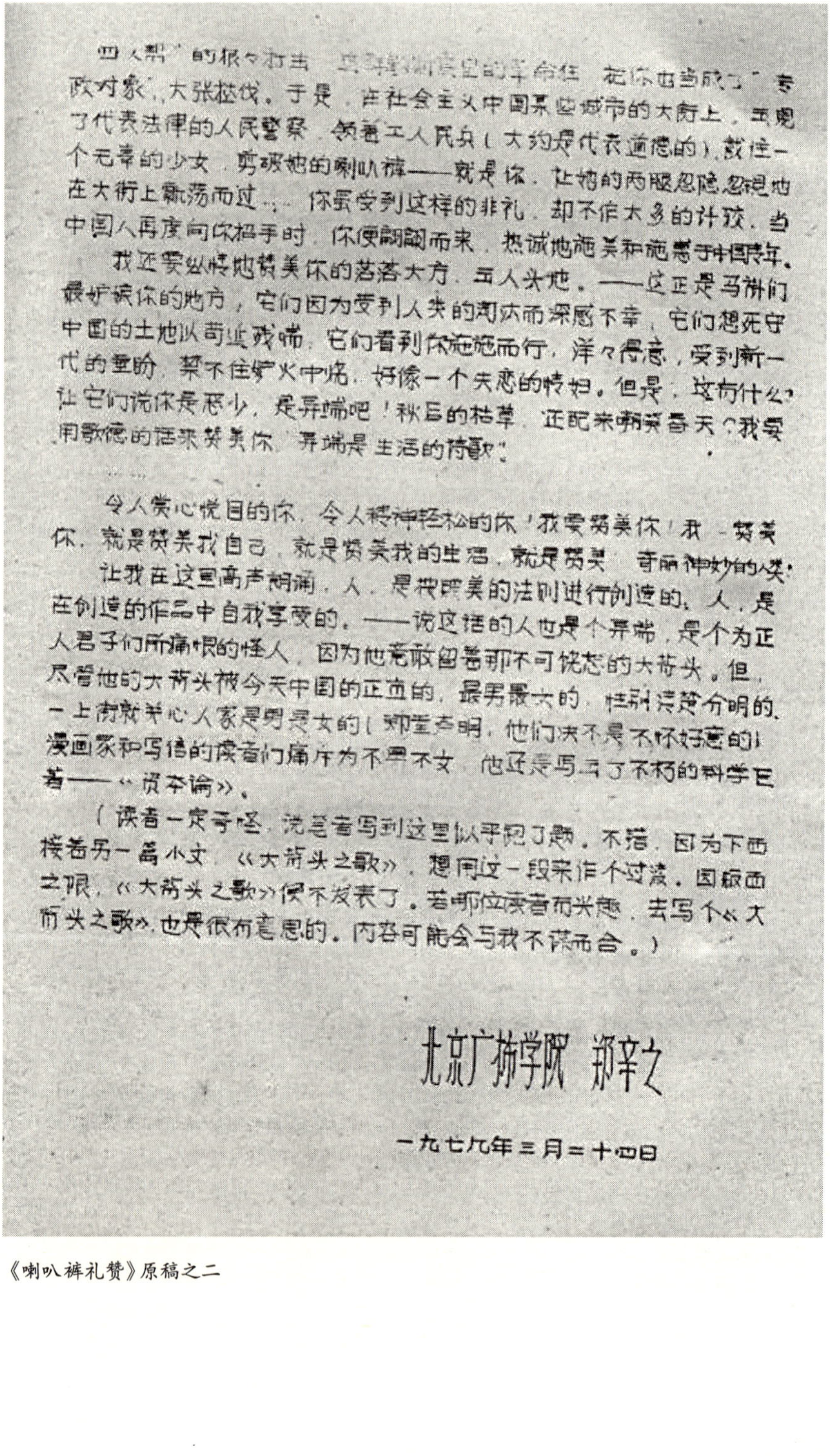

“四人帮”的根々打击，[illegible]的革命性，把你也当成了“专政对象”，大张挞伐。于是，在社会主义中国某些城市的大街上，出现了代表法律的人民警察，领着工人民兵（大约是代表道德的），截住一个无辜的少女，剪破她的喇叭裤——就是你，让她的两腿忽隐忽现地在大街上飘荡而过……你虽受到这样的非礼，却不作太多的计较，当中国人再度向你招手时，你便翩翩而来，热诚地施美和施惠于中国青年。

我还要公正地赞美你的落落大方，出人头地。——这正是马褂们最妒嫉你的地方，它们因为受到人类的厌弃而深感不幸，它们想死守中国的土地以苟延残喘，它们看到你施施而行，洋洋得意，受到新一代的垂盼，禁不住妒火中烧，好像一个失恋的怨妇。但是，这有什么？让它们说你是恶少，是异端吧！秋后的枯草，还配来嘲笑春天？我要用歌德的话来赞美你：“异端是生活的诗歌”。

……

令人赏心悦目的你，令人精神轻松的你！我要赞美你！我，赞美你，就是赞美我自己，就是赞美我的生活，就是赞美……奇丽神妙的人类！

让我在这里高声朗诵：人，是按照美的法则进行创造的；人，是在创造的作品中自我享受的。——说这话的人也是个异端，是个为正人君子们所痛恨的怪人，因为他竟敢留着那不可饶恕的大背头。但，尽管他的大背头被今天中国的正直的，最男最女的，性别清楚分明的，一上街就关心人家是男是女的（郑重声明，他们决不是不怀好意的）漫画家和写信的读者们痛斥为不男不女，他还是写出了不朽的科学巨著——《资本论》。

（读者一定奇怪，说笔者写到这里似乎跑了题。不错，因为下面接着另一篇小文：《大背头之歌》，想用这一段来作个过渡。因篇幅之限，《大背头之歌》便不发表了。若哪位读者有兴趣，去写个《大背头之歌》，也是很有意思的。内容可能会与我不谋而合。）

北京广播学院 郑辛之

一九七九年三月二十四日

《喇叭裤礼赞》原稿之二

写完之后还得发布，不发布就是白写。

据温化平同学的回忆，《喇叭裤礼赞》是程鹤麟为77编采班那本油印刊物《秋实》写的。化平兄是刻蜡版的好手，蜡版字漂亮清晰而且刻写速度快，是《秋实》的特邀主力刻写手。《喇叭裤礼赞》就是由她刻写。

那时《秋实》已经非常有名，在全国高校学生刊物里名列前茅，因此很受校方重视。这一重视，《喇叭裤礼赞》就被和谐掉了。

不让在刊物上发表，那就在墙上发布。程鹤麟一不做二不休，抄成那会儿尚属合法的大字报，贴到一号楼东墙右下角。回头看看化平兄刻好的蜡版，程鹤麟杀得性起，把它按上油印机，印成小字报，请《秋实》编辑部夹带在《秋实》里，寄发到全国部分高校。还不过瘾，上街，把它贴上西单那面历史名墙。一不小心，程鹤麟跟历史发生了一次暧昧关系。

程同学为何又取笔名“郑辛之”？这背后也大有故事。

程鹤麟：出这么大风头，不好意思用真名儿，又懒得动脑筋想，写稿那天刚好收到高中好友郑新芝的来信，就顺手将他名字改头换面做了笔名。老同学后来看到我用这笔名，也没说好，也没说不好。

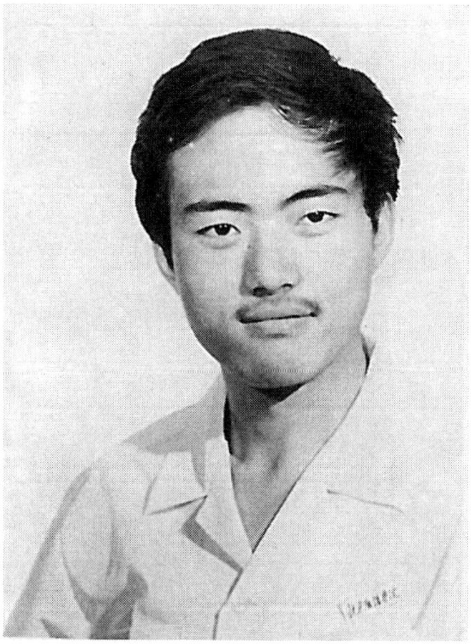

大学生时代的“愤青“程鹤麟

坐言起行。不光写，不光发布，我还穿。写完发布之后，为了对自己表示声援，程鹤麟上街买了条喇叭裤，恶狠狠穿上，凶巴巴满校园乱窜。

穿起喇叭裤的程鹤麟险些被校方开除，但最后还是虚惊一场。程老汉曾把自己与电视的相遇比喻成误撞，评价自己是“左脑使用过度的恋字癖”。这一次，文字狂人真正用文字的才情彻底愤青了一把。

和程老汉的“以笔做刀枪”不同，周五一同学用先锋影像表达出了自己的独立思考。

> 周五一：1980年春天，我在昆明市翠湖边进行摄影作业，看到农业展览馆前立着一尊毛主席塑像，是昆明仅存的几尊之一，且个头最大。我们这一代也受到过“文革”的冲击，看到那个巨大的造型，心中就会泛起颇多记忆与感怀的涟漪。很想把这种感受传达出来，引起大家的共鸣，于是拍摄了这张照片。选择从背面拍摄，并在当时抓拍到了一个孩子在画面中，那大与小强烈的对比产生的压抑和冲击，似乎更能表达我对“那时”的感受。

领袖像永远是政治，它象征着无法撼动的权威。“文革”当中，北京广播学院一个老师因为在报纸正面裁减一个文章，没有注意到背面是毛主席头像，无意间就把毛主席头像给剪了，结果被扣上“反革命”的罪名，差一点没被打死。而周五一的镜头是如此具有颠覆性，他不仅拍摄了主席像的背影，还抓拍到了一个在画面中的孩子，她在画面中扭头望向主席塑像，似乎在审视着这位历史巨人。这张照片在学校展览之后，引发了多种不同观点的争论。有的同学从构图去分析领袖与孩子的关系，有的同学从主题来解读“文革”与当时的对照，图片中的种种复杂意味无人能够一言以蔽之。

周五一作品《那时……》之一

后来，周五一给照片取名为《那时……》。

30年过去，当我们有幸看到周同学翻箱倒柜找出的这张《那时……》时，遗憾的是当时设备条件差加之失误，底片上前后两张有部分重叠了，本来是全身的取景只留下了半身可用，不过还算幸运，还能裁剪出不差的构图。

英语凶猛

77摄影班有两个英语迷：孙林和田广。前者出身学者之家，沉迷英语，对自己的人生有明确的规划；后者来自小城市，自立自强，渴望通过学习英语接触更广阔的世界。

韩国强：我喜欢散步，和孙林两人经常一起边散步边聊天，关系挺好。他父亲孙尚青先生是中国社科院经济所的所长，老一代经济学家。当时孙林想法挺多的，学好英语，就是想出国深造。

为了实现理想，孙林几乎将所有的时间都安排给了英文学习，埋头读书，将别的干扰统统排除，几乎不在同学交往上花费任何时间。

田广与英语的深度结缘，则来自与一个外交官家庭的交往。

田广：在中学的时候，曾经学过一点英语，自己以为还学得不错，会用英语说几句革命口号，而且还会用英语讲半夜鸡叫的故事，当然了说的什么大概只有我自己才知道。那个时候广播学院外语课是分成快班和慢班的，经过考试我参加了快班的学习。俗话说不怕不识货，就怕货比货。原来还自以为自己的英语不错，哪里知道同其他班级以及我们班的英语好的同学相比，我的英语水平简直就是拿着头发串豆腐——没法提了。开始，我也就认了自己不行，也没有想如何很快提高自己的英语水平，觉得只要能考试通过就行了。后来在我的大学生活中发生了一件在现在看来是个鸡毛蒜皮的事，而在当时却似乎是一件天大的不得了的事。

上个世纪80年代初春的一天下午，田广在东单的委托商行门前碰到一个大约50岁上下的外国老太太，大概是迷失了方向，在那里急得团团转："Can any one speak English?"周围围观的人中大概都听不懂她说的什么，田广似乎听懂了她的意思，就上前用英语问她我能不能帮忙。原来那老太太是原西德驻中国大使馆武官舍佛上校的太太，他们的女儿和女婿刚从德国来北京，对北京还不是很熟悉。田同学连听代猜地终于搞清楚了原来老太太喜欢收集中国的古董，就让女儿和女婿带着外孙女去友谊商店了，说好下午两点钟他们再到东单，可是现在已经两点半了，还不见他们的影子。老太太的意思是让田广在那里等着她的女儿和女婿，她去友谊商店找他们，她怕走差了就想让田广帮帮忙，转告她的女儿和女婿直接回家去，就不用等她了，她会从友谊商店直接回家。

刚刚进入80年代的中国，有个有趣的现象——围观外国人。在田广同老太太说话时，旁边围了一大圈人看热闹，田同学当时的自我感觉一方面良好，因为自己毕竟能拿英语同别人交流了；另一方面看着旁边的人们那种警惕的眼光又觉得不妥，因为那个时候还是阶级斗争观念还很强的时候。田广答应了老太太，她很高兴，给了他一张她丈夫的名片还要给10元钱，是外汇券，田同学当然没有要。后来等了大约不到10分钟，她的女儿和女婿抱着他们的女儿果然坐着一辆出租车来了。田广同他们进行了简单的对话，并转达了老太太的口信。

小两口很客气，一定要田同学去他们家，还称赞他的英语很好等等。出于好奇，田同学也就跟着他们到了三里屯外交人员公寓。那是田广生平第一次到一个外国人家玩，看到门口的哨兵微笑着冲他点头，田同学受宠若惊。外交官家干净整洁的房间让田广感到难以想象，他留下来和外交官一家共进晚餐，有水果、面包、蔬菜沙拉等。武官还给田广拿了一杯啤酒喝。

田广：饭后，武官和他的女儿开车送我回到了学校。我怕有同学会认出我坐着外国人的车回来会惹麻烦，就在路口下了车。说Good Bye时，他们一再希望我再访问他们，希望我打电话跟他们约好时间等。

后来，我就陆续去他们家两次。以后，我每次去他们家就都用自己的学生证登记，也很顺利地就进去了。在与他们的交往中自己的英语有了很大的提高，同时也让我感觉到了文化上的差异。由此，我觉得一个中国人交往外国驻华使馆的外交官员，也没有什么特别奇怪的，我也傻乎乎地把自己的经历当作故事，给同学们讲了。

后来麻烦就接踵而至，班主任谈话，团总支书记谈话，系主任谈话，系总支书记谈话，一时间流言四起，似乎田广已经成了间谍。再后来，北京市国家安全局的人也来了，找他谈话。田同学很无畏，心想：我敢于拿自己的学生证登记，难道我还有什么可隐藏的？国安局的人非常客气，其实他们是想知道那武官都问了些什么问题，田同学如实回答他们，那就是武官很希望我给他买一件当时的军用雨衣。国安局的人听后笑着说：许多外国驻华人员，都喜欢我们的军用雨衣，这没什么。

这件事终于就这样有惊无险地 Pass 了。从那以后，田广不但不害怕同外国人交往了，反而铤而走险，更大胆更主动地同外国人接触，认识了许多外国朋友，有西班牙的，有英国的，有美国的，也有伊朗的，田广同学的英语口语在与外国朋友的交往中，也练得越来越精到，英语水准有了质的飞跃。

既然知识可以改变命运，那么英语也可以改变人生。英语凶猛，历史证明，田广同学日后的海外求学之路异常成功，亦堪称凶猛。

06 接勿爱情

上世纪80年代初的中国社会，思想并未解放，两性之间依然存在着大量碰不得的敏感话题。男女拉拉扯扯，勾肩搭背，甚至于当众接吻，一旦被人发现就是天大的罪过，必须开除，公共场合表达爱情的行为等同于三个字——不正经。于是对于正值青春年少、荷尔蒙分泌旺盛的新晋大学生们来说，“爱情”成为最甜蜜却缺乏勇气去碰的禁果。

不过属于77摄影班的四年，是随时代一同解放的四年，从进入校门的“至纯至净”到后来敢于拉拉手，享受一把千金难买的校园爱情，是一个令人幸福的转变。

“接勿”=接吻

77摄影班在校期间和播音班来往比较多，其中一大来往就是充分利用播音班诸多的女生资源来完成拍摄人物的摄影作业，或者也可以说，充分利用十分正当的拍作业理由来广泛接触播音班的女生资源。那时的播音班，女生们各美其美，如果答应成为男孩儿们照相机前的景色，那么完成创作

柳春江大学作品
《逆光人像》

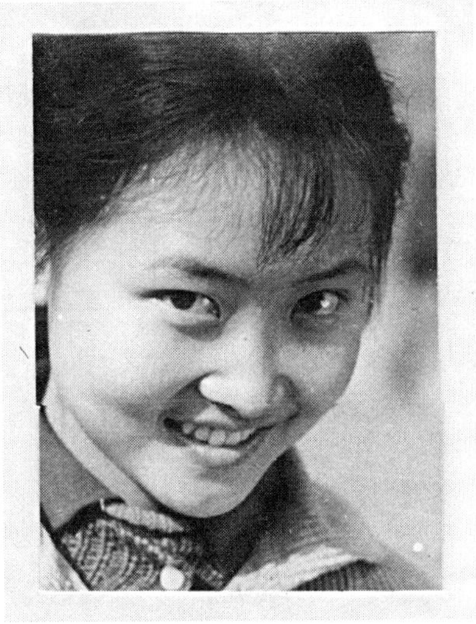

刘建新大学习作

任金州大学习作
《播音班女生》

的过程毋庸置疑将是充满动力和热情的。比如王政，就帮不少同学介绍过拍摄对象。

在那个颇为纯情的年代中，不少人即使已经进入大学，仍然对男女之事知之甚少，跟女生说句话也会脸红半天。不过，这一切都掩不住荷尔蒙作祟汹涌袭来的好奇心和适龄之时对爱情这码事难以抵挡的渴望。不敢光明正大地拥有，那么听一听、猜一猜，甚至有意无意地把凡事跟它沾沾边，仿佛也是好的。

鲁伟：刚进校门时，我竟能把“吻”念成“勿”，于是把“接吻”说成“接勿”。跟女孩一说话就害羞得不行，看到一本“性知识”小册子脸就发烫。记得有一次课间大家在走廊休息闲聊，我无意间掏出了吹笛子用的笛膜包装纸袋，突然，被王屏像发现了什么秘密似地一把抢了过去，仔细查验一下后，毫无成就感地还给了我。此举当时让我丈二和尚摸不着头脑，一头的雾水，真是被惊到了。不过参加工作十多年后，我发现一种计生用品也叫什么膜的，包装袋的字样很像当年的笛膜包装，猛然间让我勾连起了记忆的片段。心想，哈哈，也许王屏错认了。那个年代的我，还有77摄影班的很多人，跟现在被新时代、新媒体熏染的大学生比，对腰带以下的事情真是知之甚少。与其说无知，还不如说更不想在这方面瞎耽误学习工夫。所以，怎么可能？……王老兄也太抬举本人了吧？

“卧谈会”

如果非要给大学里的卧谈会下一个定义，那恐怕就是指几个兴奋的年轻人在私密的空间、私密的时间里沟通着白天不适宜拿出来分享，夜晚却无比引人入胜的故事的一种“文化现象”。77摄影班有一个宿舍的卧谈会十分精彩，堪称全班的代表。这个宿舍常在夜里讲故事，讲男人的事，讲各种各样的男人和女人的事，主讲人就是大班长任金州。听得最积极投入最津津有味的，就是白天特别能闹腾，晚上也有过剩精力的程鹤麟。

任金州15岁入伍，曾听过不少部队老兵口口相传的真实故事，进入大学宿舍生活后把这一肚子的精彩故事倒出来，对相对单纯的程鹤麟来说就是颇有吸引力的“料”。从某种角度上讲，也可以说任班长帮助程鹤麟同学“解了风情”。

任金州：程鹤麟每次听得很兴奋，我多少算他一次启蒙，不管是生活启蒙，还是男女知识的启蒙，可能还包括性启蒙。我把很多部队老兵的事讲了，程鹤麟听得一惊一乍的。我发现他很多知识都不知道，比较单纯，他老让我讲。

有一次，任金州给在他眼里“清纯天真”的程鹤麟讲了一个发生在农村的真实故事。

任金州：这是以前的老兵告诉我的。他们村里闹房，有很多比较过分的手段，把花生、瓜子搁在床上也就算了，有些人会搁一些小毛毛刺在床上，搁完以后，很难摘，在床单上睡觉特别不舒服。这也就罢了。有次发生了这样一件事，有个村广播站的小伙子，在闹洞房的时候把大队的麦克风放在人家小两口床底下了，然后一直把线连到村里的广播上去了，直接把男孩女孩洞房之后的事给广播出来。第二天早晨姑娘起来洗衣服，好多小年轻围着她转，就学她晚上那些事，因为有些词是很细节的话，不在那儿听是听不见的。于是她发现大家都听到了，这个女孩非常受不了，后来上吊自杀了。这是真事。有的地方还有个习俗，把新娘子按在床上，往上摞人。结果有女的不干，就使劲挣扎，旁边的人一看不行就拿被子捂住那女的，然后往上扑，再上一个，再上一个，越压越高，上最后一个人的时候，底下说受不了了，后来一揭开被子发现新娘闷死了。判刑的时候最后一个人最高，判了15年，往下数，最低的是第一个人，因为他在最底下，只有他的话压不死人。

这个故事讲完之后，程鹤麟非常“设身处地”的为故事里判了15年的小伙子鸣冤。他说，这个人真惨，离得最远，都没挨着新娘，还判最高，第一个上去的人最占便宜，最长时间趴在女孩身上还判得最轻。

玩笑归玩笑，悲剧性的故事结尾还是让善良的人们欷歔不已。当时的农村，人性被压抑直至扭曲，广播站的男孩用丝毫不考虑后果的方式宣泄了他的窥探欲和对性的强烈渴望，最后被枪毙，和不堪屈辱而自杀的新娘一样，用生命的代价为时代的错误买单。这是个体被历史车轮碾过后的无谓牺牲，饱含着难以言说的荒诞。

不过要说那时的程鹤麟完全“单纯无知”，程鹤麟也不干。他强调自己早在插队时就已经听过不少荤段子，甚至亲眼看过“现场秀”，对于男女这点事早就见怪不怪。他的理论是，那个时代真真是“红旗飘台上，七荤八素还照样”！

程鹤麟：我插队时，当地男男女女满嘴荤笑话，连大闺女都荤得一往无前。而且这些荤笑话都是直接安插到在场农友的头上，不像现在，讲荤段子都得“某男某女”的。当年有样板戏电影放映，一个电影放了好几遍，许多农民还愿意走上好几里地去看。当时我就问他们，看那么多遍了还看？人家回答：那女演员奶子好大哟！算他狠，把样板戏当成A片看。有次放样板戏之前先放纪录片，刚好纪录的是样板戏剧组到农村，农民们看到那奶子好大的女演员在纪录片里根本就是飞机坪，惊呼上当。插队期间，我还曾亲眼看见过农民青年男女，在集体劳动的地里，先是语言互相撩拨，继而动手动脚，男的把手伸去女方衣襟下，女的半推半就，最后搂成一团满地打滚呢。

后来，当程老汉成为一名颇有深度的媒体人之后，就更加具备了冷静的学术眼光：这点事儿，并不依时代变化有大的变化，不因色情资讯传播的变化而有大的变化，只是公开程度不同而已。

其实在“卧谈会”开展得如火如荼的当时，77摄影班同学们的情史也并不是一片空白：岑传理在入学前就已经结婚，马国力也早就有了位校外的女朋友，任金州甚至早在入学复试的时候都已经一睹其芳容。

2006年3月24日，程老汉受聘华侨大学文学院客座教授并做第一次学术讲座

三步并作两步向前跑着的时间逐渐开化了整个社会的风气，也慢慢褪去了学生们的青涩，大家到了大学三四年级已经可以开

始很随意地谈自己的生活问题。当然，卧谈会文化最受益的程鹤麟也有了自己的打算，用任金州的话来说，这小子按捺不住，一定要抢先结婚，于是以迅雷不及掩耳之势很快回去牵手一个。

程鹤麟成为77摄影班大学毕业后第一个结婚的。当时77级毕业大会还正在举行，程鹤麟中途就早退前往北京站，赶火车去福州，最终转乘汽车到达建瓯，直接就进了洞房。当年10月，他的女儿隆重问世。

“联姻”播音

在广院白杨树夹道的浪漫氛围中，77摄的两位男生都成功“拐走”了播音班的女同学，一位是娶了78播音小师妹的“坏师哥”刘建新，另一位是徐佳伦。对徐佳伦来说，大学四年中最甜蜜和最遗憾的事，都源于同一个人——77播音班的女同学胡海娟。甜蜜的是在全班同学都对播音班美女们“垂涎不已”的背景下，他凭借直爽的性格和聪明才智，最终修成正果，把女同学变成妻子领回了家；遗憾的是两个人在四年校园的美好氛围中没谈过一天恋爱，连手都没拉过。

徐佳伦：这是真的，我俩走得最近时也就是上她们小教室尝她亲手包的宁波汤圆，这点刘新荣可以作证，或者是在我腿受伤后她来寝室看我，但也不是她一个人来的，她同学加同乡的方茗茗也一同前来。说起来大家可能都不相信，我们是一直到学校宣布了毕业分配的去向后，才挑明关系的，而且还是胡海娟先提的。当时我已经明确自己要去江西了，而她是要回浙江老家的。我的考虑是，因为浙江的生活条件要比江西好，所以如果是我先提出来的话，就好像有点想占她“便宜”的嫌疑，所以我就没好意思开口，感觉不够“厚道”。不过后来既然她先提了，我就顺水推舟，满口答应。后来我也调到了浙江，要知道在那个年代，从相对落后的地区调到相对发达地区，不是夫妻关系，基本上是没有可能的。所以这件事我要感谢胡海娟同学。

当年，因《本报内部消息》等作品而闻名的《人民日报》记者刘宾雁先生到广院演讲时说："大学时代最应该谈恋爱。"此话引得台下同学一阵欢呼——但他的后一句是："不过毕业分配弄不到一起就是悲剧。"让台下同学当时就泄了气。但是徐佳伦和胡海娟的真实例子告诉我们，毕业分配不合人意也并不一定就是悲剧，只要感情深、主意正，还有机会发展成倍儿醉人的爱情喜剧。

不少人说，属于他们的那个年代，爱情都是先为对方考虑，然后才是自己。对方的生活条件，对方的未来发展，对方一生的幸福，仿佛都远远超过了自己这点暗恋的小情绪，哪怕是早已波涛汹涌的小情绪。

"班对儿"

在一个男生29人、女生2人的班里，出现班对儿的几率有多大？77摄的答案是——还真有！因为缘分这个东西，常常往最不可能的地方钻，如风似雾，毫无行迹可寻。

前面已经提过，班里的第四小组是最让其他人心里偷偷羡慕的一个小组，因为这个小组的名单里包括王桂华和温化平两名女生。在这个"狼多肉少"的班里，"唯一"的两块肉都被这个小组给占了，怎能不教人羡慕嫉妒恨！不过这个焦点小组最终还真是出了成果，没让大家失望。

当第四小组的钟大年和王桂华恋情浮出水面之后，很多自以为与二人十分相熟的人都大吃一惊，其中就有任金州和程鹤麟。

> 任金州：我在学校里的两个最好的朋友就是钟大年和马国力。我对钟大年很了解，我俩在学校里拍片子时来往非常多，和他们家也有来往，帮他们搬过家。但就算是这样，我都没有观察到他跟王桂华！他也没有跟我说，我的脑袋就没往那儿走，但是后来突然来了这么一出，吓我一跳。他俩成了！

任金州、钟大年、
王桂华1995年
于海南聚会中

这个秘密当然又是程鹤麟告诉任金州的。任金州在这件事上对钟大年颇有了一些怨气，交女朋友这么大的事儿，至少应该问一下死党的意见，怎么可以把地下工作做得如此完美！

任金州：不过后来想想也是，他们小组活动特别多，估计没准俩人就有事儿，在各种活动中间，不断接触、不断了解之后走在一起，也是很正常的。另外像余义宁、韩国强这帮人肯定不会没有感觉，没事再撮合撮合他们，有意创造机会，那不就成了。

不过事实是，韩国强也并没比任金州先知先觉多少。

韩国强：虽然我跟他俩是一个小组的，整天在一块玩，但是说实话我们这帮人也够迟钝，开始谁都没发现，都到最后了，才看出苗头来。不过这也说明，是他俩自己擦出火花的，我们没怎么太撮合。嗯，大年挺狡猾的。

程鹤麟：我一直在嘀咕，在校也没见他俩谈恋爱啊。徐佳伦还趁机吃豆腐说我那时还小，不懂。啊呸，那时我自己就在谈恋爱——不是不懂，是他们行动诡秘，没让人看见吧。另外，王桂华同学此举纯属一个重大的行为艺术：将本班二分之一的女生——也就是她自己，嫁给同班同学钟大年，使两人既具有同班同学身份，又互为同学家属。77摄影有31人，王桂华此举，使77摄影班只得到30个家庭。

毕业30年后的钟大年、王桂华夫妇

然后呢，事情当然就顺理成章地发展下去。看似老实，实则“狡猾”的钟大年请大家吃了顿饭，宣布结婚。那时候很少有人搞婚礼之类的仪式，基本都是在家里做几个菜，叫几个同学好友来饱饱口福，然后宣布喜结连理。

任金州：我1984年也结婚了，把马国力、岑传理、钟大年、张旭奎、温化平，还有在北京能叫来的同学都叫来了，请了一桌十个人，我跟爱人给他们做了顿饭。我们那代人没什么仪式，我就是搞摄影的嘛，所以带着我爱人出去照了好多照片，几乎都是我拍她，她拍我很少。不过后来我爱人还是坚持一定要到照相馆照一下，我说多俗气，我就是搞摄影的，还去那儿干吗？自己玩专业的，看不起照相馆。但是我爱人坚持要照，我只好服从了。

一场场低调到不能称之为婚礼的“婚礼”，在上个世纪的80年代依次发生。没有鲜花，没有司仪，没有红毯，没有香槟，几个老同学闹哄哄地吃一顿便饭，这就轻而易举地过去了。近三十载之后，虽说当年的新人以及宾客都已沧桑不少，但婚宴上真正的主角——爱情，仿佛看起来倒愈发滋润了，成熟饱满，容光焕发，惹人羡慕。谁说当年的他们没有红毯？时间就是他们的红毯，一路铺到今，有细水长流的温柔做伴奏，平淡默契的相守化为酒。

看似悄无声息，其实惊天动地。那个年代没有“晒幸福”，只有默不作声地相好，安安稳稳地相爱，踏踏实实地相伴。低着头朴素经营的爱情最平淡，不过也最能躲过岁月与生活的围追堵截，一路走来。因为那时相守的愿望最纯粹，相知的心中最安然。

07 班 球

播音班练声，摄影班打球。前者是为了一副好嗓子，后者是求一副好身板。77摄影班的老师们经常说，身体好是作为一个电视记者的必要条件，然后才是业务好。没有良好的身体，就做不好一个记者。于是这个班上个子高、体格壮的小伙子们就立即行动起来，把篮球作为了增强体质、培养凝聚力、制造集体荣誉感的“三好活动”。篮球也自然成了这个班的“班球”。

班球上写着一条颇为威武的规定：不论寒暑，不论日夜，不论复习抑或考试，不能以任何理由不打球。

备注：更不能以任何理由不赢球。

冠军班是怎样炼成的

夏天的广院是一片小绿洲，校园里鸟语花香，高大的白杨树叶像鼓掌般沙沙地响个不停。阳光在树叶间纠缠，弯曲的小道斑斑驳驳。下午4点的篮球场是全校最有吸引力和号召力的地方。在那个娱乐活动十分匮乏的年代，没有经济条件去呼朋唤友地聚饮，于是篮球场上的挥汗如雨嘶喊拼杀就成为最时尚流行的玩法。

那时的广播学院电视摄影专业招生，要求男生身高不能低于170厘米。于是，由摄影班同学组成的篮球队，有着天然的身高优势。这个班入校前就有相当一部分人是篮球爱好者，比如说马国力，还有队长兼后卫徐佳伦。

程鹤麟：徐佳伦是77摄影篮球队的场上总导演。有歌为证："天地间走来佳伦哥，啊啊啊佳伦哥，不要问我为什么，噢噢噢为什么！他组织进攻，他协调防守，他回防迅速，他运球安全，他传球到位，他火眼金睛，他超级神勇，他带领着77摄影篮球队，胜利胜利胜利，打波打波打波。"

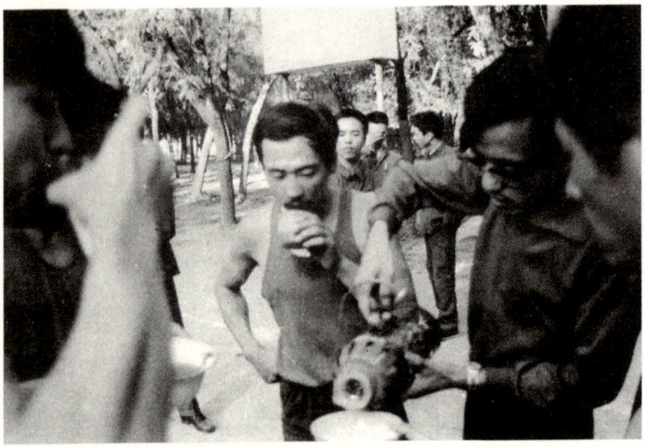
程鹤麟为比赛中的77摄影班篮球队倒水助阵

不过也有被班里篮球运动的火热势头深深感染而后来加入的新秀，比如刘惠东。每天下午4点钟，随着一声吆喝，班上爱打篮球的一批人就倾巢而出，全面占领校园中心唯一的土地面篮球场。虽然当时的刘惠东是篮球菜鸟级别，但他从带球开始用心学起，有时球友们都散去了，他还一个人在场上转身、投篮、高带、低带，苦练不止。在不长的时间之后，他也成了球队的一名大员。刚开始鲁伟也不太会打，不过在很快被引进球队并成长起来之后，竟也让原先体力好到打一场球都汗不湿背心的周五一等人沦为了"板凳球员"。

77摄影班有一个规矩，越是到期末考试的前几天，就越要雷打不动地坚持每天的"篮球时间"，还在宿舍里面复习的人，都要被残忍地拉出去，即使不爱打的也同样要"被迫"出门，强制停止复习，开始清脑子。

就是这样一帮疯狂的小伙子，从大一到大三一直是打遍全校无敌手的篮球比赛冠军，只有大四时由于主力们都外出实习，无法应战，所以才把夺冠的机会“让”给了师弟们。

此事有乔保平保存的实习通信为证。1981年11月4日，正在拍摄《首都地下城巡礼》的钟大年、仇绍强等兄弟四人给当时正在各地实习的小组写了一封信，信中说道：“学院篮球大赛已经拉开战幕。81级电视编导班口出狂言，声称广院已无对手，并多次在食堂等处向我们班长大人挑战，其言狂妄极也。至今，班长大人已接到不少战书，当年的手下败军亦纷纷扬言，要与77摄影班决一雌雄。我们在校几名小将在如此挑战面前‘愤慨万分’，屡次想披挂上阵，无奈功底不足，唯有望球兴叹！为再报军威，班长大人口谕：望各位健将在拍片繁忙之时，务必养精蓄锐，勿忘球场上再伸手脚；在游山玩水之时，千万小心，力保四肢健全回京！”

后来的故事是，实习归来、四肢健全、绝不甘心的师兄们果然再次约上师弟们又打了一场，完胜他们，这才罢休。

这种对得胜赢球极度痴迷的精神后来在一件事上也表现得淋漓尽致：1981年11月16日，也就是中国女排打败日本首次夺冠的那天，77摄影班以从楼上往下摔暖水瓶的方式庆贺狂欢，男生宿舍楼前一片水银璀璨。

鲁伟在教室张贴篮球比赛第一名的奖状

冠军班里，除徐佳伦、马国力是全校有名的“球星”之外，岑传理、余义宁、张旭奎、鲁伟、王屏以及任金州、李讯、周五一、乔保平都是一等一的“灌篮高手”。这帮人取胜的法宝有两个：一是过硬的身体素质和运动天赋所带来的敏捷和耐力；二就得归功于大多数人的当兵经历——把部队大熔炉里的生猛之气带到运动场上，往往敢冲敢撞，有种勇往直前无所畏惧的精神。不过历史也可以证明，这种精神在带给人酣畅淋漓的快感的同时，也不免顺带点痛感。

先说失去门牙的。曾在村里当过基干民兵的“八折兵”鲁伟是班里球队的一员，后来还穿着11号球服混进了校队。在和“夙敌”78摄影班的一次惨烈的战斗中，他的门牙被一名叫做蒋立杰的大个子非常不讲礼节地打掉了。就在那满地找牙的狼狈时刻，班长任金州冲进场地，放出一句睿智的话来：快找，快找，找到了洗洗，赶紧放回去还能长上，一样地结实！此话听起来仿佛是个玩笑，不过它具有一种来源于实践经验的宝贵性。不过鲁伟的门牙本来就不怎么整齐，于是他没有听取任班长的建议，而是本着因地制宜的原则，索性把另一颗门牙也拔了。

程鹤麟：当年鲁伟有颗不好看的牙，老想去拔了，怕痛，就拖着。突然有一天，同屋的荣荣发现，说，哎鲁伟你那颗难看的牙拔了？鲁伟说，今天打球被TMD的那帮人碰掉了。荣荣道，很好呀，省得拔了。

再说晕倒的和负伤的。有一次余义宁参加学校组织的义务献血，体检过关成为最终能够光荣献血的四人之一，回来之后兴奋地飞奔球场，可是刚一摸球，就眼前一黑，瘫倒在地。这是他人生中第一次难忘的晕倒，和篮球有关。还有王政，大四那年，他代表学校参加北京市高校篮球比赛，被对方撞伤了左膝盖，造成韧带撕裂，最后打着石膏，拄着拐杖，每天艰难地奔波在教室和寝室之间。由于当时的医疗条件有限，那条腿到现在还有后遗症，不做一些保护措施就不能剧烈运动。

如果时光的漫不经心可以抹去很多只属于历史的视觉、味觉以及嗅觉，那么青春的狂放所留下的生理上实实在在的痛和伤口会不会成为一个人狠狠记住他年少岁月的一种方式呢？

田径也疯狂

除了篮球三连冠的荣誉之外，77摄影班在学校运动会的其他项目中也可谓是出尽风头，比如张旭奎等人领军的田径比赛。张旭奎是班里的田径健将，入学后的第一次新生田径运动会，他在100米短跑取得第一名，被选为学校田径集训队队员，在全校运动会上一度打破全校纪录，成为体育骨干。

还有老广阿仇，那时的他是个不折不扣的穷学生，每月13元助学金作为生活费，基本伙食就得用去12元。为勤工俭学，阿仇想出个好办法，他参加了学院的田径队、乒乓球队，既锻炼了身体，为“77摄”争取了荣誉，同时也为自己增加了些物质补助。

程鹤麟：仇绍强来自广东，长得也很广东。瘦而结实，没有一丝多余的肉。不仅长得很广东，行为也很广东，寒冬腊月也就一件毛衣，像是钢筋铁骨，叫人看了都打冷颤。阿仇喜欢体育运动，夏天游泳冬天滑冰还有不分季

校级运动会田径赛场

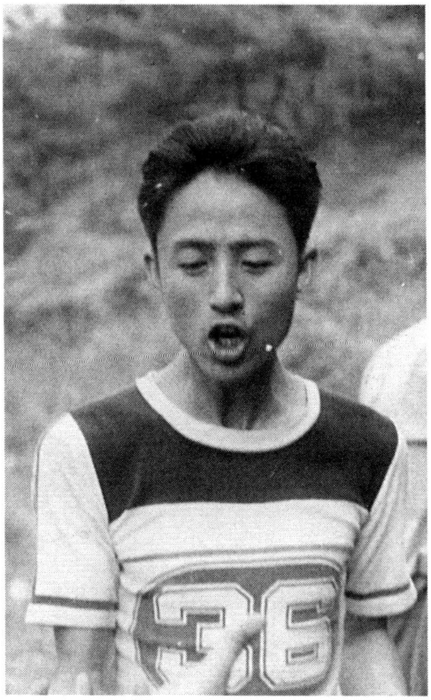

看看！当年的乔保平

仇绍强参加北京高校运动会

节的单杠跑步乒乓球，哪样都不落。

仇绍强：虽然很辛苦，但那时很开心知足，特别是在全学院田径运动会上拿了长跑第一名，我们班的同学拿着摄影机照相机一通拍照。那种兴奋的感觉现在还记忆犹新，这也是摄影班才有的待遇，这些学校生活的照片我一直保留到现在。

提到田径，另一个不得不提的人是以“投弹”为杀手锏的体育委员周五一。早在他年少当兵之时，就曾是昆明军区军事三项（射击、投手榴弹、障碍）队队员，还进京参加过全军比赛。于是，在校期间他投弹的成绩自然而然打破了广院多年来没被破过的校记录，得了单项冠军，为班集体的团体冠军荣誉作出了不小贡献。

冬有溜冰，夏有游泳

那时的广院虽然简陋，但有一个神秘的地方竟是现在的广院所没有的，那就是溜冰场。学校西边墙内有块铺着水泥的空地，冬天一到，体育老师们往水泥地上注水，冻它一两宿就变成了神奇的溜冰场，校方还免费提供溜冰鞋。此项活动最大的受益者包括来自福州、从来没见过溜冰场的程鹤麟，他就是在那个简陋的溜冰场学会了溜冰，还是冰刀式的专业溜冰。还有酷爱滑冰的张旭奎，此人竟成了这一方“土滑冰场”的VIP会员，拥有专人滑冰鞋，每日必到。

张旭奎：冬天一到，我就迫不及待去催促体育老师浇水冻冰场，老师忙不过来，我就主动帮忙浇水。冰场开放时，学校发给每个班五个借鞋卡，大家轮流使用，为了奖励我帮学校浇冰场，体育老师发给我个人专用卡，我可以有自己专用的滑冰鞋，冰场上每天都能见到我的身影。有一次患感冒发烧咳嗽，白天打青霉素，晚上还去滑冰，医生知道了，训斥我说，“你这样的话，打什么素你的病也好不了”。

冬天的娱乐靠冰，夏天的开心就借助一池清水。比如在鲁伟眼里，看好友黄著诚游泳就是一大乐事。

鲁伟：他游泳的姿势很搞笑，水乡长大的他水性没得说，只是游姿看着有些不对劲儿：看手臂动作是自由泳，仔细看水下腿部的动作却是标准的蛙泳，头部始终上扬，在水里扑腾的动静很大，水花四溅，令全泳池的人侧目，游的速度还是蛮快的，只是游完泳头发还是干的。

广院有个游泳训练队，夏天学生们在广院游泳池训练，冬天学校就派专车送队员们去北京工人体育馆游泳馆进行“高端”训练。还是张旭奎，有次在工体训练的时候，遇到当时的国家少年游泳队也在那里集训，当看见9岁的小女孩都比他游得快的时候，此君深受打击并暗暗开始努力，于是乎，这爱好一坚持就是一辈子。班里的“潮男”叶青醇是首屈一指的游泳大拿，在北京高校游泳比赛中获得了100米

大学时代77摄影班的“长跑王”韩国强

蝶泳第八名，避免了广院男队全军覆没的悲惨局面。

除了人员扎堆儿的体育锻炼项目之外，77摄影班还有几个颇具特色的运动，比如被同学们一致认为学习最认真的韩国强每天早晨都会坚持进行的“一跳一跳”的“独自跋涉跑”，还有钟大年的“玩命举砖”。

钟大年：既然学了摄影，就要练好基本功。有很长一段时间，我都是很早起床，到操场的一个角落去举砖头，像举摄影机一样，单臂水平举两块砖头，来练习稳定性。这种笨办法大概只有农民才会去做，大概一年多，自己也觉得挺可笑就停了。后来事实证明，新技术的产物——摄像机，是肩扛的，根本不用手举。

黄著诚在回忆起那时的体育锻炼时，借用了一句话来形容，此话现在听来也话糙理不糙：“我们强壮得就算上厕所时遇到流氓，也能一手提起裤腰带，一手把流氓摁到马桶里淹死。”如果不是当时从细微之处培养出来的毅力和体魄，后来的他们是否能一次次克服多年工作中遇到的困难和挑战呢？

08 大师潇洒

所谓大学，非大楼之谓也，乃大师之谓也。在“文革”刚刚结束，全国刚刚恢复高考后第一届的高校教学中，教材短缺，课程设置尚不完善，专业教学体系还不健全。因此，学校之间教学水平的比拼，实际上就是师资力量的较量。对于77摄影班的31位同学来说，大学四年中遇到的一批满腹经纶、师德崇高的引路人，让他们有幸获得了良好的基础教育，接受到了最认真严格的专业训练。

教书育人，后二字更深，更难。能够通过时间的洗礼和坎坷的磨炼，还依然紧紧跟随一个人行走跋涉直至一生的东西，就是师长想要留给学生最好的毕业礼物。

大师们的“太和殿”

矮小身材，圆脸短发，朴素中透露出一点点的严谨，却没有想象中的那种威严和智慧以及常人眼中的艺术家风采，这是朱羽君老师——77摄影班同学们心目中永远难忘的大师之一。与北京高等院校许多老师标准的普通话相

正在点评学生作业的朱羽君老师

比，她带有明显南方口音的普通话倒成为让人记忆深刻的特点。在学生们眼里，朱羽君老师最大的魅力不仅在于为师者的丰富内涵，更在于她传道授业解惑的艺术。内里学富五车，讲课却平淡乏味，只可谓之学者；自身博学，又善于运用知识并能春风化雨般倾情灌溉的才是好教师。这一点，学生最有发言权。

俞建成：让人震撼的是她那讲课的姿态或者说是传递知识的方式，我至今都可以清晰地回想起那一举手、一投足的身形，她是灵动着自己全身心的语言在向我们传递着她的思想、她的智慧，这是我从未见过的讲课方式，完全不一样的方式。这时，她的矮小和朴素似乎是在演绎着另一类的高大和华丽，课堂俨然就是她的太和殿，她说出的每一个字俨然就是一道道圣旨，作为她的学生，你不得不在内心里喊出两个字：接旨。

程鹤麟在描述朱羽君老师的时候用了“仁慈”二字，有仁慈之心的师长，往往给学生留下的，不仅仅是那些随着时光逐渐被淡忘的知识，更多的是一种浓浓的、沉甸甸的，叫做恩情的东西。

程鹤麟：有次上课，朱老师说了句让我铭记至今的话：“讲课的累，听课的更累。”怪不得朱老师上课从不拖堂。朱老师的这句话，是为师者为长者的仁慈，是换位思维。后来我在工作中常想起朱老师这句话，我学会体谅他人，尤其是体谅我的晚辈我的下级，就算他们做了错事害我非常生气，我最坏就是当场发火，发完火就算，啥事没有，绝不记恨更不会秋后算账。有时我也去讲课，更会对听课的朋友们提起朱老师的这句话，请他们如果想休息甚至不想听了都自便。

有一次拍构图作业，钟大年自恃自己看的书多，照书模仿，认为作业做得不错，但评作业时被朱老师狠狠地批评了一顿，说他拍的东西死板、没有灵气。这毫不留情的批评对一直下苦功读书的钟大年刺激不小，从此他开始懂得要用自己的眼睛看世界，用自己的脑子思考问题。在他心中，有一种潇洒叫做“朱羽君式的潇洒”，那就是一辈子也没想过当领导，但在学者中总是最出色。本本分分做学问，做到极致。

讲评摄影作业

钟大年：我后来常和朱老师同去参加一些研讨会、评奖会，她的演讲发言总是激情澎湃、生动而充满理论的灵性，听她的演讲有时真觉得是一种享受。我常常会暗自感到羞愧，我为什么没有那种激情、那种灵性？除了性格的原因之外，我以为我实在没有朱老师那份不以物喜不以己悲的气度和淡泊名利的超然吧。

摄影水平的提高依赖于大量的练习，正如想学游泳的人不论是被人推还是自己跳都必须下水。摄影构图是广院摄影专业的经典课程之一，实践性极强，要求学生进行大量的创作练习，而后再通过老师的点评得以切实地提高。这一来一往的互动，往往能激发学生最大的创作积极性。

王政：在专业课阶段，给我印象最深的还是朱羽君教授，她给我们讲授摄影构图课程。由于她的文学功底扎实，在讲授时极为生动、栩栩如生，每一节课都能吸引同学们的注意力。在每节实践课中，同学们都能根据朱老师的要求，克服所遇到的种种困难，将作业很好地完成。记得我在做朱老师布置的专题图片作业时，采访了北京市较早开办的朝阳区婚姻介绍所。由于学生的稚气，第一天的采访和拍摄无果而返，第二天采访我就先开始与工作人员同做一样的工作，看个人材料，将两人要求相一致或相近的和其相貌差距不大的“拉郎配”。尽可能全面地了解和掌握婚姻介绍所的情况和鲜为人知的事情。最后我抓拍到一位婚介人员给一位男士介绍姑娘时生动、鲜活的场面，这是我当时那一组照片中的点题之笔，朱老师在讲评作业时，给予了极高的评价和赞扬。

另一位让77摄影班同学难忘的老师就是系主任矫广礼老师。当年大家实现理想，改变命运的入学之路大都是矫老师安排疏通的。这位老师向来以严厉著称，许多学生都怕他，不过在钟大年眼里，他是那时最敢于放手让学生自由发挥的一位恩师。

钟大年：大学二年级开始见习，我领队去湖北，按规定实习完应该直接回学校，但我却带着同学们顺长江而下去了庐山，又纠集江西组的同学绕道泰山。这在现在看来不是什么了不起的事，但在“文化大革命”刚完的那时可是严重违规的大事。没用实习时间，没用公家的钱，去了解祖国的大好河山，虽知违规，但机会难得，责任由我来担，我已做好了写检查、挨批评、受处分的准备。使我感到意外的是回去后学校没有兴师动众地追究这件事。后来听说原本系里要严肃处理，是矫广礼老师以学生的愿望是好的、要保护他们的积极性为由顶了回去。

人生得一知己之师，足矣！

不过，历史的阴影总是在时间看似吹散一切之后仍旧冥冥地停留在原地一阵，久久不能散去。当时老师和学生之间的关系因为历史原因而有了一些复杂的成分：刚刚经历过“文革”，老师们“臭老九”的帽子摘得还不算太干净，而77摄影班又不乏已经辗转社会、具备一定“江湖阅历”的“老油子”学生，于是在如此这般的师生之间，关系往往“不那么简单”。比如就有一开始根本“不忿儿”老师的马国力。

马国力：那时候的学生有着非常强烈的使命感和极其伟大的抱负，而且也自认为有丰富的社会知识，现在想起来才觉得有点自负得可笑。我还清楚地记得第一次在学校里参加的考试——中共党史。说实话，我没有听过几次党史课，因为我觉得自己已经有七年党龄，这些东西不用学我也知道得一清二楚。考试的时候，我们班几个“老党员”都很快就交了卷，不无骄傲地告诉别人，至少90分。谁知试卷发下来一看，都是59分，差一点才及格。老师坦率地告诉我们：意思都是对的，但没有按照书上回答。我突然悟出一个道理，什么地方都有规矩，学校里的规矩就是书本，尽管有些书本知识已经过时，但若改变它，你必须知道要改变它什么，这就需要你把它读完。我感谢那位党史老师，由衷地感谢他。

还有从陕西电视台调回学校充实教师队伍的教摄影艺术课的刘存志老师，他在给77摄影班上第一节课的时候说：“同学们，我们首先是同志关系，其次才是师生关系。”此时，坐在下面听课的乔保平在心里暗笑了一下。

乔保平：在“文革”时期，师道尊严被打下去了，社会上把老师叫“臭老九”，所以刘存志老师心有余悸，不敢给我们摆老师的威严。还有个原因就是，他认为我们这届同学都是在社会上有过历练之后上的学，已经不是从学校到学校的那种单纯的学生。他觉得和我们首先应该是一个平等的同志关系，其次才是师生关系。这第一节课的开场白让我印象特别深。

刘存志老师当时身体不太好，有轻微的美尼尔氏综合症，偶尔不能持续讲完一节课。大概讲到第40分钟，思维就有点乱，讲课力不从心。这个小秘密被班上的同学了解之后，几个抽烟的同学就在讲课进行到一定时间之后主动向刘老师举手要求休息抽烟。

乔保平：刘老师也抽烟，所以他说好吧，那我们休息一会儿。那时因为我们感觉他有了一些症状了，所以就不能等下课铃响，就赶紧要求休息。他从讲台上下来，我们就互相递烟，在教室的门口一起抽抽烟，大概到下课铃响的时候，我们这烟也抽完了，我们反倒说那就继续讲课吧，他也就调整过来了。别的教室下课了，我们这儿关上门，又开始上课。

刘存志老师曾对学生们有过这样的要求："你们都是摄影专业的学生，就要学会用自己手中的摄影机，为社会、为自己留下一些值得纪念的东西。"当年的这些话，让仇绍强将创作的热情保持了几十年。即使后来改了行，也没忘记把当年的专业转化成为最值得依赖和享受的兴趣爱好。

重新拿起照相机的感觉恐怕离当年广院专业课上的创作感受颇有些遥远，比如形式风格主题都不再有专业要求，比如可以挖掘的故事以及采风的美景都变得更加让人眼花缭乱，再比如数码照相机的快门按下一千次也不用心疼。但与摄影二字那起始于青春时代的缘分，让一生的旅途多了不少精彩，留下了不少唯美定格。阿仇电脑里的几万张照片，还有常看常新的个人摄影作品集，都暗暗地散发着一阵阵对于当年那句提醒的小小感激。

还有讲授《古代汉语》的北京大学著名语言学家、教育家王力教授。他讲课的时候略带一点口吃，但内容极其深刻并生动，常常使听课的学生们渐渐地忘了下课时间。在上完这门课后，王政改变了写日记的"风格"，学会了把原本一事一议的写作方法变为把一件小事放在社会的大背景下去认知的路数，在日积月累的思考中学会如何去关心社会的发展和人民的利益。

无论何时，帮人们改变命运的人总是被深深铭记，比如77摄影班的老师们：系主任矫广礼老师，刚入校时的班主任白禄玄老师，后来的班主任李兴国

仇绍强
个人影集

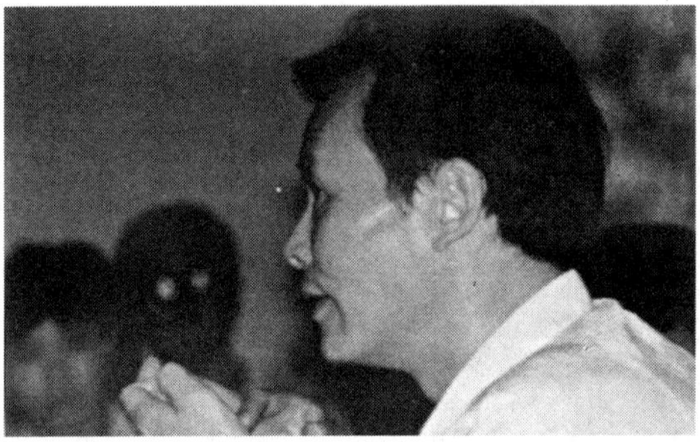
正在授课的叶家铮教授

老师，讲电视摄影艺术的刘存志老师，最早教感光材料的刘恩御老师，教摄影技术课的张宝光老师，讲摄影构图的朱羽君老师，教电视编辑课的朱羽君、任远老师，教现代文学课的田本相老师，讲传播概论的叶家铮老师，教党史课的李长胜老师，讲美术课的贾国士老师，还有在暗房冲印胶卷时被大家认识的胡芳老师，教基础课的黄侯兴老师，教古汉语课的张相如老师，甚至还有在俄罗斯文学课上大声朗读普希金诗歌的马老师，教外国文学的赵凤翔老师，教新闻写作的黄炜老师，教写作的孔德明老师，教音乐音响课的高廷智老师，教广播语言的施旗老师，教英语课的鲁津老师，教篮球的、个子很高，年纪比班上很多同学都小的王大中老师等等。如今念出来，是长长的一串名字，但这些名字一旦连起来，就连出了属于77摄影班的美好的完整的大学时光。

一生情缘

在乔保平毕业分配的时候，刘存志老师曾多次动员他留校任教，不过乔保平还是选择了回甘肃电视台做一名一线记者。那时年轻力壮的他，觉得学了电视新闻，还是先要到业界历练一番，还不想从教室到教室，从讲台下到讲台上。在毕业前临走的最后一个晚上，乔保平已经将所有的行李都托运回家，包括四年来的书籍、生活用品甚至铺盖卷。当他跑去和刘存志老师告别的时候，刘老师邀请他住在自己家中，于是在广院的最后一晚，小乔就跟刘老师睡在了老师家的双人床上。这一晚，即将毕业的乔保平兴奋地和老师絮絮叨叨地聊了大半夜，直到刘老师困意暴袭，说："保平，咱们睡觉吧。"

十几年后，有次朱羽君老师到甘肃去，又问起陪她参观游览的学生乔保平，你还想不想回学校？时任省台副台长的乔保平说，挑着担子卸不下来，无法回去。过了七八年后，在2005年一个偶然的机会，他最终还是调回了广院，正应了老师们最初对学生的设定。

上图：刘存志老师
下图：毕业后不久留京工作的同学探望刘存志（左二）、叶凤英（右一）老师

站在时间的下一个点上往前看的时候，仿佛人人都看得到这一份冥冥中的缘分和安排。无论走了多远，兜了多大一个圈子，哪怕经历了再多的曲曲折折、弯弯绕绕，最终都要回到命运设定好的目的地。

乔保平：在我毕业不久之后有一次回北京出差，我去刘存志老师家里看望他，晚上末班车没有了，也没有地铁，就又住在了刘老师家里。第二天早晨刘老师摆出了他的早餐给我吃：一袋牛奶、一个荷包蛋，在那个年代这是非常好的早餐了。那时的牛奶还是凭票供应的，我就一个劲儿拒绝，说我年轻力壮的，我不吃。刘老师就命令我吃，说这一顿早餐你必须代我吃了，你不吃我不高兴，这是老师的要求。当时我很受感动，他对学生的爱护和那种发自内心的感情，就像对自己的孩子一样。

1998年1月7日乔保平与朱羽君老师在兰州天府沙宫

任金州大学作品《源泉》（前排拍照者为朱羽君老师）

1989年秋香山（从左至右：任金州、朱羽君、王纪言）

在77摄影班毕业后，任金州、钟大年、温化平和高燕文留校任教，从此和大学期间的各位老师成为同事。毕业两年后的那个4月，朱羽君老师要外出采风，任金州成了唯一的同行者。转变了角色的相处十分有趣，师生加同事的关系为任金州向朱老师取经讨教提供了更加便利的条件，毕竟，这种一对一的“豪华小班”不是每个人都有机会享受的。

任金州：朱老师说没人去，我说我去，好，那就一块去呗。我们俩从广院坐车坐到门头沟，从门头沟坐长途车到妙峰山脚下。非常难爬的山，要爬一整天的。幸好赶上一个手扶拖拉机，于是我跟朱老师坐着手扶拖拉机在下午的时候上山了，早上六点出发一直到晚上五六点才到达山顶。

在山上，师生二人分别住在了两个老乡家里，那时的“农家乐”很淳朴，只给一点点吃饭钱就包吃包住。第二天，师生二人去赶热闹的小庙会活动，这天的活动中，任金州拍下了一张珍贵而生动的照片——照片上的朱老师正在非常投入地拍摄认真看戏的老乡们（见108页下图）。这创作中的创作，就像画中画，有种同时收纳了风土人情和创作灵感的饱满。

1985年，温化平（前）作为朱羽君教授摄影艺术教学片的执行导演，带领摄制组在香山等待日出

对如今在大洋彼岸的美国生活了二十年的温化平来说，对老师、广院、祖国这三个词的感觉仿佛扭成了同一股强烈的情绪，一股饱含着思念的情绪，在每每回首往日的时候都会席卷而来。当年，任远老师不顾学校的批评指责，做主录取了她这个唯一没有经过面试的学生。任远老师说，“人家高考成绩那么好，又在公安局工作，政治和业务都这么优秀，不就是没见面嘛？”这个不拘一格降人才的举动为温化平换来了四年的精彩时光。2010年任远老师去世，温化平心中有说不出的伤心难过，不过可以告慰的是，她这个当年的“唯一”从入校开始直到往后几十年的人生道路上，从未停止过努力和追求，没有让任老师失望。

2008年3月任远老师在厦门考察

温化平：2002年，在毕业20年聚会时，我见到了当年的系主任矫广礼老师。矫老师见面一句话："你过得好吗？我真是挺惦记你的！跑得那么远。"问得我泪如雨下，是啊，真是跑得太远了。

思念具备一种可以跨越时间、空间的特异功能，于是有些人、有些事，即使远离到只剩下了模糊的轮廓，却依旧可以长长久久地留存于一个人的心绪中。对这31个蓄势待发的长跑者来说，广院是人生的起跑线，老师则是给予参与资格然后帮助他们调整起跑姿势、告知注意事项最后大喊一声加油的人。当他们跑远之后，老师的身影越来越小，甚至也很少有人再回头看，但起跑线上发生的一切对于长途跋涉的人来说，都是再也回不去却永远最重要的开始。

09 从物质到精神

比起视觉和听觉，有时嗅觉和味觉更能把人拉回到一段早已尘封的记忆中去。尤其是在一个物质匮乏的时代，美食越是稀少，饱餐后的满足感就越是强烈，特定岁月的美好气味也就越是烙得深刻。在很多人心中，相比如今眼花缭乱精致绝伦的佳肴，那时凭票限量的食物哪怕品相笨拙、味道打折，也能够不战自胜。

毕竟，因想念而得胜的不仅是食物，更是那个回不去的时代，还有那个时代里即使缺食少穿，即使没有选择，却仍旧蓬勃向上、意气风发的自己。

广院食堂，谁主沉浮？

上世纪80年代的广院食堂是个又冷又空旷的大礼堂，只有几十张方桌子，却没有椅子，全校学生吃饭都得站着。最让学生们印象深刻的几道菜里，熘肉片算是一道，听起来很过瘾，实际上就是白菜梆子炒少许肉片而已；还有小黑板上写着的令人匪夷所思的“红豆腐”，5分钱，其实就是不想刺激人所以改了名的猪血；还有苜蓿肉、拆骨肉以及一份六个的小丸子、一份两个的狮子头；另外就是丝糕——放了糖精的玉米面蒸出来之后的一大盘发糕。早餐是北京丝、臭豆腐还有玉米粥；到了西瓜下来的季节，温化平还会很大方地给男生们买一个大西瓜。

黄著诚：四年下来，我这样土生土长的“南蛮”也渐渐习惯了窝窝头、北京丝儿，甚至还爱上了臭豆腐，不知不觉就培养出了北方人的口味。现在的我，即使住在五星级顶级酒店，面对各种烘焙得香气喷鼻的面包、黄油也不怎么动心，但是只要遇到这些珍藏在记忆中的食品，依然会经不住诱惑偷尝几口。

柳春江和乔保平都做过生活委员，他们每月去校办领回每人总共36斤的面票米票粗粮票，然后把这些薄薄的纸片裁好分给大家。米票有7斤，最受南方同学欢迎；面票能买馒头面条；而粗粮票只能买到玉米面、红薯、高粱面这最不招人待见的“三面”。那时班里盛行着一个互惠互利的好办法，那就是爱吃米的南方同学和爱吃面食的北方同学交换饭票，各取所需。除此之外，很多胃口较小的南方同学还可以把剩余的面票拿到相邻的北京市第二外国语学院换鸡蛋，换花生米，补补身体。

在广院，有两件事最最受大家重视：一是学习，二是吃饭。对于拼命啃书外加玩命打球的男孩儿们来说，一日三餐绝对是动力之源。当时广院的伙

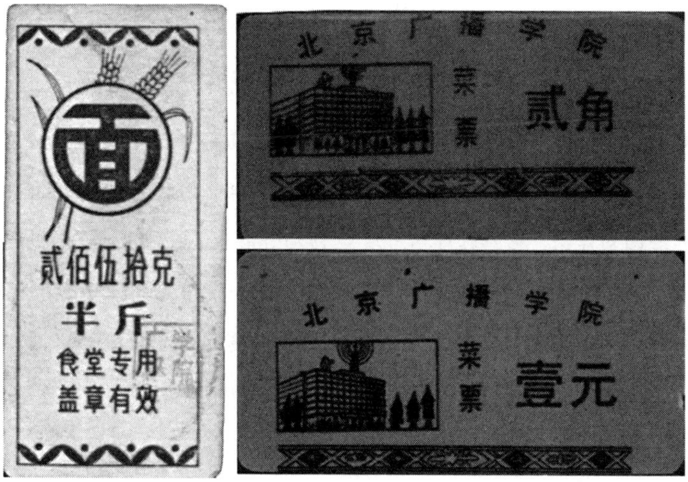

广院早期的面票、饭票

食并不好，同学们对常常大幅动作抖勺导致菜量可怜的厨师颇有意见却敢怒不敢言。每次学院开会，各年级各班反映最多的就是食堂差、伙食差，又贵又少。

作为院学生会主席的岑传理代表学生会多次和后勤部门交涉，不过成果并不明显。于是有一天他决定豁出去解决一下这个工作难点，于是带人闯进了院长办公室。

> 岑传理：院领导很热情地接待了我们，显得很民主。问我们有什么管理办法和好的建议，我提出可以试试以兵管兵，让学生各班轮流下食堂帮厨，同时让各窗口由学生卖饭，统一结算。此招学校领导说可以和食堂商量。我想，各院校无此先例，让大学生卖饭，天下奇闻，也没抱太大希望。

一周之后，学生会接到学校通知，食堂新管理办法出炉：每班轮流帮厨并卖饭一周。从此，在卖饭窗口里，学生们亲切的面孔换掉了大师傅的“冷脸”。遇到自己班同学买饭时，卖饭者的菜勺还要再少抖两下，于是饭菜大大丰盛过从前。第一个月月底结算时，食堂收入超过了以往，于是超出的部分全部补到下月伙食费中。很快，广院食堂还出现了“佛跳墙”——又便宜又实惠、肉多菜香的伙食引来各大院校师生观摩取经，二外的学生更是经常闻味“跳墙”而来。

77摄影班里有个“卖饭代表”，也绝对称得上是学校的帮厨模范，他就是刘建新。

> 程鹤麟：忘了从哪天开始，不知他如何打入学校食堂内部，反正突然有一天大家惊喜地发现，学生食堂的售卖窗口里，巍然屹立着我们77摄影班的刘建新。他笑容可掬态度殷勤动作麻利，收饭菜票，唱饭菜名儿：鱼香肉丝一份，米饭半斤，馒头五个……在用餐高峰时段为忙碌的厨房义务帮工，他是厨房工友眼里的活雷锋；为77摄影班同学敞开了优先买饭买菜的后门，他是全班同学的贴心人。

永远笑眯眯、一脸富态的刘建新，很像专职大师傅，有不少79级新生都把他当成了“真厨师”。他仿佛特别了解同学们心中的“真正需要”，于是每次都早早到达食堂，带着一帮人“占领”打饭窗口。

大学时代的刘建新在圆明园

刘建新：大三和大四，我都一直在食堂里头帮厨。因为当时在学校里头，没有更多的社会服务的机会和岗位，作为我来说，真是想为大家做点事。当时食堂确确实实人手很紧张，所以我就跟食堂的大师傅们联系了一下，他们当然非常高兴。其实我也就是帮着打打菜，那时候吧，如果看到我们自己班上同学，那这个菜肯定就要多半份，这种关心实际上是特别朴素的。我现在虽然是河南台管新闻的，但也有点不务正业，也管管食堂。没有别的，也还就是想为大家服务。学校对我的培养和我现在的工作每一个地方都是有联系的。

刘建新的细心和对同窗好友们的热心在韩国强的印象中也十分深刻。

韩国强：记得每次我们下馆子，他都要先拿醋壶倒一碗醋，然后把大家所有的筷子、勺子都涮一涮再让大家吃。他自己会带一个勺子，有鱼什么的，都要帮大家分好。他想得特别周到，包括现在把他们河南电视台的后勤也抓得不错，食堂很出名。

大食代

当时的北京，是很多外地人向往的地方，城市面貌和物质供应都要比各地高出一大截。拿黑龙江来说，粮食供应还是25%的细粮、75%的粗粮，但如果到了北京，用全国粮票来换北京粮票的话，米面占到75%，粗粮只占25%。除了蔬菜品种丰富，供应充足外，北京的肉类供应也非常令人羡慕。北京市民买一斤肉需要交一斤肉票，但如果买两毛钱的肉，则不需要交肉票。两毛钱的肉也有薄薄的一条，足可以炒一个菜了。于是在广院上学对于外地到来的学生们来说，最明显的感觉就是生活水平的提高。

当时大学生一个月的平均生活费是12元钱。两毛五能吃一顿挺好的饭，最贵的菜两毛钱，叫做烧茄子，有一点肉，茄子是油过的。剩下的还有5分钱，甚至两分钱的菜。一天平均花上个四五毛钱，那么12块钱就可以撑着吃一个月，后来慢慢涨了点，大概涨到20块钱。在吃饭的问题上，带工资入学的同学就"豪气"了不少。比如一个月拿40多块钱的钟大年，他很豪爽，所在的小组不论是外出活动还是下馆子改善生活都常常花他的钱。不过比较起来，小组成员王桂华还是最最获益者，因为钟大年一直到现在还在单请她。

> 程鹤麟：钟大年这项个人优良传统已经保持了三十多年了：热爱买单——凡同事同学聚餐，除非哪个傻小子提前声明（有时提前声明也没用），否则最后买单的一定是钟大年老师或同学。
>
> 钟大年：那时候，我们小组六七个人去王府井东来顺吃一顿涮羊肉只要10块钱，不过那也已经是我一月工资的四分之一了。唉，记不清有多少次小组活动，也不知道花了我多少钱，只知道毕业后第二周我结婚的时候，存折里只有100多块钱了。好在太太没有埋怨我，因为，她就是我们小组受益的成员之一。

细数班里胃口最好最贪嘴的主儿，一定不能漏掉了周五一和王小幸。这两个人在改革开放后第一次宣布肉涨价的头一天，急急赶往东四的一家湘菜馆，虽然并不丰盛但却心满意足地享受了最后一次低价晚餐。廉价的时代早已不复返，之后的三十多年若干次的涨价事件引发过无数次抢购潮，抢米，抢盐，抢油，甚至抢手纸，不过这两个人凭着"抢吃"行动成了中国"抢购"历史中的先驱。

在77摄影班，田广和黄著诚拿的是最高助学金，外加3元的少数民族补助，两人关系挺亲密。不过田广总是独自在另一个食堂吃饭，这让黄著诚很不理解，认为他多此一举。

黄著诚：有一次没忍住终于问了他一句，为何不吃猪肉，不都是蛋白质吗？田广反问我："你吃毒蛇吗？吃老鼠吗？"我说："吃啊！"（我们在家乡从小视蛇鼠为美味）。田广大怒："吃蟑螂吃苍蝇吗？那也有蛋白质啊！"那时的我没见过太多世面，也是第一次接触穆斯林，真不知道还有不吃猪肉的民族。过了许多年，一提起这件事，我和田广还是觉得饶有趣味。

每年寒暑假结束后回校，很多外地同学都会带来家乡的特产供宿舍好友们品尝，比如乔保平会带兰州又大又扁的黑瓜子，徐佳伦会带杭州的山核桃，现在看来最牛的是李讯，他带的特产是茅台酒——1978、1979年的茅台酒。

李讯是贵州人，当过兵，为人颇为严谨，在和同学交往的过程中一般不主动说话，也不太发表意见，但是他每一年回家的时候，都要从家里带瓶茅台酒过来。不过室友们都没怎么喝过酒，不习惯，觉得非常辣口，刚开始还象征性地尝一尝，后来连尝都没人尝了——全中国最好的酒就这样被无情冷落。不过世上总是存在着有口福的聪明人，那就是马国力，大半瓶茅台酒最终都会落进他的肚里。不知现在想起来，马先生会不会偷着乐。

肚子里装了不少茅台酒的马国力

入党！入党！

77摄影班入学的时候，已经有13位同学是中共正式党员、1名预备党员。班长任金州，党支部书记岑传理，副班长钟大年等人成了积极推进班上其他“群众”入党事宜的决策团。

胡立德：我们班党支部书记岑传理、班长任金州、副班长钟大年，像三位老大哥，很关照我们这帮弟兄。尤其是班长，不仅像老大哥，还特别爱操心，很能张罗事。有他们在前面带头，大家很容易就聚在一起了。

当时的班长任金州脑子里有个强烈的意识，那就是在大学入党一定比单位入党容易得多，所以一定要尽可能多地解决同学们的入党问题，一定要多发展党员。一旦成为党员之后，就立刻拥有了更大的竞争力，将来就业之后就能够比别人快走一步。1981年3月17日晚，77摄影班党支部召开了第一次新党员发展大会，讨论并投票表决徐佳伦、胡立德的入党申请，全班13名正式党员和1名预备党员全体参加了会议，申请入党的其他同学韩国强、刘建新、刘新荣、孙林、高燕文、王小幸、王政、段晓明、余义宁、田广、鲁伟、黄著诚等也列席了会议。经过讨论和投票表决，徐佳伦、胡立德获全票通过加入中国共产党，成为了预备党员。

徐佳伦当场表态说：“感谢同学们对自己的帮助，这是对我的鞭策，虽然大会通过了，还有待于上级党委批准，预备期还有一年，今后我还要更加努力接受组织的考验，要在思想上入党，真正成为一名共产党员”。胡立德也表态说，“参加支部大会很受教育。大家提的意见一是真诚，二是准确。大会接受我为预备党员，上级无论批准与否，都是对我的鼓励与考验，看我今后的行动吧”。

同宿舍同学乔保平、钟大年是徐佳伦的入党介绍人，乔保平在徐佳伦的入党申请登记表中写下了这样的介绍人意见，“徐佳伦同志对党的认识明确，政治思想进步；有较强的自觉精神和严格作风；学习努力，德智体全面发展，工作责任心强；纪律性和组织观念强；能普遍联系和团结群众，勇于开展批评和自我批评。该同志在工作中偶有急燥现象，本人同意并介绍徐佳伦同志加入中国共产党。1981年3月16日”。

在班党支部和班委的努力下，77摄在大学期间发展了四位党员：徐佳伦、胡立德、韩国强、刘建新。

任金州：韩国强在学校里是成长型的人，从业务上讲没有刘惠东那么聪明，也没有马国力那种文才，更没有孙林外语的优势，他在各个方面不是最突出的。但韩国强有个最大的特点就是勤奋、坚毅、执著，山东人的那种执著。他心里有想法，在做所有事时都坚持高标准严要求，一直不断地激励自己往前走，充实自己，提高自己。

在全班积极踊跃争取加入党组织的火热圈子外边，站着两个“超然脱俗”的人，那就是从未写过入党申请书的俞建成和刘惠东。他们看似与入党事宜毫无关联，但事实上，这两个人是“躲在暗处”的关键两票。

俞建成：我们班里只有我和刘惠东没写入党申请书，我们不积极靠拢组织，所以政治地位属于最底层，但同时也变身为最稀缺的资源。每当我们宿舍的党支部书记岑传理同学要征求群众意见的时候，说的就是征求我俩的意见。我们是群众嘛，群众关系好不好，就是跟我们两个的关系好不好。我们的两票很重要哦，所以在学校入了党的同学，你们一定获得了我俩的两票。

从作业到作品

77摄在校期间，总共获得了两次去媒体一线见习或实习的机会：一次是1979年专业课开始前的媒体见习；另一次是81年毕业前的工作实习。另外，拍摄毕业作品的机会也让这些在四年中拼命苦读拼命积攒经验的小伙子们得到了展示自身能力的平台，几十分钟的长作品让他们尽兴而过瘾。

刘惠东的毕业作品是班里少数得“优”的作业之一。在大家的思维都比较“循规蹈矩”的时候，鬼才的路子往往就出人意料。他拍了当时河北秦皇岛的一个模范监狱，回来放映之后得到了同学们的一致好评。要知道，此类“非常规”题材的拍摄，在创作角度、思想性、政治性方面都是公认的难以把握。

任金州：我记得当时毕业作品在班上没几个优，得优很难，但刘惠东就是优。监狱题材很敏感，拍不好就很有政治问题。但是当时刘惠东选择的角度是监狱对犯人进行改造时的那种人性化的关怀，主要记录监狱如何想把犯人从深渊里拉出来，现在看来，这种考虑和构思是非常超前的。

原来看似“不忿主流”的刘惠东早就熟稔了传媒宣传之道，在心里也早就有了清晰的导向意识、主流意识。更难得的是，他的作品完全不像过去老掉牙的宣传片那样从空洞的说教说起，而是选择了一所监狱，选择了具体的地点和故事，显露出一滴水见太阳的艺术。

1979年，温化平等同学被分配到河北电视台见习

▲ 乔保平风景照习作

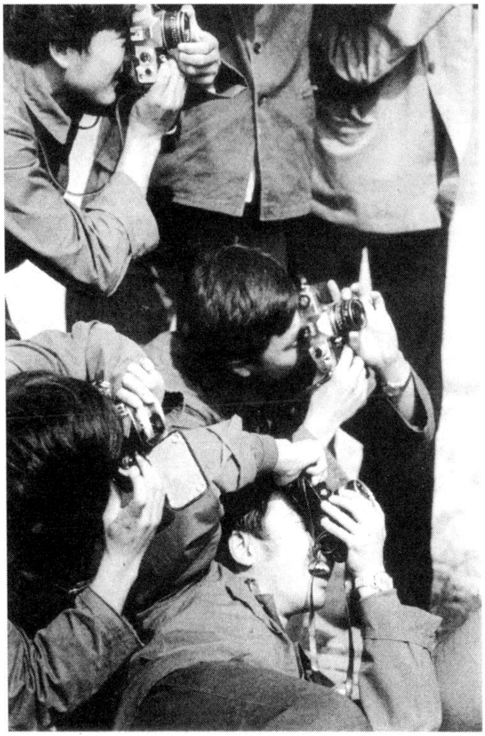

◀ 正在做摄影练习的同学

任金州：我一直认为刘惠东可能永远是很随意、很自由、很浪漫的，甚至是一个民主青年，他连党都不入，但后来他表现出的主流意识和宣传意识是让我们没想到的。他非常清楚作为一个记者应该做哪些事，应该用什么方法去做，真正用我们职业化、规律化、专业化的手段去为党为国家做事。

在刘惠东毕业参加工作八年以后，也就是1989年2月，他曾给岑传理写过一封信，信里这样说道："我常扪心自问，我能从工作中总结出前人尚未归纳的理论？我的观点能超越别人？我能够给别人翔实的启示？结论当然是否定。我常常在呐喊，我们电视新闻的走向往何处去？"

习惯探索和用力思考的人，总是被一种深入骨髓的责任感长时间隐隐地驱使着。同是付出了时间精力的所学所专，有人将它作为一只饭碗，机械漠然凭之用之；有人将它作为毕生求索的对象，情愿时时为它的兴衰起落潜心着想，这也许也正是工作与事业的区别。

另一个重量级的作品是钟大年、任金州、田广和仇绍强四个人拍的一部长达50分钟的16毫米影片《首都地下城巡礼》。当时的北京市人防办公室为宣传建设成果而找到了刘存志老师，刘老师把这个机会交给了四名学生。

任金州：《首都地下城巡礼》按现在的说法还走过院线，在北京各大电影院都公映过。我们8月份开始准备题材、采访，9月、10月开始真正拍摄，一直拍到11月，12月份抓紧编辑，然后套解说词、套片、合成混录，毕业的时候就出来了。我主要负责前期拍摄、联系场地、组织现场情况，钟大年负责构思本子和拍摄后的编辑，田广写解说词，仇绍强也一块参与。我们每个人都要求必须拍一段。后来钟大年还专门跟着刘存志老师去了上海洗印厂冲洗，因为上海在冲洗16毫米电影胶片方面质量比较好。

那次的拍摄总共有6万元的经费，在当时真是一笔不小的数目，于是这几个幸运的准毕业生还在拍摄结束后得到了每人几十块钱的补助。任金州那份补助的下落是——化作一件"大地牌"风衣，这牌子可是当时中国的Prada!

见习期间任金州也上了庐山

比起拍摄毕业作品来说，1979年和1981年的两次媒体一线实习机会给了77摄影班同学们更为难得的体验。走出校门，提前去未来的“用武之地”考察一下，提前去想象了无数次的“哨所”站一班岗，再借此机会游山玩水一番，如何不教人心动！

1979年，王政和钟大年等几个同学，被分到了位于武汉的湖北电视台新闻部，这长达一个月的见习，是对新闻选题、采访、拍摄、写稿、编辑全过程的学习实践。真正上手接触一线的新闻制作之后，大家都有了普遍的提高。不过这次见习也让大家借此机会出来“透了透气”。

在湖南电视台实习期间的鲁伟和佘义宁

韩国强：我、田广、张旭奎坐了三天三夜的火车，和大年那个组在湖北汇合，后来去了湖南见习，最后还登上了庐山。从九江乘船上庐山，从庐山下来坐船又到汉口，最后坐京广线回北京了。那次借实习出去玩得很高兴。

大四的第二个学期，班里又进行毕业实习，王政、余义宁、鲁伟、胡立德等人带着红旗摄影机，开赴长沙，进驻湖南电视台新闻部，当夜刚刚入睡，突然听到一声老虎吼叫，几个同学被吓得坐了起来。第二天才知道电视台周边是长沙动物园，不过这一声吼叫，拉开了77摄同学火热实习的序幕。

王政：也就是在长沙，我们每个同学领教了辣的滋味。记得我到常德卷烟厂采访，在采访开始时，厂长递给我一支烟并给我点上。当时我并不抽烟。等我问一个问题后，厂长却不回答，我再三追问，他说："你为什么不抽我们厂产的香烟。"我才恍然大悟，后来我抽了一口，直呛我的鼻子。这是我抽的第一口，也是第一支香烟。那是一次又学又玩的有趣体验，在长沙的三个月里，我们几位同学每人都拍摄了十几条片子，还都在湖南电视台新闻节目里播出了。

1981年，周五一、程鹤麟等人在山东荣城实习时拍摄专题片《老八路采药队》

程鹤麟：我跟周五一既非同组亦非同屋，但跟他一起在山东电视台做毕业实习。这次实习给我带来的好处是，毕业离校赶回福建结婚时，收到了周五一赠送的一只蛇皮钱包作为结婚贺礼。

1981年10月21日，在山东组实习的周五一、温化平、王小幸给河北组的乔保平、李讯、刘惠东、刘新荣写了封信，信中这样说到："时光恰似胶片，用时方觉其短，兴许值得庆幸的是，远在天南地北的每一位兄弟，已在豆粒之微的格格画框里，记下了辛勤的汗水，记下了五彩缤纷的思潮；记下了奔涌的心之血浪，记下了激情、欢乐、苦恼，更记下了四载寒窗的辛劳。可以想见，不管是'湖南匪'、'河南盗'、'河北响马'、'九头鸟'还是'山东毛贼'、'京油条'，此时此刻，要么磨着鞋底，要么戳着笔端，要么便在托机器、压剪刀。吾等不免急抖'快书'月牙板，始起一言：'诸多公子辛苦了。'尔后唱：'即颂人人好运道。'"

除山东台、河北台、湖南台之外，以徐佳伦为小组组长的段晓明、王屏、高燕文一行人去了河南台，柳春江、黄著诚、俞建成、孙林去了湖北台，马国力、王桂华、叶青醇、刘建新去了北京台，岑传理、张旭奎、韩国强去了中央台。

韩国强：毕业实习那次我在中央台体育组，我跟岑传理还有张旭奎。我参与了中国女排归来的直播，那次直播给我的印象是个很失败的直播，有一点让我在后来好长一段时间都以此为戒，那就是直播当中用同期声。当时中国女排

1981年，在山东省电视台毕业实习期间，温化平前往某监狱拍摄纪录片（拍照和题字均为同班同学程鹤麟）

1981年柳春江在湖北电视台实习时拍摄葛洲坝

过来的时候，姑娘们正站在北京机场的长梯上，北京台在那边拍，中央台在这边拍，结果就在中央台拍的过程中，北京台那边灯光打过来了，老刺光。这边中央台就骂，他妈的那是北京台吗？怎么弄的！这下好了，声音播出去了。然后北京台第二天就说，你们对我什么意见，在电视上骂我们，那次给我的印象很深刻。之后，我又参加拍摄了北京马拉松国际长跑比赛，那时候比较成熟了，多少个机位，我当时都记录了一下，我感觉毕业实习的收获非常大。

10 班徽只做31个

生活的大故事仿佛永远没有结局，但组成大故事的小章节就一定会有属于它的结尾。“毕业”二字，是所有享受过幸福大学时光的人有些抗拒的，然而另一个精彩的开始注定要以上一个精彩的结束作为代价，于是这成为一个必经的仪式。有悲，有伤，有轻松，有忐忑。

80年代初的毕业生有着较为单纯和明朗的前途，无须过分担忧，无须徘徊不定，一切听从分配。全国各地急需人才的电视台就像出站口等待接站的人们，举着牌子，寻找那些该从首都学成归来的骄子们。

“醉”离别

1982年的1月，77摄影班迎来了毕业前的日子。毕业实习回校后，班里的教室让给了新生，老图书馆旁一排破旧的平房，成了他们最后的教室。在那里，31个人完成了毕业论文、答辩，还有最后与老师的毕业座谈。

在离校前的最后几天，所有人开始整理宿舍，收拾托运行李。摄影班的宿舍在这时变得很好辨认，因为每间屋子门前摞起最多的杂物就是一堆堆的胶卷和照片。几乎所有人都想将有关广院的记忆尽可能完整地收拾、打包、带走，于是，分道扬镳的行者们珍藏了一些共同的物件，比如1977年全国恢复高考的准考证、北京广播学院77届入学通知、学生证、校徽、班徽、写满了77摄影班31位同学毕业赠言的学生手册，还有那一张张记录着四年大学生活的照片和底片等等。四年前，天南海北他们独身而来，四年后各自远扬时，竟然拥有了那么多共同的物件和情感。

毕业合影被77摄的同学选在了当时北京最好的照相馆——北京前门大街上的大北照相馆。

1982年1月毕业论文答辩前在美术课教室前的鲁伟和周五一

1982年1月毕业论文答辩前在美术课教室前的鲁伟和田广

77摄影班毕业合影

第四排左起 刘新荣 刘建新 叶青醇 刘惠东 王小幸 田 广 王 政 程鹤麟
第三排左起 乔保平 韩国强 徐佳伦 余义宁 钟大年 仇绍强 黄著诚 柳春江
第二排左起 任金州 段晓明 李 讯 孙 林 王桂华 胡立德 周五一
第一排左起 高燕文 岑传理 温化平 王 屏 马国力 张旭奎 余建成 鲁 伟

1982年1月4日77摄影班同学在老教学楼门前合影

班长任金州对大家动员道，这次照相一定得去，谁不去，谁就没有历史了，班里就没有你了。于是大家推掉了各自手上的事情，整整齐齐去了，这是77摄“史上最全”的一张合影，摄于四年集体记忆的末尾，也摄于往后若干年分别的开始。

散伙饭仿佛是在所有经历过毕业的人心中最深切最诗意的离别仪式。在这场仪式上说过的话、挥洒过的眼泪、吐露过的真情，都将被直接镌刻入每个人灵魂深处的情怀里。属于77摄影班的离别仪式发生在1981年夏天的密云水库，这算是他们最后一次的全班出行，班上的北京同学租了辆大客车，车上载了个保温桶，桶里装着满满的啤酒；除此之外，还有两大旅行袋的瓶装啤酒，那天，不管会喝的不会喝的，几乎大家都醉了。

密云水库聚餐（1981年夏）

周五一：那天的活动经过精心准备，食品很充沛，最可观的就是啤酒，没记错的话，全班人均能摊上三四瓶的量。天生没有酒量的我，那次喝下了有生以来最多的啤酒，结果是大醉一场，难受了几天，还曾暗暗发誓：龟孙子再喝醉。全班都喝得很痛快，不过最爽的应该是本小组的段晓明，因为跟我们一同郊游的一位河南来校进修的女生，后来成了段晓明的孩儿他妈。这小子下手可真早啊！

离别时，班里还准备了统一的留言本，大家彼此留下了分别的感言与祝福。现如今，恐怕大多数人都早已记不起任何一条留言的内容，但那种纯真的心境至今让人难以忘怀。

从班徽到信物

毕业前夕，班委的成员们聚在一起，开始商讨一件重要的事情，那就是如何用一个简单易存而又极富意义的符号来纪念四年中大家在一起的日子，并将这份同窗情谊长长久久地延续下去。当时的经济条件并不允许他们花钱额外做什么东西，因为只要解决了温饱，能够有钱买书、洗照片，还能买个处理的胶卷，再到王府井照相馆买点相纸，这就已经算很不错了。但是即将别离的深深不舍和频频到来的伤感让大家意识到，77摄必须在分道扬镳之前拥有一个能够充分承载思念和情谊的“作品”。

在诸多提议都被一一否决之后，热爱绘画的刘惠东提出了他的想法：做一枚班徽。班长任金州颇为赞同此创意，于是把班徽的设计权交给了他。在基本造型——一个类似于镜头光圈的东西出炉之后，任班长提出了建议，“77”两个字不太明显，应该既要像镜头，又能把“77”这个特色带出来，表达我们的独一无二。修改完成后，刘惠东跑到通县，专门找了一个印花厂，把31枚班徽做了出来。回来之后，刘惠东说：“这班徽就做31个，多一个都没有，而且连模子都销毁了，大家一定要保存好。”

对于后来主要参与策划了湖南台“芒果台标”的刘惠东来说，从77班徽到湖南卫视台标，都源于他的用心投入和激情参与，都焕发出事业和生命的光彩，同时也见证着、寓意着他生命中最重要的两段时光。他说，大学四年、1400多个平凡求学日夜渐渐地彻底改变了他的人生品质。没有大学，人生一定是不可想象的改写。

刘惠东：这是我在大学期间所做的最为得意的事之一：我以有限的知识，但加上天生的一点悟性独自设计出了至今看来仍不难看的班

级徽标：以最抽象、简练的线条在由三个圆圈代表的镜头组中间嵌入77两个阿拉伯数字，同时也寓意着我们目光的锐利视线辐射全球。记得当时我终日思索的设计难点仅仅是如何把构图各部分的尺寸、比例规范、固定，以确保任何时候、任何人在复制时都有精确数据可循而不会随意走样。这些数据虽然已忘却，但只要对照班徽实物随时都可以度量出来。永不走样的班徽至今看上去还是那么精致而简洁、协调而神秘，含义深沉而隽永。

当时已经留校的任金州把这精致而简洁、协调而神秘的31枚班徽分发给了班上的31名同学，这凝聚着大家四年来所有精神和思念的班徽，由此成为一枚枚承载深厚同窗情谊的信物。它的身体在77摄影班分别后的若干个日日夜夜中愈发深沉而饱满，又仿佛成为积聚着大家彼此美好祝福的神物，保佑这些有理想、有信仰、有毅力，有才学的旅行者一路平安。

最后，大家达成了一个共识：分别以后，好好保存这人手一枚的信物，将来传给孩子们，如果有谁的孩子要上广播学院就让他们拿着班徽来相认。历史已验证了这一点，后来李讯的儿子、柳春江的女儿、乔保平的儿子、任金州的儿子、周五一的儿子都带着班徽走进了广播学院。

有了情分，人生显得愈发短暂。

各自远扬

1982年1月，在充满离愁别绪的散伙饭以及大合影之后，胡立德赴往黑龙江电视台筹备俄语节目；余义宁顺理成章地去了辽宁；鲁伟去了离京较近的河北电视台；韩国强奔去山东电视台开始了他的台长之路；段晓明去了他几重辗转的第一站——陕西电视台；乔保平回到了甘肃电视台；田广去了宁夏；刘惠东去了湖南；刘建新被分到了四川；柳春江、徐佳伦到了江西；俞建成走进了浙江电视台的大门；王屏去了江苏电视台；程鹤麟以“已婚身份”去了福建；黄著诚去了条件相对落后、工作较为辛苦的广西；“荣荣”刘新荣和大帅哥王政同去了新疆；李讯去了贵州电视台；周五一安家在云南；阿仇在广东电视台一干就是15年，同去的还有王小幸；王桂华、马国力、孙林和张旭奎分别去了中央电视台的专题部、体育部、新闻部和对外部；叶青醇和岑传理分别去了中国电视剧制作中心和中央电视台电视剧团；而任金州、钟大年、温化平、高燕文等人留在了77摄影班永远的大本营——北京广播学院。

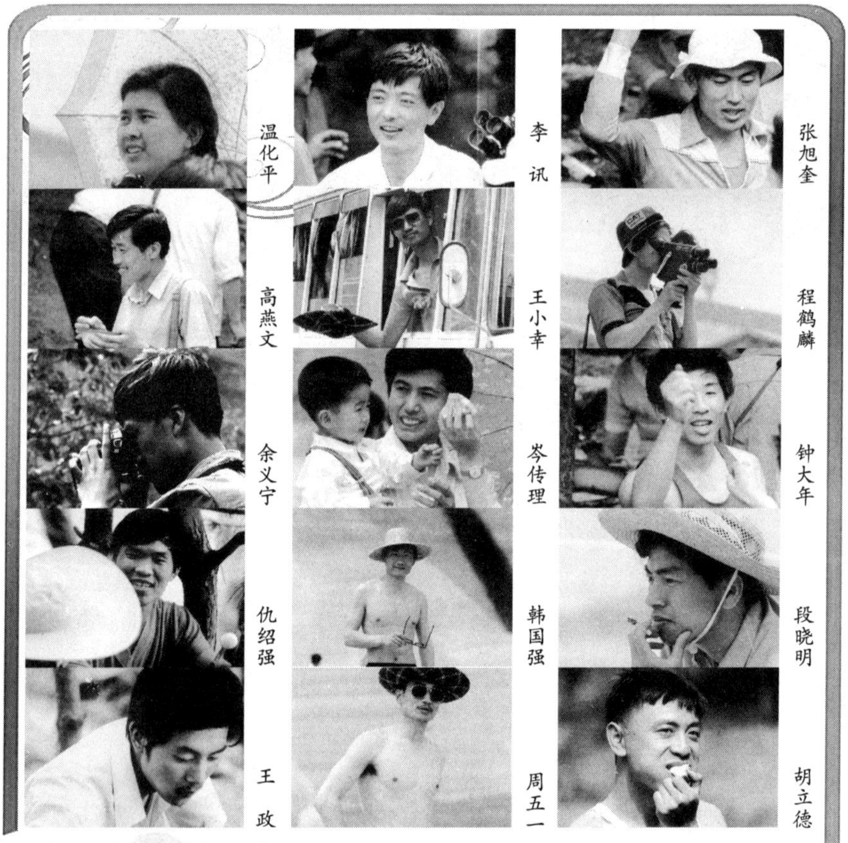

77摄影班部分同学昔日风采

中篇

三重门·电视有多高

走出广院30年，77摄影班的同学或北上，或南下，或西游，或留守，恰似班徽上的三个圆圈，以实务、仕途以及学术为路径，奋力攀登“电视”这座大山，历经着职业与人生的重重关口……

11 一线，一线

搭乘着中国经济逐步升温的快车，和着一个国家走向改革开放的脉动，77摄影班的骄子们展开了各自的事业之旅。

毕业时间几乎和中国广播电视部成立同步，遭遇的又是四级办电视的全新大格局，仰仗八十年代初期极为稀缺的“北京广播学院”学士学位，以及在学校里打下的坚实基础，77摄影班的同学们刚进入工作岗位就迅速成为电视一线的主力干将。

一号记者

当77摄影班的同学们初入电视台，他们的第一个归属几乎完全相同——新闻部：韩国强——山东电视台新闻部，乔保平——甘肃电视台新闻部，刘新荣——新疆电视台新闻部，田广——宁夏电视台新闻部……

1982年1月回到贵阳没几天，李讯就报到上班了。那时，贵州电视台的新闻采编播刚刚起步，唯一的新闻节目《贵州新闻》每周仅首播两次，人才奇缺。从各行业汇聚来了一伙年轻人，他们好学上进，冲劲十足，短短几年，将

《贵州新闻》变成了日播节目。李讯就是他们中的一员，又红又专：中共党员，复员军人，专业名牌大学毕业（当然还有个政治可靠的家庭）。一发力，就成了名记，成了省委办公厅认定的一号记者。一号记者其实就是执行一号采访报道任务的记者。

有句老话：天高皇帝远。在贵州这个从前出“干人”的地方，皇帝更是遥不可及了。但作为一号记者的李讯，却常常有采访报道中央和国家领导人的任务。在1984年初和1986年初，李讯曾两次奉命跟随采访时任中共中央总书记的胡耀邦同志。领袖身体力行、深入实际、平易近人的作风，给他留下了毕生难忘的记忆。

李讯：1986年农历除夕，胡耀邦在时任中共贵州省委书记的胡锦涛同志陪同下，到兴义县乌拉村贫困户严金玉家仔细看了他家床上的被盖和柜里的存粮。拉着小严的手关切地询问过年买了多少斤肉，打了多少糍粑，房屋是否漏雨，鼓励他发展生产，自强自立。在村口，胡耀邦从农民王钢伦上衣口袋里拿出香烟，边看边说：“还是带锡纸的呢！是不是经常抽？”王钢伦说：“现在都抽这个啦！”胡耀邦又拉着王钢伦的手问有手表没有？王钢伦回答：“有，刚才杀年猪时放家里了。”胡耀邦又问：“你知道勤劳致富吗？”“万元户呢？”一问一答，笑声朗朗，亲密无间。为了获取所到地的实际情况，除夕夜，胡耀邦还让时任中央办公厅主任的温家宝同志带领北京来的同志，趁着夜色到兴义郊区农民家访问。

作为一个好的新闻记者，要付出超常的脑力和体力，除此之外，还要有超强的心理承受能力。1986年农历除夕夜，当一天的采访拍摄结束，李讯不敢有丝毫懈怠，马上伏案写解说词，写完后，磁带和文稿要连夜送往四百公里以外的贵阳。忙碌完这一切的李讯，稍稍地松了一口气。但是随即，心又提了起来。

李讯：大年初一的傍晚，我守候在天生桥水电站工地招待所宿舍的电视机旁，又期待又害怕，心脏随着中央台《新闻联播》节目的片头音乐极速地跳动着……《新闻联播》刚结束，省委办公厅副秘书长陈群林（校友）就推开我的房门，连声说：不错不错，总书记很满意、很高兴。

大年初二的早晨，李讯把跟随胡耀邦同志采访报道的接力棒交给了他的同班同学黄著诚。

到了广西的胡耀邦，首先来到了广西军区与战士们一起欢度春节。除此之外，当时中国与越南边境紧张的局势，也是他来到广西的更深层次原因。接过同学李讯的接力棒，广西电视台新闻部记者黄著诚用镜头记录下了胡耀邦在军区的重要讲话以及与军民同乐的生动情景。两个刚毕业的同班同学，因为采访国家领导人发生了联系，并且圆满完成了这次接力赛，真是一份难得的机缘巧合。

一号记者看着风光，其实不是那么好当的。当年的电视记者所用的摄像机大都是分体式的，不仅笨重，而且娇贵，跟随国家领导人采访是极其重要的政治任务，不仅要在高密度的行程中抓拍到典型的画面，还要保护、调试好手中的机器，体力和脑力一样都不轻松。新疆电视台新闻部记者王政就因工作勤勤恳恳，在拍摄现场得到了彭真委员长的献花，被同行称为“棉花记者”。

王政：1988年的9月间，我随同彭真委员长在新疆考察，几天的视察，我记录彭真委员长在新疆期间一幕幕生动的场面。可能是由于我几天的跟拍显得比较辛苦，所以才有了彭真委员长将棉花花朵亲手佩戴在我胸前的一幕。

王政将彭真委员长在新疆考察的报道做成了新闻特写，尤其突出了那些生动感人的情节和细节，后在央视《新闻联播》中播出。彭真委员长的秘书还特意打电话到新疆维吾尔族自治区党委，对王政的工作表示谢意。

能够在刚刚毕业就成为一号记者，这对77摄影班的同学来讲，既是信任，又是挑战。而从不服输的他们，也从未败给过任何挑战。

彭真给王政带上一朵“棉花”

中为李鹏，持摄像机者为刘建新

走基层

从广院毕业后，刘建新回到了四川电视台，成为了一名新闻记者。在大学里面养成的"暴走"习惯，也让刘建新探访了辽阔的巴蜀大地许多不为人知的地域。

刘建新刚到四川台的时候，由于来得匆忙，当地电视台并没有准备好住的地方，于是开始的一段时间里，刘建新就带着自己的铺盖卷住在办公室的桌子上。

> 刘建新：作为一名记者，我觉得我应该多下去，何况在四川，四川这么大，很多地方我都没有去过，所以我从那时候开始，就不断地下去。我在四川待了12个月，有七八个月的时间，我都在下面，这样就解决了住的问题。并且做什么事情我都希望把它做得最好。

有一次，刘建新与当地联系，在得知当地有一个地方从解放到现在都没有任何一个记者前去采访过的时候，天生富有挑战精神的刘建新很快集合起了七八个同事，简单收拾过后就出发了。

刘建新刚刚毕业后去四川执行拍摄任务

> 刘建新：吃完早饭8点多一点，我们就到了峨眉山背后的脚下，然后开始跟着向导爬山。中午找了当地的农家，给我们做了点米饭，我们每人吃了一点之后，又继续走，走到下午4点半5点的样子，才

到了这个地方。这个地方是我们国家定点生产黄连的地方，这个乡和这个村不种别的，只种黄连。

那个时候没有电，也没有电话，当刘建新等人走上去的时候，村长对他说，你是新中国成立以来第一个到我们这儿的记者。

当时四川的房子多是吊脚楼，楼上住人，楼下喂猪、养牛。房子是木头房子。

刘建新：村长可能是怕我嫌有味，把花露水洒在了楼上的屋子里，并让她女儿搬走，安排我们住在他女儿的房间里。但实际上房间里猪的大粪的味和花露水混合到一起，是一种非常怪的味。

但是刘建新能感到农民那种朴实，当村里人得知这些第一批到达他们村的记者们要上山时，就把口信带给了山上的猎户。

刘建新：我们住了三天，三个晚上，还不让我们走，说再多住一晚上，为什么呢？因为他们派了几个人去打熊去了，想让我们吃熊掌。后来我说不行，我不能老在这山上住着，采访完了要走，村长说那不行，我们有一头公牛，谁都降服不了，几乎快成野牛了，他说请我们吃了再走。他们用民兵的自动步枪，把这个牛给打死了，特意做了给我们吃。

正是因为这份纯真的朴实以及对于新闻理想的追求，30年后成为河南电视台总编辑的刘建新依然要求他的记者们要多下基层、多走路。只有这样，才能了解社会的更多层面，与民众的亲近中才能发现新闻点所在。

当一号记者们在一线寻找新闻线索、拍摄时政新闻的时候，分配到中央电视台专题部的王桂华也在走基层，只不过，她希冀通过自己的视角，去记录现实生活中的人和他们的生活状态、生命故事……

王桂华：龙年伊始，我选择了龙须沟属龙的人作为我的采访对象来搞一个节目。在几位街道大妈的陪同下，我走门串户，真有点体察民情的味道。我走进一间窄小的房子，真可以说是一屋子半截炕，进屋就要上床。坐在床上的大婶一见来了客人，又听说是中央电视台的记者，慌忙让座。然而来的人们谁也没有坐，一是那条床边坐不下这许多人，二是大家都坐下只能全体面朝南，无法交流。没等我开口采访，主人却先讲话了，“你是从中央来的，代表中央，能不能为我们反映反映，这龙须沟解放了40年，除了没有那条明臭沟和大尾巴蛆上床外，这环境没有多少变化。日子是比以前好过了，可这冰箱、洗衣机也不能放在床上呀。”

这位大婶的话，让王桂华感到十分困惑。尽管她在偏远的山区曾听到过这样的说法，但就在皇城根脚下的龙须沟的这位大婶怎么会讲这样的话呢？王桂华无言以对，只能对她说实话。她告诉大婶说，“我不仅不能代表中央，我和您一样，大婶还有这样一间房子，但我结婚六年，孩子四岁，半间房子也没有。可以说我们是彼此彼此。”

王桂华：我到了另外一家，恰巧这家有兄弟两个都属龙。一个36岁，一个24岁。龙须沟依旧像解放初那样，居住在这里的人绝大多数是城市里最普通的居民。这兄弟两个老大是工人，老二还在待业。我们先到了老大的房间，说起来甚至有人不信，这家不仅没有地方放椅子，就是床也不能坐。因为房间小，六平方米的房子要住一家三口人，不得不把床架到一米多高，充分利用每一寸空间，这样床下就可以放很多东西了。主人虽然很热情，脸上却很难为情，这能怨谁呢？这样的采访对象我怎样拍，又怎样讲呢？是他们不勤劳吗？

新中国成立初期，龙须沟曾是政府关心穷苦百姓的先进典型。而80年代的龙须沟人，虽在京城，但生活条件却如此不堪，这样的图景引发了王桂华内心深处的困惑和创作的兴趣。

沿着龙须沟，凡是有属龙人的家，王桂华都进行了拜访和采访。于是，在她的纪录片《访龙须沟的属龙人》中，王桂华选择了六个属龙的人作为主人公，片中人物无主次之分，他们身上也并没有动人的事迹，只是展现出各自的喜怒哀乐。王桂华以冷静和自然的调性，将平常人的一段生活呈献给观众，让观众亲切地看到他们周围的普通人在想什么、做什么，他们是怎样生活的。至于怎样看、怎样想，结论由观众自己得出。

王桂华呈现于纪录片中的“无主题结构”其实正是对一线生活的真实记录，她的思考呼应着当时在中国纪录片界开始风生水起的纪实热，但又有着超越于单纯纪实热的深度与厚度。

这也许就是为什么王桂华作品虽然不多，但总能引起人们注意的原因。

实务派

当大多数77摄影班同学活跃于电视台一线之时，留在象牙塔里的任金州、温化平、钟大年们也并没有立即拿起教鞭，走上讲台，挥斥方遒。广院这片肥沃的土地，给予了他们和班里同学一样走出去拍摄和创作作品的机会，“实务派”的他们也做得有声有色。

“能教、能拍、能写”是北京广播学院对教师们的基本要求。任金州、钟大年们留校时，系主任是矫广礼，矫广礼的治学态度更是秉承了以上的三个“能”，教摄影的老师，首先自己要精于摄影。于是，他把这些留校的77级同学们全部“下放”到一线去社会实习。

> 任金州：我留校第一年社会实习，就是跟钟大年分组去拍片子。我拍摄的第一个片子就是广播学院第一部在央视播出的电视剧《啊，朋友》。当时钟大年一部，我一部，温化平一部。我们三个人作为摄像跟着三个摄制组拍摄，1982年冬天拍的，1983年初播出。

1986年夏天，中国出现了一件新鲜事：一群天不怕，地不怕的年轻人，用橡皮船漂了长江，引起了国人的热议和媒体的关注。大概出于好奇心，钟情于纪录片的钟大年和另外两名青年教师决定参与这起“群体事件”，他们与贵州广播电视厅合作制作了14集纪实性电视节目《长江漂流》。

在拍摄中，钟大年和他的团队跳出了一般事件性报道只关注事件的方式，而是把视角投入到了人上。

钟大年（右三）拍摄的《大学第一课》获理想杯专题片最高奖

在漂流的人当中，有省人大代表，解放军二级英模，也有曾经犯过错误、正在走向新生活的失足青年；有无牵无挂的单身汉，也有拖儿带女的一家之主……是什么促使他们走在一起，共同来到长江探险？在面对死亡时候，他们各自的心态又是什么？这一系列问题，引起了钟大年的兴趣。因此，他们除了冒着生命危险随行拍摄了18个小时的素材外，还对其中的一些主要队员和遇难者的家属等进行了采访，表现了他们各异的心理状态。

钟大年：这些活生生的事实，让当事人自己谈，显得真实、生动，增加了节目的力度。这些材料后来成了节目的主体内容，而事件的介绍，也就是漂流的素材，则放到背景上处理了。

也正是因为对人的关注，由于人性的复杂，在影片表现主题上也更加多面化。除了民族自豪感之外，还展示了队员们在漂流前一晚针对漂与不漂的问题展开的激烈争吵。这种真实的呈现形式，在钟大年看来，是最打动人的。

钟大年：纪实性电视节目只停留在把一件事说清楚是远远不够的，它应该有更广阔的外延和更深刻的内涵。表现人的内心世界，这大概会成为今后纪实性电视节目创作的一个重要课题。

钟大年在片子中对人的关注，不仅体现在内容的增加、主题的复杂、形式的多样化上，在字幕设置和同期声的使用上，也下了很大的工夫。用他的话来讲，同期声要做到“精确、真实、鲜活、实在、片段”这五个词，才能对影片起到更好的烘托作用。

从内容主题到表现形式，钟大年在纪录片的一线创作中追求如何让“人”成为主角，同时又在一线的实践中得到了电视研究者独特的收获。

钟大年：对于搞电视教学的人来说，创作是一种乐事，又是一件苦事。乐的是，它是一次积累实践经验、充实教学内容的好机会；苦的是，你不能像一般创作者那样，拍完即了，把创作所得仅仅作为一种感性经验留在记忆中，而是还要去总结它、分析它，甚至批判它，从中悟出一些理性的认识来。

福建姑娘温化平虽然毕业留在了学校，但她的梦想却是做一名电视新闻记者，渴望走到一线去，希望能在中国电视这片土地上大展一番拳脚。但是人在机遇面前，有时是不能够决定自己的命运的。

温化平：虽然心有不甘，但还是随遇而安，兢兢业业地学习当一名好老师，虚心诚恳地向“老”老师学习，认认真真地教书育人。留校不久，学校送我到美国衣阿华大学学习大众传播理论和电视节目制作技术，这对我的教学和研究来讲，无疑又是一个新的飞跃，很多学来的好的经验都被用到日后的教学和研究之中。

1988年，学成归来后的温化平，依然不甘“寂寞”，和中央电视台的编导孙慧一起执导了“如意杯”央视第一届主持人大赛，并在比赛中大胆担任了一把主持人。对于在中国电视圈中摸爬滚打了30年的人来说，也许这次经历只是人生中很常见的一个插曲，但是对于一个深深热爱着电视但却又无法将自己的命运完全与其捆绑，甚至在人生中的某一天，会为了一些东西而放弃自己所钟爱的事业的温化平来讲，这次主持人选拔大赛，是她一生中最温暖的记忆。

温化平：我的电视作品在中央电视台的屏幕时常出现，还大胆地当了一把主持人，在中央电视台的屏幕上，评论电视节目主持人和呼吁注重推出中国自己的主持人……得意啊！那是我一生最得意最有成就感的时光。

1988年温化平执导中央电视台如意杯第一届主持人大赛

当时，担任福建电视台新闻节目主持人的程鹤麟也参加了这次主持人大赛。师生重逢，老同学相逢，福建老乡重逢，格外地亲切，也格外地动容。那时的他们，沉浸在中国电视与个人命运纠葛的发展中而倍感充实……

选择一线，既是77摄影班同学们最大的希望，也是中国电视发展的必然结果。一线人才的稀缺，中国电视的亟待大发展，给予了这些年轻人无限机遇。在一线的打磨与历练中，77摄影班的同学们怀着对电视最虔诚的热忱，不断完善自我，加速提升职业功夫，一步步缔造着为时不远的中国电视的黄金时代。

如意杯第一届主持人大赛结束后，温化平（左一）与评委北京广播学院教授朱羽君先生（中），时任中央电视台副台长洪民生先生（右二），中央电视台体育部副主任岑传理（右一），福建电视台著名新闻类节目主持人、入围选手程鹤麟（左二）合影

12 第一个！第一个！

无论是纪实风潮，还是舆论监督热，在80年代至90年代的中国电视十年间，77摄影班在成绩单上写下了许多“第一个”。伴随着众多的“第一个”，他们也像大转型期的中国电视一样，从一线记者群体中脱颖而出，成长为电视台的中坚力量，以探索者和创造者的姿态和勇气，参与着中国电视语态的大变革。

先行者

1984年，大学毕业两年之后的余义宁升任辽宁电视台新闻部时政组组长；1986年，他又被任命为新闻部副主任，成为当年台里最年轻的中层干部。

工作、恋爱、结婚，余义宁完成了一个青年人应该有的成长。从业生涯中，命运为他预置了一连串的“第一”：作为恢复高考后的第一个文科毕业生，他1982年走进辽宁电视台；1985年，成为第一名赴日本友好台研修的新闻记者，回国后制作了辽宁电视台第一部反映国外生活的纪录片《富山掠影》，其中有一段内容，是向观众介绍日本的卡拉OK，而那一年，很多中国人的意识中还没有自娱自乐这个概念，而“卡拉OK”这个词，更是闻所未闻；1986年，在当年省政协会议开幕时，余义宁制作了辽宁电视台历史上第一条“现场报道”，尽管这种报道形式放在今天已经司空见惯，但是在当年，还是着实令余义宁和他的同事们激动了一把；1987年，新闻界开始恢复“记者”职称，经过评选，在辽宁电视台第一批获得“记者”职称的同事中，余义宁是最年轻的一个；1988年，策划推出辽宁台第一档评述性新闻栏目《热点透视》，并首次启用记者担当节目主持人，同年推出新闻杂志型栏目《本周30分》。彼时，中央电视台的《东方时空》还处在混沌未清的胚胎期；1992年，余义宁第一批获得了高级记者的职称。

余义宁经历着和学校生活完全不同的世界，体验着艰辛，也品尝着一个个生命中的惊喜。时代在进步，他也在成长。但和今天的很多年轻人比起来，77摄影班这一代人能够体会到的是更多的“第一次”，在成长的历程中留下更多的“第一名”。

余义宁：这不是因为我们更加优秀，而是因为时代给了我们这种可能，让我们有更多的机会不会重复上一辈人走过的路。同时，也让我们担负了更多的使命，划开当年广播电视专业领域尚属混沌的天地。

1990年江泽民总书记到辽宁视察，余义宁随行采访

余义宁的成长之路非常具有典型性和代表性，在省级电视台新闻部岗位上奋斗的77摄影班同学们几乎都走过了和他大同小异的轨迹。伴随着中国经济市场化推进的步伐，中国电视新闻改革也进入了新阶段，当媒体开始强化舆论监督功能，深度新闻和批评性新闻受到重视的时代来临之前，77摄影班的“先行者”就尝试实践了这种新闻报道理念。

在甘肃，为适应国家政治、经济生活日益民主化的新形势，进一步发挥舆论监督引导的作用，1988年，乔保平策划并开办了《社会之窗》栏目，负责这个专栏节目的组织和编审业务，从报道选题、内容、构思、编辑等方面培育着栏目的成长。这档专栏，主要进行社会批评性报道以及问题探讨，在选题和采访上，注重新闻的社会性、全面性和思辨性，既要针砭时弊，又要探明原理，引导人们正确认识和对待改革产生的“阵痛”。

> 乔保平：在专栏开播后采编的19集报道中，既有揭露假冒伪劣、扰乱民心的《假冒伪劣风非刹不可》，还有讲述一个偏僻村庄将致富户捐款派何用场的《盖学校与修神庙》，又有反映全省公路遭受严重人为破坏的《毁路阻道知多少》……

社会性的现象和问题绝非孤立因素所造成，其成因也非仅仅显露在事物表面。因此，选定选题后，乔保平作为领导不仅要负责“提出问题”，还要注重“解决问题”，那就是在深入采访上用功夫，尽量挖掘与主题相关的内容，力求完整充实，准确生动地反映主题。

在1988年甘肃省高考期间，为了提高考试、录取工作的透明度，纠正社会上的误传，消除部分考生和家长的疑虑，乔保平带领记者在阅卷、登分、建档和录取等工作阶段，分别采访了考生、家长、阅卷老师、有关负责人等，对阅卷老师资格、评分标准、工作责任制和程序规定等方面情况进行了连续报道，从而直接或间接

1984年秋乔保平在编辑机房加夜班

地回答了广大考生和家长关心的问题，对宣传高校招生工作的严肃性和周密性发挥了积极作用。

乔保平在新闻现场拍摄采访

此时，山东的韩国强同样在思考着电视新闻的发展之路。他倡导电视新闻社会化的新闻理念，主张电视新闻应关照当下社会人民的关注热点，从广大百姓的利益出发去寻求新闻诉求点，同时在电视新闻的形式上，他主张增加报道形式的可视性和解说词的可听性。在这样的理念指导下，作为主管新闻的副主任，韩国强在新闻节目中开辟了《街头见闻》、《星期日家访》栏目，把触角伸向社会各个角落，伸向社会最小细胞——家庭，及时反映群众生活，反映他们的愿望和要求。在学校一直以稳重而著名的韩国强在电视新闻领域丝毫不乏敏锐度与危机感，新闻最终的收视群体是老百姓，要用百姓可接受的语言，将略显严肃的新闻节目让百姓清楚明白。基于这种需求，韩国强提出了反对“电视八股文”的理念，倡导创新、幽默。看到西方媒体很注意传播对象、传播方式和传播效果的研究，他

青年韩国强

提出了我们的新闻传播要由单向型变为双向型，讲求宣传艺术和对象性，善于把党的方针政策变为最通俗、最生动的言论和事实宣传到群众中去，这绝对是一门很高明的领导艺术。

作为职业电视新闻人，他们在各自事业的发展中，不断地经历着“第一次”，在这些第一次中，又不断超越着自我，开创出电视事业的崭新格局。

黑龙江由于地缘与俄罗斯十分相近，边境贸易和人员往来较多，为了增进相互的了解，早在黑龙江电视台创办之前，边境地区就曾有县市电视台开办了俄语节目。但由于地方小财力有限，难以吸引人才，所以当地的俄语广播从收视率上来讲，并不是十分成功。于是，黑龙江电视台决定筹办真正意义上的俄语广播，刚刚评上副高职称的胡立德被委以重任，担负起了这项事务庞杂的筹备任务。

然而任何新事物的产生，必然纠缠着人事的重组、变动在中国，在地方，这些看似与电视与新闻毫无关系但却不得不做好的纷繁的人事交叉，似乎更能引发一个人对于得到来之不易的珍惜。在节目的创办中，胡立德就遇到了很多这样的事情。但偏偏，真正的电视人总是对志同道合之人有着一种惺惺相惜的认同感，他们愿意为着共同理想而与繁复的人事体系进行抗争，经过一轮轮小打小闹，再经历一次次大动干戈，做事认真有加、思考又无比缜密的胡立德终于完成了一个新节目诞生的最重要步骤——新员工的招聘与加盟。

1993年6月1日，黑龙江电视台举行了俄语节目开播仪式。中央外宣办、中央电视台和省委领导出席开播仪式并发表了讲话和祝词。18时整，伴随着优美的片头音乐，俄语节目在黑龙江电视台一套节目中正式播出，开创了黑龙江电视台俄语对外广播的历史。

2006年胡立德在俄罗斯冬宫

苦行僧

人人都羡慕第一个，但在“第一”背后所付出的代价，也是常人所不能想象的。

在河北，作为一个被领导看重的业务上有专长的新闻记者鲁伟，在参加工作后的三分之一时间内，都和“长城”绑在了一起。

1987年，河北电视台首先发起并联合辽宁、北京、天津、山西、内蒙古、甘肃、新疆等10省、市、自治区电视台共同拍摄37集电视系列片《万里长城》。这种跨省的横向大规模联合，在当时并不多见。这是我国历史上第一次全面、完整、全方位地反映长城的电视系列片。

拍摄长城这样的题材，对于省台来讲，压力很大。非但只能成功不能失败，而且经费上是相当地不富裕。

> 鲁伟：说我们是第三世界一点也不假，我们的摄制组除了租了一辆专用的尼桑面包车以外，其他就靠“小米加步枪”了，暑期拍摄时冷饮费都得精打细算，稍不留神就超支了。

在经费如此紧张的情况下，鲁伟和他的团队也借着拍长城的机会，走访了许多人迹罕至的地方。这些地方除了山羊能去的小路之外别无选择，在羊肠小道穿梭的过程中，他们每人随身带着“摄像机、录像机、三脚架”中的一件，上山下山的几个小时，耳边只能听到自己粗粗的喘息声。

1984年鲁伟在石家庄拍摄电视剧时的工作照

> 鲁伟：慕田峪长城的北段，有“单边飞度”、“鹰飞倒仰”之险，为了能拍到它，我们凌晨上

山，傍晚下山，功夫不负有心人，最终得到一组十分满意的镜头。为了拍摄蔚县的窗花，摄制组的除夕夜差点都在那儿过了。

《万里长城》刚一拍摄结束，日本、泰国、新加坡、美国等国家纷纷前来购买此片，1987年这部片子在日本和香港播出后，受到了舆论界和观众的普遍好评。

鲁伟：作为一名电视工作者，我为能够通过自己的劳动把这一世界奇观、中华瑰宝展现在世界面前而感到自豪，也许将来有人还要重拍长城，也许他们会拍得比我们好，但，我们这是第一次，我为这“第一次”感到自豪。

而时任中央电视台对外部摄影记者的张旭奎，于1985年至1986年期间，参加了大大小小的纪录片拍摄。影响较大的应是中日合作拍摄的大型纪录片《黄河》。在两年中，中日联合拍摄组从黄河的源头巴彦克拉山到山东的黄河入海口行程几万公里，拍了40万尺的胶片，40万尺的样片看一遍，每天看8个小时，还要看21天。

张旭奎(右)
在黄河源头

张旭奎：我两年内拍的胶片，比许多摄影师一辈子拍的都多。常想起刘存志老师的话，好的摄影师是胶片堆出来的，也许这就是我成为“好的摄影师”的必经之路吧。

根据中方和日方共享的原始素材，中方编辑成了30集每集30分钟的电视系列片《黄河》，以朴实的语言和画面，展现了中华民族母亲河黄河流域的历史、现状和风土人情，是一部中国电视史上的巨作，此片曾在美国、英国、德国等近十个国家播映。

1987年，一直对海洋有着无限向往的张旭奎，赴澳大利亚学习水下摄影。几年来，他通过自己的不懈努力成为了中国水下摄影的第一人。

学习水下摄影，先要学习潜水。法国籍的潜水教练告诉张旭奎，在水下呼吸要慢而均匀，否则一罐能用一小时的空气，一会就会被用光。除此之外，每下潜10米就会加大一个大气压，要不断调整耳朵鼓膜内外气压，使之保持一致，具体来讲就是在水下则要熟悉鼓气和憋气等方法。

张旭奎：学会潜水之后，我投向了神秘海底世界的怀抱开始了实习拍摄。美丽的珊瑚如神话中的世界，一群群不知名的五彩斑斓鱼从我身边游过，近在咫尺，伸手可及，我深深陶醉在其中。有一次，我拿着水中照相机去拍摄海龟，忽然身后不到2米处出现了一条一米多长鲨鱼，我有些紧张，因为澳大利亚电视新闻时常报道有人被鲨鱼咬伤，我急忙向另一位法国潜水员求救，他向我打手势说不要动，我就和那条鲨鱼面地面地对视了几秒钟，那条鲨鱼没有攻击我，掉头游走了。那个潜水员示意我上潜。

在直播现场工作的徐佳伦

上去后法国潜水员告诉张旭奎说，那是一条虎鲨，危险程度仅次于大白

在大堡礁学潜水的张旭奎

鲨。听法国人这样一说，张旭奎始觉后怕无比。

在征服神秘海洋世界的过程中，张旭奎的水下摄影道路也可谓一波三折、道阻且长了。

1984年，徐佳伦从江西调回了老家杭州，在杭州电视台专题部任职，所拍的专题题材涉及面很广，包括风光、人物、事件等，形式也很多，有传记片、政论片、纪录片、艺术片、新闻片。1987年，徐佳伦接受了一个任务——拍摄有“敦煌守护神”之称的常书鸿的传记片。常书鸿是杭州人，我国敦煌学研究的第一人，艺术大师。这是杭州电视台第一次独立拍摄如此高级别的名人。而徐佳伦作为拍摄人员之一，在这次拍摄中也经受了一番周折。当时的台里给了足够的经费坐飞机，但飞机一再地误点，让他们的行程也一再变化。

徐佳伦：7月8日我们一行四人出发去北京。下午2点40分到了笕桥机场，由于当时杭州下大雨，我们被告知航班取消，改到明天下午3点飞。好在台里送我们的车还没有离开，于是我们打道回府。第二天下

1982年3月刘新荣在新疆天池采访

午我们又准时赶到机场，这回比昨天好，我们办了行李托运，过了安检，进了候机厅。刚坐下来，又被告知飞机晚点，估计要到晚上7点以后飞。当时我们想只要能飞，晚一点就晚一点吧。但到了5点钟又来通知说，由于北京天气不好，今天航班取消，改为明天上午8点30分起飞，真是晕翻。

出发多磨难，拍摄也曲折。在敦煌的拍摄中，徐佳伦幸蒙老同学乔保平、王政和刘新荣的帮助，从兰州到乌鲁木齐一路上“打尖住店”，“行走江湖”才略微顺利了些。

也许真是应了“天将降大任于斯人也，必先苦其心志，劳其筋骨”这句古语，“第一个”作品无一不是在最艰苦的地点完成，也无一不是付出了超常的代价才得以完成。或跋涉荒野，或潜入海底，在边疆，在高原，77摄影班的同学们肩扛沉重的机器，忍受着无边的寂寞，以一种“苦行僧式”的方式高标准地打磨着自己的代表作……

上个世纪80年代初，中央电视台有一档很有名的少数民族栏目叫《兄弟民族》，每一期节目都会介绍我国的一个少数民族的历史、文化、风情和民俗。在拍摄新疆塔吉克族的那期节目里，刘新荣被新疆电视台选中，成为了这期片子的主要拍摄者，同时这次拍摄，也让刘新荣经历了人生中的第一次遇险……

刘新荣：骑马走了两天才到达目的地，下马后我浑身像散了架，酸痛无力，更加难忍的是屁股被马鞍磨破。两天的骑马经历让我不再惧怕骑马，可一想到结束这里的拍摄工作之后还要骑马返回，再走悬崖险路，还是有点发憷。

上个世纪80年代的新疆，很多农牧民居住的条件还不是那么好，进入牧区的一些必经之路偶有荆棘坎坷，已是家常便饭。然后，对于第一次骑马的刘新荣来说，骑马过河，则成了另一种人生体验和考验。

刘新荣：一次去牧区拍摄，要过一条50多米宽的河，同行的人骑着马都很快到了河对岸，而我骑的马到了河中间却停住了，任我怎么催喊也一动不动。因刚下过雨河水渐涨，刚到河中央的时候，水刚过马的膝盖，不一会水就到了马的肚皮。水还在继续上涨，这是时候马也开始晃动，似乎四个蹄子已经离开水底，随着湍急的水流往下漂移，这让我异常紧张，只能两腿牢牢夹着马肚皮，尽力保持平衡。见此景，岸上的塔吉克族同志急了，他们迅速骑马奔回到河中央，当他们来到我身边的时候，河水已经快漫到马脊背。他们用塔吉克语大声相互喊着，我听不懂他们在说什么，有一个人吆喝着使劲拽着我的马向前移动，还有两人在两边用手扶着我，有三人三匹马护卫，一定能脱离险境，那一刻，我觉得安全了，在急促的呼喊声和马的嘶鸣声中我和马连拖带拽被救上了岸。

上岸后，大家在一起欢呼雀跃，热烈拥抱，庆幸平安地过河。但对经历了人生中一次近乎生死考验的刘新荣来说，心里还是不时回想起在河中那惊险的一幕，不时地后怕。他曾不解地问当地人，为何只有他的马会在河中停住。当地人给他解释道，因为照顾他第一次骑马，所以给他分配了一匹性情温顺的马，但如同人一样，性格上的柔弱就会导致面对危险时的退缩，所以这匹"温柔的马"在河中停住了。于是被河中遇险吓到的刘新荣马上向当地人请求换一匹烈马，虽难驾驭，但"艺高人胆大"，总比困在河中强得多。

刘新荣的团队在塔什库尔干的前期拍摄一共用了3个月的时间。两集纪录片《帕米尔高原上的塔吉克》于1985年8月在中央电视台播出，这也是我国第一部全面反映塔吉克族民俗风情的纪录片。

在新疆，王政也经历了一次差点冻死的难忘记忆……

王政：在1987年11月下旬，我到伊犁州采访、拍摄电视新闻，在返回乌鲁木齐时天下起了大雪，当车走到果子沟时，由于风大将雪吹到了车辆行进的沟里。当时大雪有两三米厚，货车都被掩埋了。

王政一行的车被掩埋在是下午三四点钟，前进不得又无退路，只能坐在车里等候。肚子饿了又无吃的，只能将在车上的一位女编辑口袋的糖，分给大家。

王政：到了晚上风越来越大，为了保暖我们每过两小时发动一次车辆。

第二天清晨车门怎么也打不开，最后将玻璃摇下才发现，迎风的车门面已冻上手掌厚的冰，王政一行只得求助其他司机帮助他们。

王政：出了车子我就一个念头：通风报信，担当起社会的责任，我在向前蹒跚地走着，此时的情景使我都惊呆

1983年王政在新疆天山山脉拍摄

了，一辆辆大卡车都被大雪掩埋了，自救是不可能了。

1995年仇绍强在广东做水灾采访

王政的心里想，必须要赶快给新疆区党委和政府通报这个情况。但在当时因无手机，只能找人来帮助传达信息了。在他走了十来公里之后，看见一辆小车从远处向他这里驶来，顿时高兴起来。不一会车子到了他的眼前，下来一个人，恰巧是王政几天前采访过的伊犁州行署专员。

王政：我将此情此景和在沟里受堵的两三百车辆告知了他。他掉转车头驶向三百多公里处的博尔塔拉地区。

到了下午，新疆维吾尔族自治区派出部队、大客车、推土机、食品、药品来到了果子沟。受堵的司机、乘客们开始欢呼起来。而充满新闻敏感性的王政，也将这条新闻如实地记录了下来。

在广东，这个常常有水灾、台风“出没”的地域，仇绍强在他新闻记者的生涯里，经历了许多灾难性报道。

在1992年夏季，一股强台风将在广东的陆丰县登陆，仇绍强立即前往采访，希望抢拍到强台风登陆的新闻，在接近台风预计登陆点时，风力已达到10级。

仇绍强：公路上到处是被吹倒的树木，采访车在强风暴雨中被吹得摇摇晃晃，为保证安全，当地随行的人员找来几根绳索，把我和摄影技术人分别捆住由几个人拉着，在12级强台风登陆的海岸边进行了第一时间的现场报道。

采访任务完成后，仇绍强才发现，话筒和摄像机都进水了，足以见那时候的摄像设备防水性能还是比较差的。

而在1995年夏天，广东北部地区遭受严重水灾，仇绍强带采访组赶赴灾区采访。

仇绍强：当我们的采访车开到灾区时，洪水就淹没了公路进退都不行了，只能在当地找了一只小艇边走边拍摄边采访报道，为了能更真实直接反映灾区的情况，我选择了在小艇上进行现场报道，背后就是被洪水淹到第二层的楼房，在灾区几天的采访相当困难。

在许多个“第一个”被创造的时候，77摄影班的同学走在了中国电视的前列，却也遭遇了常人难以想象的困难。但是，作为一个职业的“电视人”，面对这些困难，他们无人退缩，反而无比骄傲。这份勇气与执著，也化作了而今他们每个人身上丰富而不尽相同的经历。

13 出镜，出镜

出镜，出镜，我在现场；

出镜，出镜，我在报道。

在77摄影班的群体中，有着这样一些人，他们对传统的审美向来富有颠覆精神，在新闻报道的道路上，他们大胆尝试，以一种引领者的姿态，玩出了新的报道形式和报道理念。

潮男的潮新闻

不疯不成魔，不新锐不是刘惠东。

刘惠东是一个潮男，从大学起就是。毕业分到湖南电视台，又成为省会长沙的时尚先锋，什么时髦玩什么，最早玩音响看影碟的一批人里头有他，最早下歌厅唱卡拉OK的人里有他，最早的摩托车轿车飞车党里也有他……

潮男的穿衣风格与思想风格相互碰撞，形成了自己独特的新闻风格。“潮男”刘惠东生活上玩酷，工作上也延续了“酷”的风格，用现在的话说，“走在时尚的尖端”。1983年他首开湖南电视界记者现场出镜主持节目的先河，让湖南观众首次领略了睿智型记者主持的风采。

大学时代的刘惠东（程鹤麟摄）

上个世纪80年代时政新闻为主流，刘惠东没有像很多记者一样追着领导跑，他偏爱非主流的社会新闻，在时政、党群、各战线成绩等所谓正面报道为主流的时代，刘惠东敢报道“负面”新闻。1985年他升任《晚间新闻》负责人，在他的带领下，该栏目玩得风生水起、风靡一时，至1989年已跃居湖南电视台名牌栏目前列。

《晚间新闻》火了，当时的新闻部主任覃晓光（现任《湖南日报》社长）找刘惠东谈话，想让他到专题组创办一档深度报道节目。20年后再回忆往事，刘惠东坦承从当红的《晚间新闻》来到仅只有一块牌子的“专题组”，他心里确实有点舍不得。可他个性当中某些不安分的因素，决定他喜欢挑战。于是他拉上张华立、施华耕、高潮等风风火火地投入到新节目的创办中。

新节目叫什么名字呢？领导原先定了一个栏目名称叫《立交桥》，可是刘惠东认为这个名字没有冲击感，体现不出栏目特质。几经思考后，“焦点”两字进入了他的视野。21世纪的今天，“焦点”就像“你好”一样被用滥了，可在上个世纪80年代，这可是一个很尖锐的词。他们又一次走在前面，并在“焦点”

毕业20年后的刘惠东于电视学院大门前

后面缀入年份,《焦点’89》、《焦点’90》、《焦点’91》……象征历史的车轮滚滚向前。

《焦点’89》主持人的选择很有意思。施华耕,胖乎乎、小眼睛、近视镜、根本不懂播音腔,可是他是天津人,普通话怎么也比南方人好,记者出身,有新闻敏感,对“焦点”的工作充满热情。刘惠东凭此选择了他,让他手持话筒出现在各种各样的新闻现场,进行现场采访与现场报道,完全颠覆了电视节目主持人的传统审美标准。事实证明刘惠东的大胆抉择又一次正确。

《焦点》延续了刘惠东在《晚间新闻》期间的新闻理念,用专业的眼光选择新闻题材,符合新闻本质特性的、老百姓关注的热点才是他们报道的对象。《焦点》第一期,刘惠东、施华耕、王玲三个主持人联袂出境,锐气扑面而来。张华立的《体育大国的背后》,视角独特,文采斐然,震撼人心。其后,《方喃喃汽车走私案》、《羊城缉毒亲历记》、《路口镇集资案》……一个个重磅作品的推出,一时间,湖湘人家到点锁定《焦点》栏目。

离开记者岗位很多年,如今,社会新闻也已脱离非主流的帽子,冠上“民生新闻”的名号被重视。一直偏爱社会新闻的刘惠东今天将如何做新闻?他自信地说:我做的报道肯定和现在的还是不一样,现在的新闻节目还有改善的空间。

拿破仑有句名言:一头狮子带领的一群羊,能打败一头羊带领的一群狮子。如果是一头狮子带领的一群狮子呢,爆发的战斗力自然不言而喻。当年的《焦点》栏目就是狮子与狮子的联盟。

《焦点》栏目组的领头狮就是刘惠东。带领一个团队不是容易的事,何况带领的是一个狮子团队。刘惠东以相同价值观、相同新闻理念为旗帜,用专业敬业为感召,努力营造的是一种“焦点”氛围。当时科班出身的电视人才还非常少,刘惠东很多事情都必须亲力亲为,他可以为了一个画面的完美抠上一整夜,可以为了一个字幕的醒目(或悦目)将技术人员折腾得精疲力竭。一帧一帧地编片子、对口型、起点落点、精益求精。这些专业要求当时尚在人们的意识范围之外,这些精工细作超越了当时的技术条件,纯属自找苦吃,也给技术部门制造了额外的负担,因而多有艰辛曲折。比如,他们是最早关注到受众收视心理的一群人，体贴受众的案例之一就是要求所有采访同期声全部要打上字幕。《焦点》栏目大概是全国最早给采访同期声上字幕的节目。因为开风气之先，引起后期技术人员的强烈不满。但刘惠东坚持要这样做，技术人员撂挑子，他们就自己挽起袖子亲自上操作台。湖南台原址那个小小院子里的那座小小办公楼最浪费电能的就是他们，湖南广电后来几乎是一座灯火不熄的城，最早点燃的灯火，就在这里。

2010年刘惠东于日本东京电影节上

后来，“焦点组”被称作湖南电视的“黄埔军校”，“焦点组”的一众干将纷纷成为各方大员。吕焕斌、丁晖、张华立等人都宣称，他们的业务启蒙，是在“焦点组”的办公室里完成的。

刘惠东如此评述焦点栏目组早期的成员：他说当年就认为吕焕斌方方面面都比自己强，新闻理念吻合、想法很多、思想深刻、文字能力强，后来自己升职离开《焦点》时推荐吕焕斌当制片人的判断没错。施华耕有社会责任感、有亲和力、懂新闻。张华立非常个性，智商高底蕴深，抓题材做节目有深度，做出来的都是好东西，同样也是栏目非常需要的。

关于《焦点》栏目，刘惠东有自己的点评，他说：“焦点”本质上是时代与人的产物，概括来讲，是一群专业人对电视新闻的追求与实践；社会人对社会责任的担当与主张；青年人对人生事业理想的抒发和张扬。

直到今日，还有很多电视人以曾经在“焦点组”工作为荣，他们习惯称“我们焦点人”，个中迷恋，从称呼可知。

我要发光

正如文字研究者一念之差成为了77摄影班成员，告别广院的程老汉将误撞继续进行到底。这一次，回到福建电视台的他，又会撞出什么呢？

1982年初，程鹤麟毕业分配回福建电视台，在新闻部当记者。程老汉虽然学的是新闻摄影专业，但对专业一向不太感冒的他，在电视台只干了一年就转行当了编辑。除了不爱拍别人的原因外，程老汉在广院四年还深刻地认识到了一条“电视潜规则”：人要出名，一定要被人拍，拍别人永远只能是默默的“发光体”。

程鹤麟：1983年5月，机会来了。按国务院部署，全国对国营企业进行以税代利（利改税）改革。我的中学同学陈小平厦门大学毕业（1978级）刚到福建省财政厅办公室工作半年多，找我探讨在福建电视台宣传利改税。我说好，请你们厅长接受我一次访问。经过一番请示、汇报、准备、捣饬，头发梳理得油光铮亮的程鹤麟领着摄影师傅灯光师傅录音师傅浩浩荡荡开往省财政厅，采访代厅长周保渊，请他把国营企业利改税的目的意义和实施步骤等等做一番宣讲，最后做了个大约10分钟的小专题播出了。

当时的福建电视台台长，每当提起程鹤麟出镜采访的事儿说话总是略带讽刺，但也没有命令禁止。从那以后，程老汉的胆子变得愈发的大，逮着机会就出镜。

程鹤麟二十多年前的电视报道截图

时光转到了2011年7月10日，在这一天的新浪微博上，转发了一条让程鹤麟颇为震惊的信息，有福建电视台的年轻人发了一张程老汉二十多年前出镜报道的电视截图。不止有照片为证，这个年轻人为了表达自己的惊奇，还加了一句话，说是看到这个片段，他忽然就“凌乱”了。

程鹤麟：从我身后的火车来看，截图显示的应该是那年福州火车从烧煤（蒸汽机车）改为烧油（内燃机车）的事情，我去做了个出镜报道。

福建多丘陵地带，当时的境内铁路也不可避免地经过了许多坡，就在20年前的某一天，大动力的燃油机车可以带动了。从此，福建省境内将逐步改变火车一过煤灰一路的情况。

程鹤麟：当天除了本台播出，还传到央视，但央视未采用。原因估计有三：那时央视还不喜欢用记者出镜，尤其不喜欢非央视的记者出镜；这件事在央视看来没啥了不起；我做得不好，不合央视的格。说来有趣，在福建电视台新闻部工作8年，我采编的新闻被央视采用仅一条。1988年夏天，福州下了场花粉雨，我在福建电视台院内拍了拍雨后地面的积水，积水上漂着黄色粉末，编了条新闻。没打算传到央视，只打算本台播出。负责向央视供稿的同事碰巧看到这则新闻，一时心血来潮顺手捎着传去北京，咦，当晚就上了新闻联播。

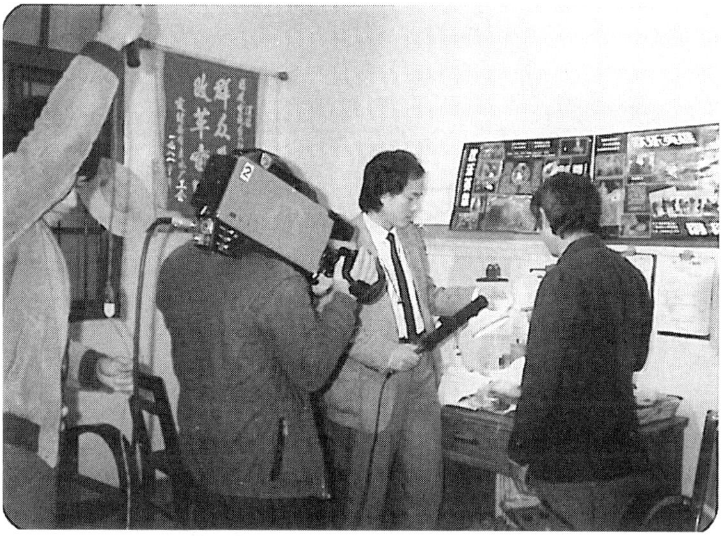

1988年，程鹤麟在福建电视台《新闻半小时》编辑部接待来访观众

其实，谈起程老汉的出镜处女秀，当属1983年就福建利改税问题采访福建省财政厅代厅长，这次出镜的重要意义还在于，这也是福建电视台非播音员第一次出镜。

程鹤麟：敢问当年之域中，所有电视台此前有无非播音员出镜？有！在广院上学时，陈汉元先生曾对我们显摆过——1980年，任中央电视台专题部主任的陈汉元，曾受命分别采访来华访问的意大利总统佩尔蒂尼和法国总统德斯坦。我之所以奋不顾身往摄像机前站，陈先生这两段采访之先例难逃干系。此时此刻我在想，一不小心，程鹤麟没准是中国电视史上，继陈汉元之后，第二个出镜采访的非播音员。果若如此，岂不壮哉？！

其实，除了这两位电视圈依然“红红火火”的“潮男”外，77摄影班的孙林同学，也曾在中央电视台大胆尝试过一把出镜主持，成为央视第一代出镜采访的新闻记者。

《新闻半小时》仨主持人周杏丽、程鹤麟、张乔

学生时代的孙林在同学眼里是一位醉心英语、勤奋努力、才华出众的人。毕业后，他分配到中央电视台新闻部任一名新闻记者。他很懂电视，又很懂新闻，他的新闻报道很快显示出格外超群的品质。1984年诞生的《晚间新闻》是央视继《新闻联播》之后推出的第二个新闻栏目，而孙林不仅是创办人之一，还是这个栏目的第一任编辑。他曾经以记者的身份出现在镜头前采访舍己救人的英雄周怡，当时许多人接受不了他这个第一次，认定他就是

“出风头”，但事实证明，孙林的尝试是多么具有先见。正是因为这样的报道方式，突出了新闻的现场感和真实感，使得新闻脱离了呆板的播报风格，从而大大增加了交流感和传播力。

也许是自己的新闻理念没有得到很好的施展，也许是出国深造的梦想依然萦绕心间，这位出色的经济学专家之后终于在1987年远赴美国攻读计算机软件博士学位。用他自己的话说：电视这一页，已经是我的历史，它永远地翻过去了。

领风气之先，不是那么容易。勇气、实力加机遇。

无论成败，77摄影班的精英们已经创造和拥有了非凡的创意人生。

14 一等奖！一等奖！

上个世纪80年代的中国电视新闻领域中有个至高无上的奖项，那就是“全国好新闻奖”。可以说，在很长一段时间里，这个奖项都是每个有理想、有操守的电视新闻记者梦寐以求的奖项。

77摄影班同学们自毕业之日起，就开始在电视新闻这片还未完全开垦的土地上披荆斩棘，而这大大小小的奖项的获得，则给予了这些“开拓者”们最好的回报。在1984年仅有的十个“全国好新闻奖”中，77摄影班就霸占到了两个席位。

零的突破

1984年7月28日至8月12日，第23届奥运会在美国洛杉矶举行，这是新中国成立后中国人派出自己的代表团所参加的第一次奥运会。 7月16日，中国体育代表团和记者团离开北京，飞向大洋彼岸。本次奥运会的采访工作由团长王枫负责，毕业不久的岑传理也有幸作为记者参与到实战性颇强的现场采访中去。

岑传理：当时美国资讯发达，电脑已经开始普及。为了提高采访质量，我到美国后的第一件事就是查阅资料。在查阅的过程中，我看到了1932年刘长春参加洛杉矶奥运会的一些记录，其中有一件事让我心里很不舒服——刘长春在100米和200米预赛中被淘汰后，美国报纸登出了一幅漫画，漫画上刘长春垂头丧气地坐在一个鸭蛋上，美国人给漫画命名为"东亚病夫"。我非常气愤，心里暗暗地想，中国人什么时候才可以拿到一块金牌？

不过1984年的中国代表团和1932年相比已经不可同日而语，为了争取早日拿到中国奥运史上的第一块金牌，中国队派出225名运动员、50名教练，组成了十分强大的竞技阵容，参加包括田径、射击、篮球、排球、手球（女）、体操、游泳等共16个项目的比赛。

比赛第一天，在男子手枪慢射60发50米的比赛当中，中国选手许海峰、王义夫和第43届手枪慢射世界冠军瑞典著名选手斯卡那凯纷纷亮相，岑传理当时也正在普拉多射击场内进行现场拍摄。不过当时他所处的拍摄位置并不是很理想， 只能从侧后面拍到选手的镜头，于是他告诉美国的摄像师马克，要尽量多拍许海峰、王义夫的特写。

岑传理：在前五组比赛中，许海峰、王义夫和瑞典的斯卡那凯三人成绩咬得非常紧，不论领先落后都只在一环之内。不过在第六组开始后，许海峰的发挥突然让形势急转直下——前3枪里，他竟然只打出6环、7环、8环的成绩。后来在我们屏住呼吸的凝视下，他又打出了4发子弹，但似乎还是没有找到感觉。大家都着急了。我看到许海峰静静地站在靶位上，一动不动。就剩最后3发子弹了，距离比赛结束越来越近，但许海峰还没有一点举枪击发的意思。14分钟过去了。只见许海峰终于慢慢抬起头，调整了一下呼吸，举起了手里的枪。

9环。

10环！

许海峰获得了金牌！现场一片沸腾，副团长黄中激动地跑上前去热烈拥抱亲吻许海峰，我看到一个外国记者还冲上去把许海峰身后的号码布拽下来，留做纪念，国际奥委会主席萨马兰奇、当届奥委会组织委员会主席尤伯罗斯也到场上去祝贺。

岑传理：颁奖以后，举行了升旗仪式，五星红旗高高飘扬，我眼里充满泪水。我立刻和北京联系，要加传这条重要新闻，当时的规定是，为了赶上当晚的新闻联播必须到电信局加传这条新闻。按照美国的制度，传送新闻的起价是800美元，当时我身上带去的全部生活费也只有900多美元，不过我毫不犹豫地把所有的钱拿出来，租定了这条线路。

当时在北京接电话的是传送科的王奇，他大学毕业刚到中央电视台，工作风格一直是干脆利索，王奇立即通知《新闻联播》组，有一条重要新闻要从美国传回。这条新闻后来很快被送到新闻联播组，由著名播音员邢质斌及时播出。

岑传理（左二）与许海峰（右二）

岑传理：在传送这条新闻的时候，我看到很多外国记者也纷纷涌到电信局。这条新闻只有两分半钟，为了保证质量，也为了保持这条新闻的时效性和独家性，我想起了一次世界大战时一名记者为了新闻的独家性，占住发报机不断地发手里的《圣经》，我又不断地加传了三遍，直到把每人限定的十分钟全部用完，急得外国记者直向我挥拳头。

这条新闻一经播出，举国振奋。中国奥运军团终于在国际体育最高赛事上实现了零的突破，全国人民的爱国主义情绪和民族自豪感在这一刻被激情点燃！

岑传理：中国运动员第一次在奥运会上夺冠的新闻《零的突破》在《新闻联播》中播出引起巨大反响，我也获得了当年《全国好新闻》一等奖。这次终生难忘的采访和报道让我与许海峰结下深厚的友谊，成为一生的朋友。

以小博大

如果说岑传理的一等奖是中国体育历史上令中国人永远铭记的一笔辉煌，那么鲁伟的一等奖，则是普通生活，普通百姓带给我们的最纯真的感动。

这条获奖的片子叫《石家庄育红学校最后一批唐山孤儿离石返唐》。讲的是一所学校要停止办学，这里的所有孩子都要离开石家庄返回唐山继续求学的事儿。

那是1984年夏天，准确地说是6月28号，离洛杉矶奥运会开幕还有整整一个月，在鲁伟生活的城市，一所不为人所注意的学校——石家庄育红学校要停止办学了。提到这座学校的建立，就要追溯到1976年那场让所有中国人痛心的大灾难——唐山大地震。

地震后的唐山留下了一大批找不到父母和亲人的各年龄段的孤儿，国家为了安置这些孩子，在石家庄、邢台等地紧急筹建了专门安置唐山孤儿的寄宿式学校，取名为育红学校。刚到育红学校，孩子们对眼前的一切都感到无比陌生。年龄稍长的孩子在很长一段时间里都摆脱不了那场突如其来的灾难带给他们的噩梦般的记忆。

可以想象，面对这样一群有着极大心理阴影并极度缺乏安全感的学生，育红学校的老师要付出多少心血，去和他们进行情感上、心灵上的沟通，并且进行更多的责任、激励教育，才能获得他们的信任，逐渐走入他们的内心世界。

鲁伟：有的授课老师下班后，还会带上一两名学生到自己家里吃饭，与自己的孩子一同玩耍，让他们感受久违了的家庭温暖。在自觉不自觉中，老师们向孩子们倾注了浓浓的同情和爱怜。有几个孩子是在襁褓中来到育红学校的，对自己亲生父母完全没有记忆。她们在育红学校生活八年，身边的老师就完完全全被视为父母了。

1984年，石家庄育红学校建校八年，由于始终没有再招生，当年在校的六百多名唐山孤儿也陆续完成了初、高中的学习，走向社会，于是偌大个校园，仅剩下百十来名孩子，显得颇有些空荡。同时，唐山经过八年的恢复重建也已具备接回这些孩子在家乡继续读书的基本条件，这就意味着，石家庄育红学校终于面临它完成短暂历史使命的一天。

鲁伟：1984年6月28号，石家庄育红学校全校师生在操场举行了简短的欢送会，随后师生们分乘大轿车来到石家庄火车站。在那里，石家庄市的很多小朋友们都跑去挥舞着花环夹道欢送。育红学校的孩子们牵着老师的手，统一着装，成两列纵队从欢送队伍中间开心地跑过，那天的场面让长时间生活在相对封闭环境中的他们感到新鲜和好奇。那天的画面真是温馨而美好。

送站的时刻充满着离别的伤悲，有的孩子打开车窗四处张望，有的孩子早早落座，怅然若失地发呆……老师们就像送别自己的子女一般，千叮咛万嘱咐，有说不完的话。当列车员大声招呼送站的人下车的时候，当孩子们意识到老师可能不会与他们同行的时候，猛然间，车里车外，车上车下，孩子们都飞快地奔向离自己最近的老师，搂住、抱住、攥住、揪住，哭泣声一片，撕心裂肺。在场的人无不为之动容。这些孩子已经失去了一次亲人，他们不想再失去第二次。

这条新闻全长1分47秒，首先用欢送会做新闻开场，然后用照片介绍育红学校的整个情况，回顾以往的历史，做好铺垫。最后用送站告别场面把离愁别绪推向高潮。片子结尾的最后一个镜头是列车鸣着笛，北上，远去。画外音这样说道："他们是孤儿。他们又不是孤儿。他们无论走到哪里，都将感受到党的温暖，社会主义制度的优越"。

用鲁伟的话来讲，这个结尾，很有"时代的味道。"

在1984年度《全国好新闻奖》获奖名单上，一等奖总共有十名，岑传理《零的突破》和鲁伟《石家庄育红学校最后一批唐山孤儿离石返唐》同时榜上有名，为毕业刚刚三年的广院77摄影班同学们争了把脸。

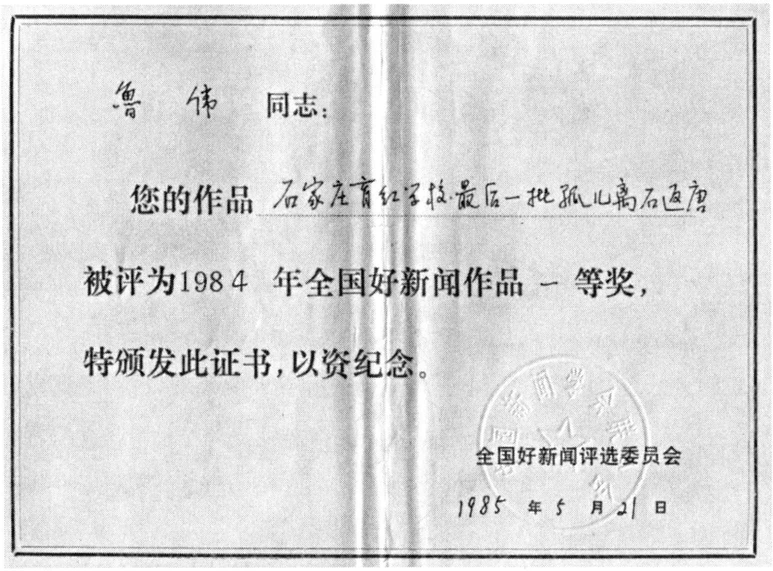
鲁伟　同志：

您的作品　石家庄育红学校最后一批孤儿离石返唐

被评为1984　年全国好新闻作品　一　等奖，

特颁发此证书，以资纪念。

全国好新闻评选委员会

1985　年　5　月　21　日

鲁伟：仅就获奖层次而言，我这条“小新闻”当年是和岑传理的“大新闻”比肩同高，同年同获同一奖项。比他更不容易的是，“全国好新闻评选委员会”在央视出发前就已经为“奥运会”“预留”出一等奖的位置了，可以说是虚位以待，奖状早已是老岑的囊中之物。当然了，如果老岑不留神这个奖也可能被他的同事抢了去。而我的这条来自地方台的新闻小片儿，那可是一路血拼上去的，真是同行不同命啊。

电视新闻领域，是77摄影班同学孜孜探求，大有作为的事业园地。从四川电视台调到河南电视台的刘建新，不仅很快升职为新闻中心电视新闻处副主任，还通过自己在新闻领域的多年打拼和不断“走新闻”的实际行动，多部新闻作品多次在全国获奖。

1995年的麦收时节，中原大地麦浪滚滚，大规模机械化收割成为当年的新亮点。每年小麦快成熟前的半个月，农民们就会开着拖拉机往南走，到了那儿以后，小麦就成熟了，他们就开始从南往北收。一路上出现了如此多的收割机，作为记者的刘建新激动起来，他意识到这是一个变革的信号。于是他和同事们开着车，从河南开到南阳又开到洛河，一路跟随着“收割机们”进行采访。

刘建新：当时觉得这会是一条非常好的新闻，跟我们国家整个的农业现代化发展都有关，它很好地反映了我国农业在社会主义市场经济的推动下发生的深刻变化。《农机千里走中原》播出以后，国家每年都出面，组织农机会展。

1995年6月4日，《农机千里走中原》在中央台《新闻联播》节目中播出后，引起中宣部的重视，并在《新闻舆论动向》199期刊出《中央电视台播发的(农机千里走中原)是一篇好新闻》一文，给予高度评价。称：“看后令人耳目一新，思想大开，它使人看到了我国农业现代化的质的飞跃。这条新闻以其丰富的思想内涵，反映了农业战线在社会主义市场经济的推动下发生的深刻变化。”1995年6月，《农机千里走中原》荣获1995年度中国电视新闻奖一等奖和中国新闻奖一等奖。

77摄影班“鬼才”刘惠东的一等奖，似乎与他的同班同学都不尽相同。个人风格一如既往的他，对“非主流”新闻一直是不懈地追求着。上世纪80年代中国新闻界以时政新闻为主流，但生性洒脱不羁的刘惠东没有像大部分记者那样追着领导跑，而是颇为偏爱非主流的社会新闻，并坚持认为真正的新闻是影响社会金字塔底层的大部分。80年代“大盗”张勇武盗窃金库案轰动全国，案发第一天刘惠东就开始对此做出全面报道，并说服时任台长魏文彬和公安厅厅长张树海同意播出。这组连续报道后来获得了全国电视新闻一等奖。

学院派

77摄影班在电视新闻领域频频摘得硕果的时候，沉浸于纪录片世界中的同学们也取得了令人瞩目的成绩。

毕业三年之后，在中央电视台工作的王桂华凭借自拍、自编、自己主持、自己解说的专题节目《微循环专家修瑞娟》获得了全国电视专题节目一等奖。

王桂华参观英国BBC

修瑞娟是个颇有争议的女人，在科研工作上她严谨认真，富有激情，但在家庭生活上，她有着难以言喻的痛苦回忆，比如对女儿的深深愧疚。当王桂华采访之后，修瑞娟的话、修瑞娟的经历在她的脑海里不停地重复、不停地转。一个人物，经历曲曲折折之后怎样表现？这一切让王桂华走路、吃饭、乘车时都在想。就在上班的途中，一部电影的结构浮现出来。这部电影的名字叫《对话》，是一部侦探片，影片以一部转盘式录音机，在掩蔽跟踪车上，不断重放被跟踪人的对话，找出疑点。这部录音机的形式让王桂华大受启发！

王桂华：人的一生当我们审视和回顾时，就像来回放电影。我一下子想到我所拍摄的那么多素材，在讲述一个人的故事时就是在寻找。在编辑机上寻找和讲述成为我的影片结构。这个构思一出来，让我兴奋地想大叫。

于是，王桂华将全片分为三集节目：第一集“我看到的修瑞娟”，第二集“她所了解的修瑞娟”，第三集“修瑞娟的自述”。节目从三个不同的角度讲述一个人的故事，节目是立体的，细节表达充分、生动而有说服力。编辑者的思考和编辑机前的行为成为鲜明的形象结构元素。这个节目有了独特的表现形式，也就有了个性化的风格。

《微循环专家修瑞娟》大获成功。播出之后引起很大反响，在电视圈内备受瞩目！

在总结为什么毕业后第一个独立做的节目能够成功，王桂华认为得益于两个方面：一是北京广播学院学院电视系所学的专业知识，学校里储备的背景知识使自己有很好的创作基础。懂得创作，懂得结构。在校时，花很多时间观摩影片，分析影片结构，这种积累是非专业的学生难得的。二是专题部的老主任给了自己在实践中学习的机会，有经验的老导演，他们创作和思考的过程让自己增加了见识。所以，在《微循环专家修瑞娟》这部作品中王桂华拥有了较高的创作起点。

王桂华：这时我深刻地体会到什么叫“学院派”。经过严格专业学习和训练的人，起点和思路是有章可循的，是在创作层面搞创作。因此，创作出来的节目可以称之为作品。在创作层面上创作、探讨，才有风格和流派可言。而这一切得益于我在专业学院所受的教育和训练。

懂得借鉴、懂得创作、懂得结构，也就懂得最好地表现，这就是“学院派”的思路和方法论。秉承着“学院派”的创作原则，身为77摄影班的一员的张旭奎同学在纪录片创作道路上又多了一个视角——跨文化的比照与解读。

张旭奎：拍纪录片，创意、选择题材和表现手法是成功的要素。1988年，台里派我与杨劲桦合作拍片，她是制片人兼导演，我是摄影师。当时杨劲桦说，美国人对中国的了解太少，误解太多，所以我们就以一个留学生的视角来拍摄中国。经过拍摄组成员的精心推敲，我们选择了如下事件：国营企业租赁给个体经营；刚刚富裕的农民万元户的生活；上海第一丝绸厂的服装模特表演队；北京的商业迪斯科舞厅；北京紫竹院公园的英语角；中国民航局招空姐的泳装面试；国库券交易所的建立等等。这些在今天看来十分平常的事物，在当时的的确确是非常具有争议的题材，既使到了1990年，中央电视台仍不敢公开播出该片，其“敏感性”可见一斑。

1994年张旭奎与奥斯卡最佳作曲奖得主乔治·莫罗德尔

这部名为《中国日记》的纪录片拍摄方法尽量以自然为主，不一味追求光线和构图完美，而是重点强调真实。其中表现的事件可以说是把握了时代的脉搏，既有深度也有广度地反映了处在变革时代的中国。影片在美国获了多项大奖，在美国国家教育电影电视节的两千多个参展影片中名列第一。张旭奎也是凭借这部作品敲开了美国纽约市立大学布鲁克林学院电视系的大门。

说到纪录片领域的璀璨成果，和张旭奎一样，在77摄影班还有一个人，他的一生都与纪录片结缘。他就是段晓明。

从广院毕业后，段晓明回到了陕西电视台，成为了一名新闻摄像师。但只工作了一年的时间，他就又辗转来到了河南电视台，开始了自己的纪录片生涯。河南电视台的第一个纪录片栏目《纪录片之窗》就是他开创的。在电视台工作整整20年后，段晓明又来到了浙江传媒学院执教，教授的课程仍然是《纪录片创作》。在采访中，段晓明用了一句话来形容他与纪录片之间的关系，他说，我与纪录片真是蛮有缘的。

段晓明：在多年纪录片的拍摄中，对我来说最重要的还是“战俘三部曲”：《起诉在东京》、《美军战俘》、《中国军医与英国战俘》。

段晓明也给他的三部战俘题材纪录片取名为“我的战俘三部曲”，因为这三部纪录片，每一部都映照了历史的痕迹，留下了岁月的磨砺。

《起诉在东京》讲述了作为战俘的耿纯带领着当时同被日本人奴役的中

《起诉在东京》作者段晓明与拉贝外孙女乌苏拉·赖因哈特夫人合影

国人起义暴动，并在日本法庭起诉战犯的故事。这部纪录片的拍摄可谓历经周折，在日本期间，由于语言不通和日本民族情绪的阻碍，段晓明的创作团队遇到了极大的困难并付出了艰辛的努力。

《美军战俘》则讲述了当时中国人民志愿军的美军战俘老温在中国的生活。用他的话讲，“路遥知马力，日久见人心”，在中国，他看到中国人民的善良和包容，对历史充满思考的他也渐渐懂得了美国对朝战争给无辜的人们带来的伤害，于是老温最后选择了留在中国，也选择了一种更加宽容的生活。

而三部曲的第三部《中国军医与英国战俘》同样表现了一个被中国俘虏的美国人，被中国人民的善良所感动，从而为自己国家的做法感到羞愧的心理转变。多少年后，主人公重回中国寻找当年的救命恩人，个中曲折，也被段晓明记录了下来。

“战俘三部曲”，是段晓明从事纪录片创作历程中的一个里程碑，其中纪录片《起诉在东京》获1996年度中国电视奖社教节目一等奖、第十五届中国电视金鹰奖最佳长纪录片奖、第三届（1996）中国电视纪录片学术奖一等奖以及2007年获中国电视文献纪录片优秀奖；纪录片《美军战俘》获1998年度中国电视彩虹奖三等奖；纪录片《中国军医与英国战俘》获1998年度中国电

段晓明（左）在纪录片《美军战俘》拍摄现场

视彩虹奖一等奖、第十七届中国电视金鹰奖纪录片优秀奖。如此诸多的荣誉和赞许，段晓明同学真可谓是拿奖拿到“手软”。

再说毕业后回到了家乡江西电视台的柳春江，他与庐山发生了一段难忘的“电视恋情”。

柳春江：1993年到1994年，我们江西电视台和中央电视台海外中心合作了12集的电视系列片《庐山》，作为主要编导之一，这部作品也了却了我想送一份礼物给生活和工作了14年的第二故乡江西的一个心愿。

作为一部风光片，《庐山》却凭借超强的制作力和影响力，安排在中央电视台一套节目黄金时段晚上9点至9点半时段播出，当年热播剧《越过男人河的女人》被迫由每天播两集改为播一集。这部纪录片获得了当年中国电视奖一等奖和中国外宣一等奖两个大奖，取得外宣和内宣的最高电视奖项殊荣。

最艰辛的时候往往觉得离梦想最遥远，刚刚起步的跋涉者总是会面对最多的困难、痛苦和不确定感，不过在一番咬牙坚守和奋力爬坡之后，77摄影班的同学们在事业的前半程获得了振奋人心的鼓励和肯定。不过这远不是他们理想的终点，恰恰相反，他们由此得知自身的智慧和潜力，于是开始了更高更远的追逐。一等奖是令人澎湃的荣誉，更是渐行渐远的过去，当视野被打开，当心气儿被拔高，迎接他们的将是更诱人的挑战。与此同时，中国电视史也正是因为这一个个“一等奖”的获得，因为这一个个不甘平庸的电视人而逐渐丰富起来。

15 不是一个人在战斗

如同商业中国的迅猛演进，个体命运更显变迁无常。行走电视江湖多年之后，77摄影班这个大门派也禁不住有了“圈里”、“圈外”的分流。

电视圈里，他们多数已经成为中国电视界的中流砥柱，以一台之长带领着自己的团队在中国电视界进行着一轮轮战斗。他们的新闻理念，他们的电视理想，更多地被一个团队所接受、贯彻，也影响了整个中国电视的发展方向。

电视圈外，他们经过十余年的摸爬滚打，或多或少在属于自己的领域中打造了一片天地。他们与自己的团队一起，探求寻觅，蹚出了属于自己的光明之路。

无论是在圈里，还是在圈外，他们，不是一个人在战斗！

电视不停转

90年代，中国电视进入了一个加速发展的时代。到1995年为止，中国电视的四级办台已经发展到了一个较为完善的阶段，全国的各级电视台已经发展到了三千多家。此时，电视发展的直接受益者——电视观众，愈加体验到了电视的无穷魅力。然而，中国的电视人，从电视上星到思考广播再到电视重组，他们面临的挑战才刚刚拉开序幕。

而77摄影班的同学们，在事业上经过十余年的洗礼，热情被更多的沉稳所替代，77摄影班人在事业上付出的每一分努力，都化作了中国电视发展长河上一朵跳动的浪花。也许浪花最后汇入了海洋，无法被再次找寻到也无法让人们再次看到它的灵动与特别，但只有海洋的汹涌，才是浪花存在的意义，这个道理，在77摄影班每一个人心里扎下了根。

1996年10月，辽宁有线电视台开始筹备。奉上级命令，余义宁接管此次任务。当余义宁第一次正式走进筹备组的会议，他才知道，电视台预计要在1997年的1月18日面世直播！从筹备组首次会议到辽宁有线电视台面世首播，只有短短100多天的时间！

余义宁：记得1996年12月初，有线台的筹备组建进入到冲刺阶段，姜丽彬把我叫到办公室，对我说：你制定个倒计时，看看1月18号开播还有那些事情需要做。

语气不容商量，几乎就是命令，更没有讨价还价的可能。那天，沈阳很冷，余义宁家里的采暖也不是很好，长时间的思考更会使人变得更加寒冷。在这份寒冷中，余义宁开始制作"倒计时"。尽管心里不相信这一个月时间里的

2011年余义宁在塔县与阿克陶交界处拍摄纪录片《云上人间》

“倒计时”能够实现，但是，作为工作，他还是极其认真地做起来。

第二天，当余义宁拿着时间表交给当时的台领导看时，领导看完后，只说了一句话：“就这么办。”

于是，在这不到30天的日夜里，余义宁和他的团队严格执行着这份让创作者都认为“不怎么靠谱”的时间表，认真地筹备起有线台的开播。终于，1997年1月18日如期而至。

余义宁：节目播出的那天，我亲自在机器前编完最后一条片子，交带子，齐活儿，一切都很急，但是我们赶上了。

1997年1月18日，辽宁有线电视台正式开播，余义宁和他的团队让不可能变成了可能。

很多人都说，当年有线台的诞生就是一个奇迹。曾几何时，有线台在运作中实现了主频道的收入过亿；曾几何时，有线台购置过一台价值千万的转播车；曾几何时，有线台的节目创优成绩不错，在全国也会屡获大奖。然而，刚刚度过嘤嘤学语阶段的有线台，却因政策原因，只存活了5年的时间，重新合并回辽宁电视台。

一切，就这样又重新回归到了原点。

余义宁：有线台来过，又消失。播出的最后一天，作为播出安全责任人，我守在演播间，直到最后一个节目的最后一分钟，最后一个画面从显示器上消失，我站起身，一段历史就此结束。

对于电视人来讲，能够亲手办起一个电视台的成就感是难以言喻的，但又眼睁睁地看着自己的“孩子”最终消亡，一切都是以大局作为出发点，一切都是身不由己，但能够有这样的一次机会，对于一个电视人来讲，足以铭记终生。

而在河南，时任河南电视台新闻部主任的刘建新，仍然在一线业务上兢兢业业，为了让更多的人了解、理解河南——中国历史的发源地，他带领着他的团队，一直在努力。

提起2000年左右的河南人被边缘化的历史，相信很多人还都有记忆。那段时间里，关于河南的负面消息非常多，几乎任何一个笑话都能扯上河南人，很多报纸媒体都以极个别的在外务工的河南人偷盗、素质低下为报道内容，给河南的形象带来了很负面的影响。

作为河南新闻宣传重要领地的河南电视台，身上担负着更加艰巨的任务。担任主管新闻业务领导职务的刘建新，更是不断自我加压，成立了外联部，专门为《新闻联播》供稿，来宣传河南。当时的刘建新给自己的团队提出了一个口号，叫“长流水不断线，重要时刻关键时期有河南”。目的是要让河南在央视的平台上向全国人民发出这个“中华民族发源地”的声音，扭转人们对河南的负面看法。

刘建新带领着他的团队经过几年的努力，终于使河南的形象得到了很大改观。

在为河南“正名”的同时，刘建新本着“新闻一定要符合新闻规律，新闻一定要有创新”的原则，带领着河南电视台新闻部每一年都在新闻领域搞一个创新性新闻节目。节目形式求新颖，节目内容求舆论宣传，节目效果求正面，这三点要求，在刘建新，在河南电视台新闻部，始终被牢记着，这也是他们新闻节目创新的最大准则。

同为人口大省的山东，虽然没有面临着像河南一样的宣传处境，但对于山东电视台的发展和追求，时任山东电视台台长的韩国强始终铭记在心。

在人们纷纷为千禧年的到来而兴奋地思索应该如何来迎接的时候，在齐鲁大地，山东电视台的韩国强，本着“再困难也要上，一定要在跨世纪的时候给山东留下点东西”的原则，拍摄了大型纪录片《飞越齐鲁》。

> 韩国强：过去我们拍的片子比较零散，而且过去的拍摄手段都是在地面，那时候就想，如果我们进行航拍，在天上看山东的变化，和地面结合起来，那感觉将会是不一样的。

8个月的时间，150多小时的航拍，从东营到临沂、从菏泽到威海，他们居高临下，利用航拍的独特视角，记录下了山东的林林总总。济南的泉、枣庄的水、青岛的海、烟台的仙、威海的岛、泰安的山，这一切的一切，只有在从高处俯瞰之后，才会真正领悟这片齐鲁大地的独特魅力；也只有俯瞰之后，才会真正明白那滚滚黄河东入海，浪花淘尽，千古风流人物，是怎样谱写了一个风起云涌、山河壮丽的山东。

此后，韩国强还带领着他的团队相继拍摄了《百年山东》、《人民不会忘记》、《天路》等一系列优秀的电视片。

2003年，中国的电视台出现了一种分化现象，似乎每个台都在追求一种立台精神：有的台追求幸福、有的台追寻快乐、有的台专打情感牌。此时的山东也在试图寻找那个一直支撑他们的精神支柱。

山东地大物博，文化内涵厚重，百姓醇厚善良。经过长时间的商议讨论，最后，山东电视台将口号定为“情义山东”。

韩国强：我说“情义”这两个字，既可是对祖国民族的大情大义，也可以是具体到对家庭、对朋友的大情大义，说的主要是这种感情。山东是儒家文化的发祥地，它的深厚的文化，比较适合这个定义。

俯视山东，来源http://www.sdchina.com/special/QiLu/City.aspx?type=heze&pageid=5

时任山东电视台台长的韩国强

作为台长的韩国强是典型的山东大汉，稳扎稳打，但偶尔他也会学习传统的山东女人，做些小小的精打细算。电视台的发展需要先进设备，然而山东台却从不争先购买，总要先确定国家是否出台相关政策，斟酌是否一定需要更新换代设备。如无绝对要求，便会在第二轮、第三轮引进设备，这么做的理由就俩字儿：便宜。

1998年7月乔保平在甘南藏族自治州玛曲县拍摄

时任甘肃电视台台长的乔保平

山东人重情重义，热情好客，一方水土养一方人，电视台亦如此。他们沟通记者站、联系兄弟台、配合中央台。正如韩国强所说：人不可能所有的事情都要亲力亲为，只有相互帮助，才会把事情做得更好。

远在祖国西北部的乔保平，此时他也在同自己的团队一起为中国电视事业战斗着。

甘肃自古就是丝绸之路的锁匙之地和黄金路段。这里有直插云天的皑皑雪峰、有一望无垠的辽阔草原、有莽莽漠漠的戈壁瀚海、有郁郁葱葱的次生森林、有神奇碧绿的湖泊佳泉、有江南风韵的自然风光，也有西北特有的名花瑞果。这里历史悠久，是中华文化的发祥地之一，很早以前华夏始祖伏羲氏曾在这里推八卦、授渔猎。这里神奇美丽，这里古老神秘，这里的人们渴望了解世界，世界也同样期盼着了解这片茫茫大地。

长于此的乔保平热爱这片土地，多年来，他与他的团队为了向世界推介这片土地，拍摄了大量电视新闻和电视专题节目及纪录片，足迹几乎遍布甘肃每个角落：从《丝路漫游》到《万里长城》，从《小雨沙沙》到《巨流追日》，他们似乎在用自己特殊的语言向世人昭告：西北有个美丽的地方，它的名字叫甘肃！

出走

1990年5月28日高燕文在纽约

80年代，刚刚打开国门的中国涌动起一股出国潮。在77摄影班这个“精英汇聚”、贤良云集的班级里，出国确成为了一些人内心的萌芽，以及最终的归宿。许多人用十年的时间去尝试，去适应，寻求事业上的成功，和一种倾心的生活环境，在这种不断的寻找中，77摄影班的孙林、高燕文、田广、张旭奎、温化平、王小幸六位同学，最终因为这样或那样的原因，走出了中国。

王小幸赴国外旅游创作

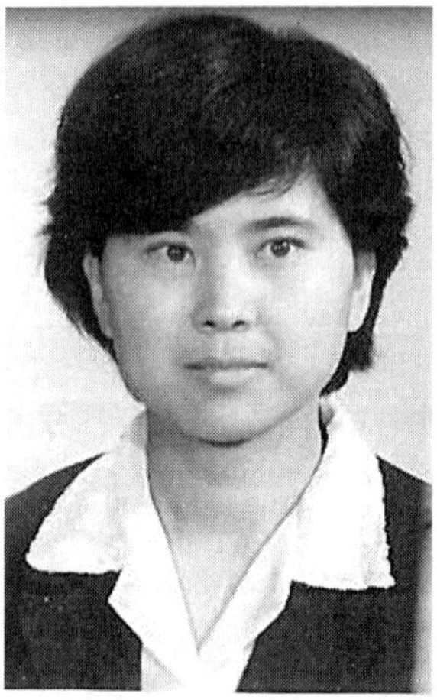
温化平出国时的护照照片

孙林于80年代前往美国攻读计算机博士学位，1990年他短期回国在与同学的相聚时说：“在美国为了谋生已不得已远离了电视”。

高燕文80年代前往美国求学，现仍在美国供职。

田广于1988年获得奖学金后前往加拿大求学，获人类学博士后归国，几经辗转现在汕头大学任教。

张旭奎于1990年9月前往美国求学，现在洛杉矶一家电影电视后期制作公司工作。

温化平于90年代前往美国，现为美国UPS公司一名计算机工程师。

王小幸1992年离开新闻行业，外派香港中旅社，后赴新加坡经商，1994年回国后仍在从商。

外面的世界很精彩，也许还有那么一些无奈。

走出国门的温化平从北京广播学院的优秀教师变成了美国一家公司的普通职员。从1980年到1990年，温化平将国内的这十年评价为自己这一生中最得意的十年，是她生命的华彩乐章。

温化平：到美国，是自己给自己找了个梯子，一步一步地蹭了下来，踩到了实实在在的地面上。常常有人问，也常常自己问，回答从来是如此地肯定，我把我的智慧才华留给了我钟爱的电视事业，我不后悔；我把青春中那段最美好的岁月，留在了中国，我不后悔。

2002年温化平摄于电视学院大门前

77摄影班的同学们，除了有像温化平这样完全“出走”的人以外，还有一位是所谓的“半出走”，钟大年就是这样。

在中国电视的发展史上，有一个日子不得不提——1996年3月1日，这一年，一个以“拉近全球华人距离”为宗旨，全力为全世界华人提供高质素华语电视节目的电视台成立了，它就是凤凰卫视。提到它的创办，就不得不提到广院，很多广院的老师都爱开玩笑说：广院人的新闻理念是通过凤凰卫视实践的。提到凤凰，自然有位绕不开的重量级人物：钟大年。

凤凰卫视创办伊始，钟大年就受邀加盟，从中文台系列节目的创意生成到亲自参与凤凰卫视资讯台的创办，在与凤凰卫视共同发展的岁月里，钟大年在这个商业媒体的平台上，一直秉承着学院派和实务派的双重精神，用他对电视最虔诚的热爱，和凤凰共同见证着中国和世界的瞬息万变。与此同时，他从来也没有放弃过他在广院的教学责任，身为广院电视系的博士生导师，他同样以师者的姿态，传授着一群群年轻的学子们他所知道的关于电视的一切。

凤凰卫视火了很多年，钟大年也低调了很多年。倡导行重于言，自诩农民知识分子和农民手艺人的他，以大气和雍容的姿态走着自己的电视之路。

有时候，结果也许不那么重要，但很多时候，如果没有结果，我们也许根本无暇去关注这一份结果背后形成的过程。在我们向77级摄影班各位同学征稿的时候，韩国强曾在班里31人中间抉择了很久，到底描述谁？最终，他选择了钟大年。并不是因为钟大年在事业上的知名度，而是77摄影班的一种精神使然。这种精神，在钟大年的身上得到了最好的体现。

韩国强：大年毕业以后留校，后来又去了凤凰，不管到了哪儿，我相信他都是那种脚踏实地，不懈追求的业务中坚，我这句话是有含义的，这是我们班的主流，所以说30年过来，我们和这个时代一起走过来，当然也允许在实践当中犯错误，纠正错误，这都是允许的，因为一个人的人生，至少我们这些人，似乎走了一条比较踏实的一条路。

现在已经成为了凤凰卫视中文台副台长的程老汉，是“半出走”的又一位，在当年，则是完全地从福建电视台“出走”，投靠到了凤凰卫视。从他加

钟大年参加《两极之旅》拍摄时的工作照

入凤凰卫视伊始至今，他依然乐于在一线的节目中“摸爬滚打”。他担任《时事辩论会》的“会议主持人”，机智从容，激起观点对立的嘉宾做激烈辩论，短兵相接，火花四溅。他的那句“我们现在开会”，亦成为观众耳熟能详的名句。

《时事辩论会》主持人程老汉

程老汉至今仍然爱笑爱闹，从大学期间就“潮爆了”的他，在电视新闻的道路上，也一路“潮”了下来，出了一本又一本“潮”书，如《电视企划论纲》、《我爱女主播》等。在《我》书中，程风趣幽默地勾勒出各种“凤凰现象”，并描绘了凤凰男女主播鲜为人知的幕后故事。

导演叶青醇

当程老汉得知77摄影班要出书了，特意把自己还未面市的《电视师傅——凤凰程鹤麟》手稿第一时间寄给了我们，在程老汉一半玩笑一半认真的叙述风格中，他对凤凰的爱与感激，跃然纸上。

谁说误撞撞不来幸福呢？程老汉现在就是很幸福滴。

相比多数从事电视新闻、纪录片工作的同学来说，叶青醇一毕业就从新闻摄影领域出走了，毕业后直接进入了中央电视台电视剧制作中心。

初出茅庐的叶青醇在1985年执导拍摄了人生中的第一部电视剧《陵园春秋》。这是一部根据孙中山侍卫长范良老先生的回忆创作的电视剧。其中一场重头戏是再现“奉安大典”。第一次当导演就拍摄如此大型而富有内涵的历史剧，对叶青醇来说是个不小的挑战。但拍摄人物的魅力时至当下，依然感染了许多人。于是，在这次拍摄中，叶青醇和他的团队经历了事业上的第一次“被照顾”：中山陵管理处破天荒第一次为我们静园半天；南京军区司令员指示江苏省军区开封二战时间的武器提供给我们作道具；海军学员全体学员整装待发为我们充当蒋介石的检阅部队；南京空军和紫金山天文台为我们测算当日的天气……如此“浩大”的准备工作，也给工作人员带来了不小的压力。于是，在那一晚，全组人员一边彻夜未眠地准备，一边期盼着转天的“艳阳天”。终于在第二天，太阳如期地对大家露出了笑脸，全组人才松了口气，随即投入更加严峻的战斗中……

《地雷战传奇》宣传画

一炮走红的叶青醇并没有放松对自己的要求，他相继拍摄了电视剧《多棱镜》《没有国籍的女人》、《步步紧逼》、《地雷战传奇》等多部优秀的作品。

1995年，叶青醇开始为央视体育频道策划节目《体育游艺宫》，天性不羁的叶青醇提出了一个让时任体育中心主任的老同学马国力跌破眼镜的提议：让明星出丑。这个全新的节目内容，在中国体育娱乐节目的发展史上是一个前无古人，后有许多追兵的“潮物”，一经推出，就收到了13000封观众来信，群众呼声之高，恐怕又让马国力跌了一次眼镜。虽然这种节目形态在当下电视似乎已司空见惯，但很少能有人知道，中国做此节目的第一人就是77摄影班“潮男”之一的叶青醇。

偶尔在电视栏目界“玩一把票”的叶青醇，在电视剧事业的发展上，也并非是一帆风顺的。2004年投拍的《中关村风云》因为投资方的突然消失，200万的资金眼看着就要打水漂，这让叶青醇的血压一度达到220毫米汞柱，而2004年对涉案剧的全面封杀，也让《步步紧逼》一度陷入了困境……

但天性爱挑战的叶青醇，并没有就此轻言放弃。反而，更加积极地面对困境。他的电视剧中，总是注入着一种“真善美”的情怀，这也是不惑之年的叶青醇人生发生一次“巨大顿悟”之后得到的新的信仰。

叶青醇：在我遇到我的心灵导师之后，对人与社会的关系看得更清楚了，我变得平和。我最大的感悟就是：没有正确的信仰，就会迷失生活的目标。不管是什么宗教、不管是什么主义，只要是为了他人，进而为了人类的福祉而活着，就是正确的方向。

人生路上处处会有选择。有人选择离开，离开意味着一切从头开始；有人选择进入，进入则意味着满怀希望、意味着命运的重新洗牌。也许选择本身才是最让人难以抉择的。

在人生事业初见彩虹之时，俞建成那份不安定的内心似乎跳动得更加激烈。在77摄影班多数同学都在为十年前的选择不停努力之时，他则非要在本非岔路口的地方，硬生生地踏出了一条属于自己的路。与钟大年、程老汉和叶同学皆不同的是，俞建成这一走，彻彻底底地离开了电视台。

1988年，余建成从浙江电视台辞职。

余建成：我在骨子里不是体制范畴内的人，我不喜欢朝九晚五的生活，更不喜欢一人之下的生存方式。

离开电视台的俞建成，内心经常在问自己，不在体制内了，能做一些什么呢？赚小钱，只能是吃了上顿没下顿，虽然也许生存下来并没有什么问题，但作为一个血气方刚的年轻人来讲，前方的道路即使不明朗，也还是要尝试勇敢往前闯。

当时的社会上流传一句话：要挣钱，一卖假药，二做广告。这句话的真正内涵是，进入这两个行业的门槛比较低，无需资金投入。于是“没有胆子”卖假药的俞建成， 就选择了做广告。而他在广告行当里的“第一桶金”，就是大家现在都很熟悉的娃哈哈果奶广告。

> 俞建成：企业给的产品说明书写着：娃哈哈果奶酸甜可口，营养丰富，我把它改写了一首儿歌：甜甜的，酸酸的，有营养，味道好，天天喝，真快乐，妈妈我要喝，娃哈哈果奶。没想到那一唱，就唱遍大江南北。那时的娃哈哈还是个校办工厂，企业规模也很小，那一唱，也让企业的发展步伐唱得一发不可收拾，当然企业的真正发展一定不仅仅是那一唱。

到如今，他给娃哈哈拍的广告片有几十条，包括有争议的爽歪歪，这个名字也是余建成同学取的，因为爽歪歪的名字，惹得凤凰卫视的阮次山先生颇有微词，这也让他做了一回中央台新闻频道的一周中国新闻人物。

关于这事，程鹤麟同学还专门为老同学做了独家调查：

> 闽南人确实用“爽”字来形容男欢女爱，但加上“歪歪”是台湾人干的。“爽歪歪”是台湾人的淫词秽语，但不是大陆人的，连闽南人都

俞建成在广告片拍摄现场

表示不关他们的事。所以这个产品只要不在台湾销售，则“爽歪歪”但用无妨。“大波”在香港是指女人的大乳房，难道因此要取消“轩然大波”这个成语吗？

最后程老汉得出的结论是：俞建成，我们挺你！

虽然现在的俞建成，早已离开了电视的行业，但大学时代的影响和多年的摸爬滚打让他明白，无论金钱还是名利，过分追逐，只会让自己生活得更加缺乏目标和安全感，对很多东西既要重视，又要适度看淡，正所谓淡然人生，他有着自己一颗强大的内心，共同与之战斗。

77摄影班同学在其生命里的“战斗”，这是时代的选择，更是命运的抉择。无论身处国内还是国外，体制内还是体制外，相信他们会一直对自我有着极高的要求，对事业有着自我的执著，对命运有着自我的挑战，对人生有着自我的体悟。

16 体育大片

2000年，英国《卫报》评选“对世界体育影响最大的50人”，马国力名列第47，排在泰格·伍兹之前，是中国唯一的入选者。

1999年6月，北京体育大学的毕业典礼上，出现了一个熟悉的身影，他身着博士服，微笑着接过证书，他就是岑传理，中国第一位获得体育博士学位的体育记者。

他们身兼重任，三十年来行走于体育江湖，虽奔波劳碌，但却身怀绝技，或带领众多手下精英，黑衣长啸，凌波微步；或专长于体育理论秘笈，潜心钻研。他们笑看风云，将所有的功绩都付之滔滔的历史江河中。可是又有谁能与之争锋呢？他们正在上演的就是一部又一部惊心动魄的体育大片。

50人之一

1984年，勤奋干练的小伙子马国力第一次参加奥运报道。然而那一年，他没有去到体育赛事的第一线——洛杉矶，而是来到了联邦德国的斯图加特电视台。

说到这次经历，就不得不从毕业说起。毕业后，马国力分配到了中央台，师从体育电视前辈张家诚先生。据马国力一个同门师兄回忆："当我们还在积极要求进步，写思想汇报以争取升职的时候，马国力却已默默考取了艾伯特基金会的赴德留学生，开始了他在ADF和ARD的留学生活。"

就是在留学期间，洛杉矶奥运会开幕。在这里他以留学生的身份参与了异国电视台奥运会的报道。

这次体验，让马国力开了眼界，见识到了世界其他媒体人的专业技术与敬业精神。他曾这样评价：

这次学习是我接手中央电视台体育部之后的做法和节目思路的来源。

他坦言，至今的节目设计中还带有德国和欧洲的印记。

马国力：做电视的人只要有一定的基本技能，就可以通过别人的电视节目看出他的制作思路和手法，并不一定非得与制作者一起。

同样，他把先进的德国电视观念融进了中国体育电视。

我不在意一定要独创，因为电视就是发达国家早我们几十年发明的，首先是学习，我的下一代人才该是创造者。

前任美国奥委会主席尤伯罗斯曾经几次对马国力说过，他要由衷地感谢中国，因为中国救了1984年的洛杉矶奥运会。如果当时中国加入苏联和东欧集团的抵制阵容，洛杉矶奥运会将会是另外一个残缺的奥运会，连续八年的"半个"奥运会或许真的会终结这个现在全世界都想得到的聚会。而中国人或许也就不会有这么巨大的奥运情结。

2006年马国力在北京奥林匹克转播公司办公室

正是因为1984年的留学经历，马国力才与奥运会有了首次触电的机会，才有可能与奥林匹克结下不解之缘。从那时起，他与体育达成了一生的情谊。谁也不曾料想，20多年前这个在联邦德国电视台体育部的中国小伙子，会成为今天“对世界体育影响最大的50人之一”。

90年代的中国，商业化进程加快，就连体育赛事也密集起来，国内观众对于高水平赛事的呼声更是一浪高过一浪。1993年，时任体育部主任的马国力也愈发感到体育应该有属于自己的频道。其实，多年以前，他就准备着。

马国力：回过来说体育频道的诞生，中央电视台1989年1月2日开播的《体育新闻》是第一个准备。

酝酿多年的想法有了雏形后，他立即给当时的中央电视台台长打了相关报告，报告很简短，“不到两页纸”，里面谈及了很多他的个人思考：国内外体育赛事越来越多，观众也在不断增加，现有播出条件提供不了足够的播出空间；诸如ESPN、STARSPORTS等境外体育媒体机构谋求进入中国的企图十分明确，如果国内没有自己的体育频道，可能会有潜在的威胁；创建专门的体育频道，在财力、人力上困难也不是很大……

经过几个月的讨论和等待，所有人都认为他的计划过于理想，很难短时间内实行。

马国力：我本来也是尽量争取最好的条件，但也知道如果所有条件都具备了再做，那意味着永远都不做。因此还是按照当时的规则办理。

终于，中央电视台体育频道1995年1月1日正式开播，序号排在四套之后的第五套节目。现在，几经改版的体育频道整体水平已和国际接轨；国际赛事转播报道模式多次创新，体育报道也更加现代化。

多年来，马国力为CCTV-5倾注了全部的心血，CCTV-5让十几亿中国人了解了奥林匹克，了解了世界体育，也让世界了解了中国体育电视。

马国力：创立中央电视台体育频道是我一生最为得意的事情。尽管我是在中央电视台这棵大树下的职务行为，尽管如果不是我，另外一个担任这个职务的人也会这样做。但是如果不是我，体育频道不会在1995年就诞生，那么也许就会错过最好的团队和发展时期。

马国力自从和电视体育结缘之后，如同发生了强大的化学反应，释放出巨大的潜力和激情。三十年来，他率领电视体育精英，不间断地创造了中国体育电视史上一项又一项纪录。曾有人细数，有16项之多，或许不止。

当问起这些成绩时，马国力只是淡淡一笑，把荣誉归功于集体的努力和自己的幸运。

马国力：我觉得自己很幸运，上学时赶上了百废待兴的年代，在中国没有全面对外开放时去德国深造，在中国经济大发展时担任体育部主任，在CCTV发展壮大之际创建了体育频道。我承认有我个人的作为，但我所做的只是为大家创造一个体育电视发展的平台……

1996年亚特兰大奥运会开幕式时，上空回响的是马丁·路德·金的一句名言：“我有一个梦”，压轴曲目也是一首歌曲，叫做“梦的力量”。

马国力：每次大型报道之后，我总喜欢独自坐一会儿，看着那已经被折得支离破碎的工作间，常常感到一种惆怅和一种安慰。尽管这十几天里我们也有挫折，有眼泪，有委屈，但在汇聚了全世界目光的奥林匹克面前，任何个人情感都显得过于渺小。重要的是我们的报道，它成功了。让全中国的人们都满意，这是我们最大的梦想。

是啊，每个人都会有梦想，体育就是一个梦想，这个梦属于我们所有人。只有初次体验过它的人，才会知道它的到来是多么的不容易，运动员、观众、记者，乃至国家都在为了这个梦想付出着自己的努力。相信，这个梦会伴随着马国力，伴随着我们每个中国人，一直走下去。

做一件大事

1993年，中国申奥失败。八年过后，2001年，北京重振旗鼓，再次提出申请奥运会。就在2001年的2月份，国际奥委会评估团到达北京，做最后一次考察。那时，马国力作为媒体代表，宣读了媒体部分的报告人。

马国力：对于我的这个部分，考察团成员只提了一个问题：你是中央电视台体育中心的主任，中央电视台在中国有着很高的权威性，如果北京申办成功了，中央电视台是否会同意国际奥委会来主管北京奥运会的电视制作？

早在2000年底，国际奥委会执委会就做出了一个决定：今后申办奥运会的城市必须承诺，奥运会的电视转播将由国际奥委会全权负责。为此，国际奥委会还成立了专门的公司——奥林匹克转播服务公司（OBS）。

如今的奥运会已经今非昔比，它给主办城市带来的不仅仅是城市的知名度，还会有源源不断的运营资金。主办城市多拥有奥运电视转播权，而这些运营资金一半以上，其实都来自于电视转播权的出售，花大价钱购买了转播权的电视机构当然有权要求相应的服务，所以国际奥委会提出要主管北京奥运会的电视制作，其实并不过分。

对于这个问题，政府已经有了明确的答案，马国力自然也是心知肚明。

马国力：我的回答当然是YES。

或许，马国力的这个“YES”，能为北京申奥成功注入一滴活水。

2001年7月13日，萨马兰奇用雄浑的声音读出这个名字：BEIJING。终于，这个古老的国度，五千年的历史沉淀如大江奔腾入海一般在此刻喷薄而出！此时，每个中国人的脸庞上都漾溢着微笑，此刻是真正属于中国的时间！

这一刻，两行热泪滑过马国力的脸庞，做了22年的体育报道，一直梦想着在家门口做一次奥运会，这次他终于实现了。然而，他很清楚，这眼泪背后，担负着的也将是一份民族责任。

马国力：奥林匹克运动会对于每一位媒体人员有着各种不同的含义。我参加过从1984年洛杉矶至2004年雅典的六届夏季奥运会报道，并担任了2008年北京奥林匹克转播有限公司的首席运营官。奥林匹克对于我个人来讲是一种荣誉的激情和人类的和谐。这种年青人的激情和成熟人类的和谐，是我最喜爱的一种混合。

终于，那一天到来了。

2005年5月31日，星期一下午两点，在中央电视台14楼的会议室举行的每周干部例会上，台长赵化勇宣布：根据北京奥组委的要求，体育中心主任马国力借调到北京奥林匹克转播公司担任首席运营官。

马国力：如果我不做，总得有人做，而目前在国内找不到比我更合适的人员，假如是一个不称职的人在这个位置上，我是会后悔的。

就这样，马国力开始了他的另外一种奥运体验。对于他来说，奥运会是一种情结，一种崇高的英雄主义情结，需要带着使命感和成就感，完美地落幕。为了这个情结，他一直在努力。

随着2008年9月17日北京残奥会圣火的熄灭，北京奥林匹克转播有限公司（BOB）的使命也随之宣告圆满完成。

BOB在北京奥运会期间总共制作超过5000小时的公共信号（雅典是3800小时），向全世界200多家电台电视台提供了转播服务，这些转播商的奥运会节目在全世界的观众人数超过了40亿。所有的持权转播商一致认为：北京奥运会的电视转播是奥运会历史上最好的。

马国力：我当然作为体育中心主任也可以在北京奥运会大显身手，但是那样只不过是比悉尼，雅典的规模大而已。但是作为北京奥运会转播有限公司（BOB）的首席运营官，做的是向全世界提供国际信号，这是业内对于中央电视台的认可，也是对我能力的认可。

BOB是一个专门为北京奥运会成立的临时项目公司，这一特点决定了这个团队必须是由国际的，专业的，操作性极强的一批人员组成。所有的人

马国力参加2008年北京奥运会火炬传递

只有一个目标：提供高质量的电视信号和服务。马国力曾经也说过，在北京奥林匹克转播有限公司的三年半时间，没有升迁的考虑，没有办公室政治的干扰，没有中国人外国人的区别，他的心里极为平静，这段时间是他一生中至今最愉快的一段时光。这个愉快主要原因在于可以专心做事，做一件事，做一件大事。

“老书记”的奥运情缘

岑传理：作为一个电视制作人如果不能进步，观众需求满足不了，那就要落伍，就会被淘汰。

看到北京体育大学招收在职博士生的启事后，岑传理怦然心动。1996年的夏天，童心未泯的他经过地毯轰炸式的复习，艰苦闪电式的考试，终于如愿以偿地做起了学生，开始了来之不易的攻博生涯。

在职学习不仅不能耽误工作，还要很好地完成学业论文，压力可想而知。通过收集、分析大量资料，他终于找到论文切入点。

岑传理：因为当时并没有把电视与体育产业结合起来的研究课题，而电视又是我的专长，两者相结合，可以说又是填补了一个空白。

每当提到这段学堂生活，岑传理总要感谢一个人：导师邢文华。邢老师治学严谨，发现问题绝不过夜。一次，“老书记”接到了导师电话：

“传理，你论文中关于电视收视率的调查数据可靠吗？”

“导师，数据是索福瑞公司调查的。”

“你亲自参与调查了吗？”

这句话一时间把岑传理问住了。“我没有直接参与调查。”

“那你为什么在论文中不表述清楚，做学问最怕道听途说、似是而非做论文，最忌东抄西抄又不做分析。”

遵照老师的要求，终于，1999年，骄阳似火的六月，岑传理的博士论文《电视媒体与体育产业》通过了严格的博士论文答辩，专家们的评论是：论文资料翔实，分析严谨，论据充分，填补了我们体育研究领域的一项空白。

就在那天，他成为了我国第一位获得体育博士学位的体育记者。

从“零的突破”到成为我国第一位获得体育博士学位的体育记者，我们的“老书记”不仅通过实践在一线报道并参与着奥运，还通过理论原理研究着中国体育，更是时刻刻关注着奥运，关注着北京奥运。可以说，他与马国力一样，与奥运结下了不解情缘。

网上有这样一个说法：奥运以后的其他体育赛事，都将会在奥运会的光芒下变得微不足道。有人这样形象地比喻这一现象：2008年是浪漫主义，盛世奢华，光芒万丈；2009年则陷入了萧条的现实主义，崇高已如飓风般远远遁去。

岑传理（左）参加2008年奥运会火炬传递
（岑传理是一个热爱体育的人，在体育电视领域耕耘了30年，但是他还在不懈努力着，因为体育的精髓就是不断超越。2008年北京奥运会的光荣与梦想，更是激励着“老书记”，他希望与他的同事们共同打造中国体育电视节目的航空母舰，谱写新的奥运篇章。）

北京奥运会结束之后，中国体育电视界进入到了一个新的四年奥运周期，这个周期里，我们已经不再是东道主、奥运会的主人，这后四年乃至以后，我们都将是普通的看客。那时的我们，会像往常一样，坐在电视机前波澜不惊地看着比赛转播，仅仅，仅仅是在重大赛事的重量人物出场之时，才会欢呼雀跃；抑或一场极度绝望的比赛，才会捶胸顿足。

的确，奥运过后，抛给中国体育影像制造者和传播者们的是一个最大的难题：后奥运时代，电视体育传播又该何去何从？对于这个问题，“老书记”早已深思熟虑。

岑传理：对于我们这一个四年发展周期来说，全运会是彩排，冬奥会、亚运会是预演，2012年伦敦奥运会将是正式演出。

北京奥运会残奥会的完美落幕，标志着北京奥运会就此画上了圆满的句号。2008年9月19日，在人民大会堂举行表彰大会时，就连胡锦涛总书记也亲自到场，发表了重要讲话。其中有一句话是这样说的：中国体育未来发展要由体育大国向体育强国迈进。

哪个体育媒体人没有“体育强国梦”呢？哪个体育媒体人不想肩负起“体育强国梦”的责任呢？然而，在奥运之后所谓的“后奥运时代”里，这份责任并不仅仅是转播体育赛事那么简单，如何才能够更加理性地认识并分析目前中国体育宣传的弊端才是重中之重。

岑传理：对于我们中国体育的传播者而言，我个人的理解是，衡量“体育强国”的维度是多重的，绝不仅仅是51块奥运会金牌、100枚奥运奖牌和一年120个世界冠军就可以完全定义的。

2008年，汶川的命运与奥运紧紧相连，用体育来救助地震中受伤的心灵和躯体是媒体人的责任，更是体育媒体人的责任。

岑传理：这只是很小的一步，但将是我们体育频道的长远诉求和作为。

“后奥运时代”的中国体育电视传播的历史使命之一，甚至是最为重要的使命就在于——“优化中国人的体育生活”，让更多的中国人可以从运动中受益，获取健康和良好的心理状况。

> 岑传理：今年我们在操作“体坛风云人物”的评选过程中就一再强调，要以感恩之心，用公益的形式，来回报社会。

当我们今天坐在这里展望体育传播未来发展的时候，没有人敢忽略新媒体的传播力量。北京奥运会在全球范围内的立体化传播让新媒体信心百倍，让国际奥委会找到了版权销售新的增长点，传统的体育传播机构纷纷在寻求与新媒体的合作和交融的方式。体育传播的“新媒体时代”是否真的到来呢？到底该如何应对呢？“老书记”自有他理性的分析与独到的看法。

> 岑传理：从奥运会结束之后仅仅半个月各大门户网站发布的奥运会业绩来看，所有的参与者都实现了利益最大化，业界比较认可的客观数字是：新浪的广告收益超过了3亿，搜狐不会少于2.5亿，腾讯为1.5亿。

他从理论与专业的角度分析了目前中国传媒的发展态势，总结说新媒体与传统的强势电视媒体之间似乎已经找到了一种相互依存、相互借势的生存发展模式。

> 岑传理：但是随着资本和技术的变革，新媒体一定会在人们分享体育比赛的方式上进行变革，而这种变革最直接的结果就是争夺市场份额和经济收益。

他在分析新媒体的优势时，也看到了电视在传统和新媒体间的长处，看到了它的潜力。

> 岑传理：除了花钱竞购国际赛事之外，创造中国人原创的体育视频内容将是第一要务。

纯粹的感性热爱交织着理性的思考与研究，“老书记”的奥运，妙不可言。

BOB的广院“情结”

似乎每个中国人心中都有一个奥运情结。随着2008北京奥运的临近，似乎有个声音一直召唤着，召唤着每个中国人能够为北京奥运打上一个属于自己的中国结。而此时，担任中国传媒大学副校长的“任班长”与出任BOB首席执行官的“马大哥”，二人相视一笑，心领神会。

人类对奥运会这种大型国际体育赛事的电视转播始于1936年的柏林奥运会。为了完成电视转播，一直都是奥运会主办权的国家提供着奥运会的电视国际公用信号。直到1992年巴塞罗那奥运会举办前夕，原西班牙国家电视台总工程师玛诺洛·罗梅罗先生提出组织一支“多国部队”，共同来完成巴塞罗那奥运会电视国际公用信号的制作和提供任务：挑选世界各国的电视精英，统筹租赁有关电视设备，确定奥运会电视国际公用信号制作的理念，制定统一的电视信号制作标准，确保奥运会各比赛项目转播信号的高质量。从那以后，这种方法得到了奥委会电视委员会的认可，一直沿用至今。

马国力主持BOB启动仪式

2008年奥运会之前，欧美国家仍占据着奥运会电视国际信号制作的主导地位，而中国电视转播人员的专业技能不足，对奥运会国际信号标准的掌握几乎为零。面对着这样难堪的差距，真的要做些什么。

任金州：2003年，一次偶然的机会，我与大学同班同学时任中央电视台体育中心主任的马国力聊起此事，共同的感慨和认识使我们俩一拍即合。一个名为“2008年北京奥运会电视体育赛事转播标准研究”的研究课题当即敲定。

经过多方的推敲、研究与比较，课题最终定名为“体育赛事电视公用信号标准研究”，这个题目简单又明确。题目确定后，课题组开始了深入的研究。由于组内只有马国力与程志明两位具有相关的体育工作经验，而对于其他人来说“电视公用信号”与“标准”，都是陌生事物。但是为了能够为中国人的奥运做些事情，他们翻译资料、采访专家、研究分析体育比赛转播中的镜头等等。

任金州：为了进一步加强课题对电视体育转播实践工作的指导性，我们还重点选择了篮球、田径、水上等比赛项目，从国内全运、国际性单项比赛、奥运会等三个不同层次的电视转播节目中，选出典型性转播画面作为案例逐一进行分析。

就这样，经过两年的努力，终于在2005年5月，“体育赛事电视公用信号标准研究”成书出版。就在他们开始研究奥运会电视公用信号制作的标准化时，中央电视台体育中心在内部也启动了电视体育转播标准化建设的先期工程。

奥运不是简单地把外国人请到中国，随便拿几个金牌就可以草草了事，它意味着整个国家文化、体育、意识形态水平的一种对应，只有在各方面和谐统一地对应起来之后，这个国家才能拥有自己的世界地位。对于任金州与马国力来说，他们所要做的，就是如何在体育转播上跟进。

任金州：这其实是在为国家做事，是我们俩必然的一种使命感。不是国家有难，匹夫才有责，现在是国家兴旺，匹夫有责。

奥运会体育转播最缺少的是什么？缺的就是我们自己的专业队伍。作为北京奥林匹克转播有限公司CEO的马国力，一直担心央视缺少能够胜任奥运会赛事信号制作标准的摄像和导播。而就在这时，他的老同学任金州，与他又是不谋而合，二人莫名中形成了一种默契。

任金州：我跟马国力在一起时很随便，当我说明我的想法后，马国力立刻说，这件事扔给你吧。就这样，我就向校长提出，由学校与央视合作组建面向2008年北京奥运会的专门的人才培养队伍。

2005年夏，一个面向2008年北京奥运会体育赛事转播摄像“人才培养”的项目在任金州的牵头组织下随即开始。中国传媒大学让2008年毕业的2004级电视摄影和影视艺术摄影两个班共47名同学成建制地集中进入央视体育赛事转播团队，他们一边在校学习专业课程，一边外出参与央视体育频道各类赛事的转播。2007年3月12日，北京奥林匹克转播有限公司（BOB）与中国传媒大学正式签约。从那天起，中国传媒大学的47位同学走进了奥运，与中央电视台制作团队一起，承担北京奥运会篮球、排球、网球、乒乓球、羽毛球、现代五项和奥运会期间举办的武术比赛的电视公用信号制作任务。

2008年任金州在北京奥运会比赛现场

奥运期间，平时很少见面的马国力与任金州在北京奥运会国际广播中心见了一面，马国力指着监控中心墙上的赛事直播画面说，这次BOB对央视派出的制作团队完成的六大项目的公用信号非常满意，你们传媒大学来的学生，无论是现场摄像还是信号传输中心的收视监看，都表现得非常好。超强的自信、无间的默契让两位老同学抓住了难得的历史瞬间，把握住了眼前能够把握的一切。

二人握手一笑，事情很顺利。

任金州：马国力，这事咱俩算是做成了。

马国力：不仅做成了，而且对后面央视体育赛事公用信号制作的影响绝对是无价的。

这47个孩子仅仅是奥运转播成员中小小的一分子，对于他们来说他们是幸运的，因为这次奥运转播将成为他们自身最宝贵的财富。

BOB与中国传媒大学的完美结合，留下了一笔宝贵的财富：这本《体育

央视与中国传媒大学2008北京奥运会网球制作团队

赛事电视公用信号标准研究》为大型节目的转播提供了启示，而这47个学生毕业后，除几个考研继续上学的学生，全部被中央电视台录用，现在，他们全部是那里的骨干。

“在中国举办的奥运会绝对不能任由外国人摆布，如果整个北京奥运会全是外国人来转播，那么无异于是将中国自己的话语权交给了别人。我们必须要用中国的团队来控制那些最重要的东西。我们应当尽可能多地参与赛事的公用信号制作，让外国人看到中国不仅是一个体育大国，也是一个赛事公用信号制作的大国。”这是马国力与任金州2003年见面第一次讨论奥运转播时说的话。2008年后，再看这些话，他们做到了，他们用行动践行了这句话，为中国的奥运献上了最宝贵的一份大礼。

17 电视有学

逝去的20世纪，因为电视有了记忆；而生命与岁月因为记忆显得悲喜交加。

在中国上个世纪50年代，当沈力在北京电视台（中央电视台的前身）一个由办公室改建的简陋的播放室里，播出中国第一条电视节目时，没有人会想到，这个时间不长、制作粗糙的节目，却是中国电视事业上重要的一步，也是影响深远的一步。

77摄影班的同学们伴随着中国电视的发展与之共同成长，对于中国电视的思考也在同学们的成长中日趋成熟。从无学到有学，从无体系到初具规模，他们不仅仅是中国电视的见证者，更是中国电视学的缔造者与建设者。

手艺人的“手艺书”

就在电视起步之时，中国陷入了慌乱的“文革”十年。没有电视节目的实践，电视理论研究自然也随之处于停滞状态，就连之前的研究成果也被认为是修正主义而大加批判否定。广播电视作为党和政府的喉舌，也被篡改为“全面专政的工具”，此时的中国电视，已经毫无理论可言。

然而，进入到了八九十年代，改革开放的春风也沐浴着中国的电视事业。“四级办电视”决策一经提出，中国电视事业有如雨后春笋一般迅速成长，无论是内容还是形式，无论是播出数量还是质量，都有了极大改观。然而，与之相配的电视理论却很不系统、很不成熟，即使有人在研究，也只不过停留在个人的自发状态，没有相应的组织机构，分散无序，而这些文章也仅仅是发表在自己誊写的油印刊物和教材上，或党政机关报副刊及晚报之上，更不要说国外译著了。

钟大年：毫不夸张地说，书店里所有关于电视的书加一起，也不过一个书架。

日益丰富的电视实践时刻都在召唤着理论的介入与创新。而此时的北京广播学院，拥有着一份使命感与责任感，而这一艰巨的任务，便落到了电视系身上。

1986年，电视系正在为东北电力公司培训，因为课程容量大、笔记太多，同学们强烈要求老师们能够将教授的知识出版成书。是啊，几代电视工作者摸着石子过河，蹚出来的一条实践之路，总要有人做好标记，指明方向。就这样，在时任电视系主任王纪言的召集下，由电视系18位老师组成的编书小组决定出版一套电视节目制作专业教材。这次，77摄影班的温化平、钟大年、任金州有幸参与其中。

钟大年：那时建立一个学科体系和一个理论系统，不像现在拿来主义那么便利，翻译几本书，介绍一些名词、流派，用一个框架一套（就可以了）。

没有框架，就从讲课资料中挖掘；没有资料，就从课堂范例中搜集；没有理论，就从实践需要中建构。总而言之，他们用的，都是最笨的方法。

任金州：王纪言老师鼓励自由发挥方式：总体框架上大家没有集中讨论过，彼此都是按照自己讲课的内容各写各的书，交叉的内容，各自主动避让，你讲的内容，我就不讲了。电视系的老师形成很好的氛围和风气，在集体做事时，大家互相关照。

钟大年负责的那本书取名为《电视片编辑艺术》，就在写这本书时他得了痔疮，那会儿没有电脑，无奈只能趴在医院的床上抄完书稿。就是从那时候起，他养成了趴在床上写东西的习惯。

钟大年：写东西，对于我来说是很困难的事。我不太喜欢参考别人的东西，总是自己去想。所以，只有到有所感、有所悟时才有兴趣去写点东西。

这套书就好似珍宝，每位老师都为之付出了很多，对它更是疼爱有加，在谈起它时，自然会情不自禁地流露出一丝丝成就感。

温化平：我的论文和文章发表在各类学术和其他刊物上，还写了一本至今还没有被人彻底忘记的小著《电视节目解说词写作》。

中国第一套电视专业教材"电视节目制作丛书"

辛苦努力三年后，1989年整套丛书终于出齐。为了使书系的设计感更强，王纪言老师还专门学习了日本图书的包装方式，用卡纸做成书套，拍出了在当时可以说很炫的照片作为宣传样式，拿到出版社出版。

这套书是全国第一套电视专业教材"电视节目制作丛书"，共18本。

任金州：王纪言老师主持出版的这套书系启发了我们，后来我们接着这本书，做了一系列的电视教材项目。在1993年青岛全国社教节目评奖会上，高鑫老师与我聊起时下到处出书标榜"××学"、

“×××学”时，高老师说现在电视发展这么快，我们为什么不写一本书公开亮出“中国电视学”建立自己的电视学呢？

90年代的中国，电视已经成为改革开放大潮中的一股中坚力量，为社会的发展与进步带来了源源不断的信息。此时的电视，已经不再是无足轻重的“小弟弟”，人们也逐渐改变了过去“电视不是独立的艺术，只是播放工具”的传统观念。同电影一样，电视需要建立自己独立的学科体系，需要形成自己的一套理论。此时主持电视系工作的任金州与钟大年沟通提出这一想法后，立刻得到了钟大年等许多有着丰富实践经验的电视系老师的支持。

任金州：当时分工是这样的，由电视系学术委员会牵头策划，钟大年负责全书内容组织、章节设定等，我负责全书运作及与出版社的协调，朱羽君、叶凤英、高鑫、任远、叶家铮等五位老教授每人分别负责一个部分的内容协调与审稿。我们七个人组成《中国应用电视学》编辑委员会，共同负责这本书的创作。

确定好人员后，七个人坐在一起便开始激情澎湃地探讨这本将会具有深远意义的书的框架，当时的每个人都信誓旦旦，都希望将多年积累的实践与理论经验出版成书，以供教学应用。

任金州：当时，叶家铮到办公室专门找到我谈话，他觉得这本书叫“中国电视学”可能有点大，因为这本书还不能够具有完完全全的学科构架。

的确，电视这门学科操作性较强，电视工作者就好比是手艺人，而电视学的理论也是几代教师从我国自己的实践中总结、概括和提高的浓缩，不像一些新兴学科的理论那么洋、那么玄。这套书主要也是探讨电视基础理论、电视节目制作与创作等应用性内容。

钟大年：因为电视的理论太土、太直白，我们只好把它叫做“应用电视学”。

终于，他们对这本书有了最终的定位。理想中的电视学应当是一门综合性的学科，应该集艺术性、学术性、实用性为一体。如果仅仅通过这一本书将电视所有的特性传达清楚是不可能、也是不负责任的。因此，他们希望这本书能够秉承“电视理论应是发展的理论”这一最基本认识，结合我国电视事业发展四十多年来的具体实践，总结规律，提出新颖的理论阐述，以供后人借鉴。最终取名为《中国应用电视学》。

就这样，中国电视手艺人们从此有了自己的“手艺书”。

钟大年：直到今天，它仍是全国电视专业教学的基础。应该说这是我一生中做的最有价值的事。

这本书出版以后，因为它的前瞻性与统观性，立刻在电视界产生了不小的轰动。于是，这本书获得了一系列的奖项，首先是学校奖，之后是北京市奖、广电部奖，最后还获得了教育部教学成果二等奖以及中国人民大学的吴玉章奖。

任金州：那时的北京广播学院若想得到人民大学的吴玉章奖是十分难的，我们的这本书也刺激了张颂，他在我们之后立即组织播音系教师写了那本《中国播音学》。

到了1997年，中国电视事业又一次面临着转变，这一年是中国电视的“调整年”。广播电视产业的快速发展，特别是国外传媒的进入，迫使我国的广播电视从业者必须要从实际出发，正确地把握未来的发展方向，以便能在国际媒介市场竞争中占据优势地位。

任金州：90年代，中国电视事业成长很快。1993年中央电视台推出了《东方时空》，电视改革呈现蓬勃发展之势。

同样是在1997年的时候，电视系吸纳了一大批年轻的业务骨干，这些年轻人也都跃跃欲试，试图做些事情，为自己，更是为中国电视。

于是，电视系决定，在《中国应用电视学》的基础上，再次出发，再组织全系骨干教师编写一套教材。由任金州与钟大年主编的“电视学系列教程”孕育出炉。

任金州：这个教程也是我跟钟大年讨论最多的，由于这套书的封皮基调是白色的，所以我们管这套书叫“白皮书”。在电视学系列教材的编写过程中，我跟钟大年还是很默契的，这套书我们在一本《应用电视学》的基础上由集中方式改为分册方式。

初步商定此套教材为20本，一方面可以全面总结归纳近年来电视理论体系，另一方面希望推介电视系的年轻骨干，像刘燕南、张雅欣这些目前在业界已十分知名的教师，当时也都参与其中。但有一点遗憾的是，有三位老师因工作原因没有完成。最后这套书由20本变为17本，交由北京师范大学出版社出版。

之所以交由北师大出版社出版，而非母校的广播学院出版社，这其中还有两段小故事。

任金州：第一个故事是因为之前跟我们学校的出版社之间出现了问题。

就在北京广播学院出版1989年版的“电视节目制作丛书”之后，电视系希望将朱羽君、任远、高鑫、叶家铮、叶凤英五位德高望重的老师对电视系第一个研究生课程进修班的教学成果予以留存，并为其出书。五位老师自然很是高兴，就将多年的心血原原本本交予了出版社。

任金州：这五本书当时都是用手写稿纸的方式爬格子给爬出来的，他们也没有复印，也没有拿复写纸拓印。

可是，出版社没有任何原因，没有任何解释，轻描淡写地将这些珍贵的手稿弄丢了。任远老师跑到出版社翻遍所有废纸筐，终于找到了他自己手写的

任金州于电视学院门口

那珍贵的一半书稿，而其他人的辛苦结晶早已被当做垃圾，打扫得一张不剩了。面对这一心酸的事实，任金州毅然出面协商：出版社必须承认错误，如果不承认错误的话，下本书绝不会在这里出版。

就这样，在多次沟通未果的情况下，任金州兑现了诺言，这一次，拒不在北京广播学院出版社出版。

任金州：第二个故事就是当时在北师大出书是能够参评国家奖的，北京广播学院出版社那时还不能参评国家奖。

当时，北京广播学院出版社并非一级出版社，电视系若要走出去，就必须通过北师大出版社拿到国家奖项。当时北师大的电视文化研究还属于初期阶段，虽有心却无力，广播学院在这一领域却是当之无愧领先的。

任金州：我们的知识体系对北师大他们来说特别重要。所以，北师大很想出这套书。就这样，北师大出版社以优惠的条件、职业的态度，接手出版了这套教材。

叶凤英老师认真总结自己多年教学积累的理论，并将这总结收纳于此书之中。1997年，这本《电视采访学》一经出版，立即大卖；而生动形象的图例为李兴国的《摄影构图艺术》打开了市场销量……一本接着一本，这套教材陆续出版，直到2003年，任金州的《电视新闻摄影》出版后，此套书系才画上了圆满的句号。

任金州：97年以后电视媒体发展变化很大，新的节目形态、新的表现样式不断涌现，令人目不暇接。我总希望能将这些新案例收进

《电视新闻摄影》一书中，结果一直拖到2001年美国“9·11”事件发生，我将电视媒体对“9·11”的各种直播报道放进了书里，那时已经是2002年了。

就是通过这17本书，中国电视行业有了自身理论的发展方向；也是通过这17本书，北京广播学院造就了一支强大的教师队伍。先后有14位教师以此套教材为基础评聘为教授或副教授。也是这支队伍，培养着一代又一代未来的电视人。

2006年，中国电视业在自下而上的创新突破和自上而下的规范调整中博弈。娱乐选秀带动了创新浪潮，电视剧独播引发了资源竞争……新的节目形态、新的编播策略、新的评估体系、新的营销方法和新的运营机制，无不体现着中国电视业在面临日渐焦灼的本土竞争和迅速开放的市场环境时“不破不立”的勇气和果决。但同时，电视行业仍然需要领先创新的理论基础先行于实践，为电视业的健康有序发展提供原动力。[①] 面对如此焦灼的社会背景，任金州与钟大年再次达成默契，开始着手重新修订“电视学系列教程”。

任金州：“电视学系列教程”可以说是20世纪的研究成果。进入21世纪后，我们发现这刚刚出齐的17本书在飞奔的社会面前又显得落后了。我们在17本书的基础上，将业界反映好、市场销售量大的10本书选出来，重新做修订版，全部运用新的语态，构建新的语境，选用2000年之后媒体发展的新案例。为区分新修订版10本书与前17本书的不同，将全部书名进行了更新。

这套书中，钟大年采用一种全新的话语方式诠释了纪录片，这在以前不可想象，最后的书名定为《纪录片：影像的意义系统》。后面的9本书均按钟大年的书名格式来命名。除了沿袭此种写作思路外，整套书中还添加了数字化的知识背景。

① 崔保国主编：《2007：中国传媒产业发展报告》，社会科学文献出版社2007年版。

2000年以后的中国电视最为重要的一个现象是电视制作、传输、接收的全面数字化，数字化全新平台的出现带动了电视新闻节目组织方式和传播方式的革命性变革。如何使电视的专业教学与时俱进，甚至先行于时代？如何使电视专业的教材能够既有严谨的学科体系，又与鲜活的社会实践紧密联系？是任金州和钟大年在教材编写过程中经常讨论的问题。

77摄影班的班长与副班长，在各自忙碌的岗位上一边做事一边研究着自己的电视理论。

钟大年：我和金州先后组织了三套有关电视方面的书，“中国应用电视学”（1992年）、“电视学系列教程”（1998年）和“电视学系列教程修订版”（2006年）。

就这样，作为电视教育工作者，他们与电视系的教师一起，站在前辈们的肩膀上，用了二十多年时间，建构起了中国电视专业的教学系统和理论体系。

给电视一个支点

虽然中国电视早已经飞入寻常百姓家，但是在业界，电视的地位仍然比较尴尬，尤其是当电视遇到自诩是精英的群体时。一方面，一些所谓的精英们的最高级别的文化颁奖、艺术盛会，甚至是最权威的年度精英评定，总是要争着抢着与电视联姻，电视会慷慨地将这些精英们的盛会扩大为全民的盛宴；可是另外一方面呢，精英们又会以最粗俗的表达方式将电视排斥于千里之外，称电视是“弱智的中国电视”（《弱智的中国电视》）；称看电视的人是“长在沙发上的土豆”（《三联生活周刊》）。电视虽然得到了“第九艺术”的虚名，却不被精英文化所接纳。拥有“第一媒介”一呼百应的大众影响力，却又被大众文化批评家视为害群之马。中国电视，在繁花似锦的喧嚣外表下，只能是艰难跋涉。

这时的电视，真的需要重新认真地审视自己，研究自己，好好地“策划”一下了。

任金州：电视从技术为王，变成编导为王，从编导为王又变成管理为王，管理出效益，管理产生电视最重要的内容。管理出效益，管理出好节目。当下的电视从管理为王，到真正核心的东西是创意，又面临一个创意为王的时代，实际上电视生产是一个策划的过程。

北京广播学院从1998年起开设“电视节目策划”这门课程。开设初衷，也仅仅是因为任金州的热情和他对于这项工作重要性的先见。

在我国，影响电视节目水准的核心力量已经形成了自身独特的位移轨迹：30年前的中国电视是“技术工程师的时代”，一旦拥有了先进的电子摄录设备和制作设备，就等同于拥有了节目的质量；20年前的中国电视是“电视编导的时代”，一位编导的个人素质与他制作节目的能力决定了一个节目的质量；15年前的中国电视是“制片人的时代”，那时候，一位制片人的素质、协调能力以及运作资金的能力关系到了一个节目的成败。

然而进入21世纪后，中国的电视业却是“策划人的时代”，那些具有丰富而专业的知识建构的外脑们，可以调动各种社会资源，与时俱进，不断创新，将节目做得越来越好看，而且有深度，这些策划才是提高节目质量的重要因素。2002年，任金州以其独到的眼光、敏锐的捕捉力，出版了这本《电视节目策划研究》。

任金州：创意策划决定了电视能否占有收视率，同样，电视的成长，电视节目能否被社会认同，都需要由创意策划来决定。所以，我发现创意是我们必须面对的一个主要研究领域，于是就开始了电视节目策划的研究。

他带领研究生，一起研究，共同讨论，深入调查，虚心求教于有经验的老师以弥补知识的不足。

2002年，《快乐大本营》大行其道，掀起一股电视头脑风暴。

任金州：所以有人说电视不是做出来的，而是“玩”出来的。

然而，电视发展真的太快，电视技术日益更新，电视界的观念、体制、格局，每时每刻都在发生许多重大变化。过去这种“只有把电视玩好才会有收视率，有了收视率才会有钱，有了钱电视才能更好地发展”的想法也已经被“经营时代”理念所取代。电视节目制作将会以完整的商品产业链形式运作，策划仅仅是产业链的一个组成部分。策划“调动”资金，资金产生技术，再通过管理完成销售。策划要与市场紧密结合，叫好不叫座的策划称不上是好策划。

任金州：因此，这就对策划提出了更高的要求，一个好的策划不能仅仅凭自己的主观意志和爱好去策划，那样策划出来的节目会是一个跟社会无关的东西，真正检验策划好坏的是社会。

若想追上电视临风飞翔的脚步，唯有依靠电视人智慧的头脑，让任何有创意的想象都能够插上翅膀，才能在社会自由的天空中展翅飞翔。正如他在该书绪论中说的那样：电视是生活之海——在波澜壮阔的海中，我们听惊涛拍岸，看潮起潮落；与苦难者风雨同舟，与无畏者击节而和；电视又是心灵之巅——在云蒸霞蔚的山上守候精神的田园，坐看云起，笑纳荣辱；与高洁者采菊东篱，与知己者对酒当歌。而电视策划是海之舟、山之径，引领我们的脚步跋山涉水来到心灵想要停泊的地方。

只有在经历与体味后才会有思考与成长。电视人正是在经历中试图为中国的电视寻找一种自内而外的助推动力，他们也努力尝试寻找一个巧妙灵活的支点撬动尘封已久的电视理念——这个支点就是电视策划。

今天电视人之所惑、所思、所痛、所感……所做的一切，都将像昨夜星辰一样闪烁在明天的天幕上。无论幼稚与否，所有的努力与探索，都将因为曾经在黑暗中发出过的光亮而变得有意义。任金州在绪论结尾处道出了这本

《电视节目策划研究》的出版目的，也许，这也是任金州能够一直将电视理论进行到底的原因吧。

就在编写《电视策划研究》之时，任金州恰巧遇见程鹤麟和张绍刚，三人见面聊了许久之后才发现：原来三人都在研究电视节目策划！就是这样的机缘巧合，两位老同学和一个电视界的新生代，三人不谋而合，再写本电视节目策划。

程鹤麟、张绍刚：当任金州老师提起写这本书的时候，我们觉得是一个机会，可以把自己的一些经验和感受拿出来和大家交流。

程鹤麟虽年长于张绍刚，但二人却脾气相对、趣味相投，一位称之“张老师”，一位呼之“程兄”。二人对于电视策划的理解，自成一套体系，与任金州的理论比较起来，自然有些“格格不入”。

任金州：他们不愿意跟我们在一个体系，我说那你们俩单独一本。于是，他们哥俩就单独一本。

此二人讲求“感觉”：一种电视感觉。他们提出一种理念：就是在这种感觉的支配下完成电视策划。至于说针对策划的更强的操作性程序，他们自己真的也说不出来。还是那句话，先建立起电视感觉再说。同样，他们的这本书也是在这种感觉的支配之下完成的。

任金州虽挂着此书主编之名，但著作权却是属于程鹤麟和张绍刚。为了保持他们哥俩这本书的独立性，任金州没有对这本书做任何的改动，甚至前言都没有写。

任金州：我也不愿意改动它，影响它，加工它。我说你们写什么就是什么，拿来我一字不改。

任金州心里很清楚，这两个人都是个性人物，特别是自己的老同学，他太了解了。程鹤麟总是会有自己的一套想法，动他的想法不合适。正因为是同窗，是同寝室的好友，程鹤麟与任金州才有了一种默契，就好像任金州与钟大年一样，二人合作得很愉快。

任金州：在这本书的写作过程中，我影响着程鹤麟，而程鹤麟带着张绍刚，而程鹤麟在这本书中发挥着比较重要的核心作用。我跟他的合作十分愉快，他把他的想法拿出来。事实上，他的这本书也是对我那本书的一个呼应。

对于张绍刚，任金州也看得很清楚。

任金州：张绍刚那时正在成长中，尽管对我很客气，但我清楚，张绍刚是一个很聪明、反应很快、很有想法的人，其内心有时是很孤傲和清高的。张绍刚与程鹤麟一样，都有自己独特的语言表达体系和讲述风格，说起事来天马行空、无拘无束，想到哪儿讲到哪儿，潇潇洒洒、随意且有时放纵，是一种特立独行的人。

任金州为二人创造了极为宽松的研究氛围，让程鹤麟与张绍刚能够畅所欲言地发表自己的观点，建立自己的理论体系，最重要的是，可以把策划当做一个重要的内容来研究。正因为如此，这本书出版后受到了极大的欢迎和广泛的关注。

为区别于任金州那本《电视节目策划》，该书取名为《电视策划新论》，二人将重点放在了这个“新”字之上

自然，哥俩也少不了感谢老同学、老领导，他俩在该书后记中说：

“这本书是在任金州老师不停地催促下才完工的，所以感谢任金州老师提供的机会和不断的鞭策。”

总结起来，可以说特立独行之人出版的书同样具有与众不同的气质：程鹤麟与张绍刚二位以艺术散文式的笔法，闲谈漫笔，或是给出理性策划的规范，或是洒几颗启人发思的金豆。对于所有电视从业者尤其电视策划人来说，寓教于乐，的确是不无裨益。

下篇

重逢·生命有多深

三十年，三次重逢。
滋味百般，感慨莫名。

18 翻滚吧，50后

一个人的命运永远逃脱不了历史浪潮。

有位学者这样说过：除了无法超越的局限性以及与运气有关的不幸，人类的痛苦主要来自错误的政治。政治决定人的命运，或者说，政治就是命运。

人生没有所谓的对错是非，人生没有所谓的穷富好坏，人生无非是顺着历史潮流，沿着生命轨迹，浮浮沉沉。

仅此而已。

关于50后

伴随着1949年中华人民共和国的成立，新中国诞生了新的一代人。这代人遭遇“文革”，经历改革开放，跨越新世纪。

他们的童年时代，中国正在掀起社会主义建设高潮，人们的精神面貌焕然一新，他们高唱着《我们是共产主义接班人》，一天天长大，度过了幸福快乐的童年。

他们的少年时代，中国正处于动荡时期。三年自然灾害的突然袭击，让人们的精神之弦时刻紧绷，生活更是窘迫不堪。但是，从旧社会走过来的人们，不但不去抱怨，反而无怨无恨。那时的他们，还不理解人生，只知道“从小努力学习，长大报效祖国”。一路上，他们唱着《我们是共产主义接班人》，度过了“好好学习，天天向上”的少年时代。

他们的青年时代，不偏不倚正好赶上“文化大革命”和“上山下乡”运动。 因为国家需要，因为响应毛主席的号召，于是，花样年华里，他们写大字报，开批斗会，搞大串联。还没消停下来，紧接着就下到广阔天地农村，接受贫下中农再教育。本该叫做“学生”的他们，连称呼也是一改再改：从“学生”改为“红卫兵”，再改为“知识青年”。知青的生活虽叫人苦不堪言，可即便是在那样艰苦的环境里，他们依然唱着《敬爱的毛主席》和革命样板戏度过了难关。

1977年，高考如幸运之神一般降临，这一年，也许只有他们自己印象深刻。积压十年的570万考生，4.7%的录取比例，最终仅有27万人能够跨过这道门槛。每一个“成功者”背后，都意味着20人的落选。也许现在看来，考不上大学不要紧，条条大路通罗马，只要努力，照样可以天地辽阔、大有作为。这可是站着说话不腰疼的说法。事实证明，随着国家政策的急转弯，那些没能通过各种考试转换身份的老知青们，很轻易地就被甩出了高速运行的“时

2006年王桂华在英国参观BBC

代列车”，成为改革开放的第一批“牺牲品”。对于他们来说，“1977”所代表的，很可能是“永远的痛”。只有那些佼佼者们，才能通过高考，一路高唱《我们的生活充满阳光》，进入自己期盼了十年的大学。

王桂华：我们这一代人是很幸运的，无论是恢复高考，还是改革开发，我们都是同行者和受益人。尤其是作为电视人，我们见证和记录了国家和人民的成长、变化。所学专业铺开的一条路让我的事业和生活充实而有意义。

他们执著于正义，执著于理想，执著于情感。对祖国，他们也许会说：时刻准备着；对理想，他们也许会说：要靠努力改变一切；对自己，他们也许会说：这一生我无怨无悔。

他们，就是“50后”。

当50后遭遇八九十年代

50后这代人生在红旗下，长在红旗下，是共和国的第一代公民，他们从小在家庭、学校、社会受到的教育都比较单一，他们有着一种近乎天生的理想主义情怀。这种情怀是毛泽东缔造的共产主义红色理想，更是时代的产物。

南唐词人冯延巳在《谒金门》中有这样的描述：风乍起，吹皱一池春水。这句话正好是80年代中国最好的写照。80年代带有新中国成立后所有新中国人的共同特征，这一年代不仅仅是80后的，也是60后、70后的，更是属于50后的。进入80年代，50后们心潮澎湃，高唱着《光荣属于80年代的新一辈》，似乎世界又是他们的了。他们有如摇滚歌手一般，带着一种愤世嫉俗的节奏、一种无法用歌声传达的纠结却又显而易见的优越感，引领着80年代。

查建英曾在《八十年代访谈录》中这样概括80年代：激情，贫乏，热诚，反叛，浪漫，理想主义，知识，断层，土傻，牛，肤浅，疯狂，历史，文化，天真，简单，沙漠，启蒙，真理，膨胀，思想，权力，常识，使命感，集体，社会主义，精英，人文，饥渴，火辣辣，友情，争论，知青，迟到的青春。

80年代属于50后，当然，80年代也属于77摄影班的同学。

任金州：由于当时对进入电视新闻摄影专业的人还有政审要求，77摄影班的同学都有着良好的家庭背景和教育背景，能够经得起各种各样的诱惑。

70年代末期至80年代初期是计划经济向市场经济转型的过渡时代，人与人的差距非常小，唯一有差距的就是领导与百姓的差距，但现在看来那简直就不值一提。那时候人和人之间讲求平等，人的心态没有失衡，没有变态。加上良好的家庭背景，29名男生与2名女生走到一起，他们热爱集体，珍惜知识，注重友情，畅谈理想，追求真理。直到毕业后，他们依旧对生活充满着激情，认真而简单地生活着。

许纪霖先生说过：在70年代末80年代初，中国的大学有一种特殊的氛围。要了解这代知识分子，就要从了解当时的大学氛围开始。当时校园政治非常活跃，思想解放运动的各个波段，在大学里面都有直接的反映，大家都非常关心国家大事，谁谈个人前途谁庸俗。我们这代人很讲政治，无论做什么，政治敏锐性都很强，这个特点一直保持到今天。

被许纪霖先生言中，77摄影班的同学们身上一直留有80年代这个烙印。毕业后的十年，他们经历着和学校生活完全不同的世界，体验着艰辛，也品尝着一个个生命中的惊喜。伴随着时代的进步，他们在成长。和今天的很多年轻人比起来，他们能够体会到更多的“第一次”，在成长的历程中能够留下更多的“第一名”。但他们心里十分清楚：这不是因为他们更加优秀，而是因为时代给了他们这种可能，让他们有更多的机会不重复上一辈人走过的路。他们是疯狂年代造就的理想主义者，他们生来就带着一种使命感。他们的使命感伴随着中国的发展，也相伴着中国电视三十年。

余义宁：我们担负了更多的使命，划开了当年广播电视专业领域尚属混沌的天地。我的这十年经历，也是中国广播电视界电视领域从80年代初开始的十年缩影，我很幸运，能够亲历并记录。

余义宁参与2008北京奥运会火炬传递

查建英同样是在《八十年代访谈录》里概括了属于90年代的关键词：现实，利益，金钱，市场，信息，新空间，明白，世故，时尚，个人，权力，体制，整容，调整，精明，焦虑，商业，喧嚣，大众，愤青，资本主义，身体，书斋，学术，经济，边缘，失落，接轨，国际，多元，可能性。

岁月无情，50年代出生的这代人，长到40多岁时，进入了90年代。90年代的十年，是翻云覆雨、大起大落的十年。90年代的中国，市场以商品经济的形式出现，整个社会世俗化倾向十分严重。50后们一直秉承并坚持的革命主义理想在改革的大浪潮中面临着挑战，也在这个年代遭遇了毁灭性的打击。相当一部分人在理想破灭后绝望不已，选择听从命运的摆布。然而，一些人毅然决然地为了理想坚挺地支撑着，这种理想是他们生命之所在，是支撑他们奋斗的核心因素。他们是那个时代的中流砥柱，是单位的骨干，是家庭的顶梁柱。经过多年不懈的努力，他们终于有了业绩。他们仍旧想说自己宝刀不老，可是，却偏偏快要到了该退休的年龄……

77摄影班的同学们，就属于这一部分：

毕业后的他们走上了各自的工作岗位，就像列车离开了始发站，去向不同，一路上的境况也会不尽相同，而结果也往往各不一样。职场如战场，何况他们身处的又是传媒界这样一个“名利场”，同时又从事着新闻这种需要服从、需要严谨、需要时效甚至需要凌厉的职业。那时候，作为恢复高考之后的第一届大学生，他们在社会上多少会显得有些另类。

任广西电视台台长时的黄著诚

黄著诚：工作二十多年，相信我们每个人都有许多只言片语无法说尽的故事，所以说到职场经历往往就让人万分纠结，不知从何说起。要说很辛苦吧，肯定比不上在土地上辛勤耕作的农民辛苦；可要说很风光吧，也不真实，因为风光背后总是被很多事情推着走，从没好好休闲过，更没有机会好好地研究自己喜欢的专业。这么多年的职业生涯，只能用酸甜苦辣五味杂陈来形容了。

回归宿命

77摄影班的同学们，年轻时，因为理想，因为抱负，他们奋力拼搏，展望着美好的未来。 然而，30年的时光，足以让他们在滚滚红尘中体味人生百味。有的同学可能历经艰辛沉浮于宦海仕途，崭露头角，终于事业有成；有的同学可能淡薄名利，默默无闻，过着平平淡淡才是真的平静生活；有的同学可能随着社会改革的浪潮，投身商海，充当一回商海的弄潮儿，靠自己的勤奋、智慧发家致富。

余建成：人过50，回头望望，我休闲的日子比工作的日子要多得多，时时停下脚步，静心看风景，很知足，很为得意。人，生来就是为了过美好生活，而学习和工作只是为了过美好生活的一种手段，现在多少人，本末倒置，为官为财，整天、整年忙忙碌碌，更何况欲壑难填，不值啊。

不管他们做过什么，经历是坎坷还是平淡，他们毕竟走过了30年的风风雨雨，酷暑严寒，体味了生活所赋予的艰辛苦涩，幸福甘甜。30年的风霜雨雪，把这群曾经是十六七岁的风华少年演变成了两鬓染霜的成熟中年。岁月的沧桑，洗尽了他们青春的年华和天真浪漫，留下的却是他们对于人生最为准确的拿捏。没有任何的商议，没有任何的约定，他们不约而同地选择了同样一条自然生存法则：回归宿命。

> 黄著诚：有这么一种宿命的说法：每个人一辈子能承受的福分是一定的。比如说，能吃多少鱼肉，喝多少酒都是有定量的；一个人的气数也是有限的，过早透支就一定会得到报应。我们常常见到一些人，年轻的时候大吃大喝，往往过早就血压高、血脂高、血糖也高，后来只好日日喝粥吃素过日子。按照这个道理，每个人都不可能在江湖上混一辈子，也总会有淡出江湖的日子。

在他们之中，有这样一批人，他们因为中国首次恢复高考进入了大学，又得益于大学教育而成为电视界的骨干；而在经历过社会铅华，看透了社会百态后，他们又选择再次进入大学，为培养一代又一代的电视人，为着中国下一代的电视事业添砖加瓦。他们就是77摄影班的乔保平、田广、刘新荣、胡立德、段晓明和王政。

其中有两个同学的事业轨迹可一言以蔽之：乔保平、刘新荣。他们是77摄影唯一两个从台长到台长的同学。刘新荣在新疆电视台工作22年官至雪莲电视台台长之后，转去浙江传媒学院任教，当完系主任再当实验电视台台长。

2009年8月刘新荣参观BBC牛津电台
（来到浙江传媒学院后，刘新荣依旧做着台长。）

回归后的田广（左）

而乔保平从甘肃电视台一个新闻记者成长为一名省级电视台的台长，走完了甘肃电视台的全部历程，现在他回到了母校，成为中国传媒大学电视台的台长。他这样评价自己的这种经历：学校现在有一句口号：今天你们以学校为傲，明天学校以你们为荣。我离开学校又回到了学校，是一个圆满的过程，这种圆满的过程又是满载而归，走的时候是一个毕业生，二十多年我们在我们的岗位上做出了业绩，作出了贡献，这是一个圆满，也是一个缘分使然。

77摄影班出了几个博士、学者，田广是其中唯一彻底改换领域的一位：从电视传播研究变成中国西部经济学，再变成社会人类学，再变成市场营销学。这样一路变下去，似乎他所在的地域、所做的学问离学校、离电视是越来越远，也在过去的20年里消失在了同学们的视线里。可是，终究要落叶归根，他回来了，回到了永远属于自己的土地。

田广：在2006—2007学年度，我得到了终身教授职位，这对在美国从事高等教育工作的我来说，无疑是得到了一个铁饭碗。拉姆斯特丹博士特意写信祝贺我，并问我是否有返回祖国效力的打算。后来，随着父母即将进入80岁高龄，我决定回国效力，母校自然成为我的首选。

在老班长任金州的帮助下，母校起初决定录用他，但后来因为他的美籍

2007年胡立德在日本箱根大涌谷（放下包袱的胡立德一身轻松。）

身份，田广未能如愿回到母校。如今，他已通过全球特聘人才项目来到了汕头，在汕头大学任教。

应本书编者的要求，程鹤麟用其独特的笔触对班级的每位同学进行了描述，其中，对于胡立德的回归，他是这样归纳的：

胡立德是77摄影最有才的一位——他被委以重任，出任黑龙江电视台俄语部负责人，负责筹备俄语节目。程鹤麟多年之后听说此事颇为诧异，问老胡：你懂俄语吗你就筹办俄语节目？胡立德答：我哪懂俄语，不懂。胡又说：我们领导不喜欢我，自己也懒得伺候，辞了俄语部，还是回头干记者去。2000年或2001年任金州去黑龙江开会，发现以胡的执著和轴劲，跟台领导完全不搭调，就鼓动胡去浙广。等到下次胡来电话了：

“班长，我到杭州了。”从寒风凛冽的冰城到了暖风醉人的温柔乡，老胡心情大好。

而段晓明和王政这两位同学的传奇经历，恰好印证了“走南闯北”这个成语。

段晓明一路走来，与纪录片结下了不解之缘。大学毕业，他选择拍摄纪录片《百宝山下》，该片最后还被评为优秀。走上工作岗位，他在陕西电视台

段晓明在河南电视台拍摄纪录片《少林有个陈小龙》现场

只从事了一年新闻片的拍摄，然后就调到河南电视台开始接触纪录片，从风光片、专题报道片，再到后来拍摄外宣题材的纪录片，就连河南电视台的第一个纪录片栏目《纪录片之窗》都是由他开创的，一路上他一直与纪录片为伴。在电视台（工作过的有陕西电视台、河南电视台、海南电视台）工作整整20年后，他来到了浙江传媒学院。即便是走上了教学岗位，他的命运都好像在冥冥之中已经安排完毕，似乎将纪录片进行到底成了他一生的使命。

段晓明：我来到了浙江传媒学院执教，教的课程仍然是《纪录片创作》。我就是这样和纪录片有缘的。

王政是77摄影班的“沙漠大汉”，毕业后回到新疆电视台一干就12年。90年代的新疆发展缓慢，加上环境恶劣，于是就出现了科技人才“孔雀东南飞”的现象，那时的王政也选择了南飞。1994年5月间，王政举家从中国版图的西北角来到了最南端——广东顺德。这么做一方面是为了改变环境，还有孩子的教育、民族问题等，再有一点就是收入“Money”了。在顺德工作八年后，机缘巧合，正好浙江传媒学院（当时叫浙江广播电视高等专科学校）招人，王政就立即与77编采班的王文科（当时在该校担任副校长职务）联系，承蒙他的关照，2001年中旬，王政与夫人魏珑一同调入该校，从事广播电视教学工作至今。

王政：我说到这个地方来，一个是从事广播电视的教学工作，再一个有同学们的相聚，因为同学们都是一个人在一个电视台，像这样的机会很少，于是我们就赶到了杭州。别去指责环境不怎么的，要通过自己的努力改变。

如今王政已经从事教学工作十年。其间摸爬滚打的感觉只有他自己最清楚。他将大部分时间和精力都用在了教学上，以至于连杭州长得什么样子都不甚明了，对天下闻名的西子湖也只知道部分模样。然而付出的同时，其实他也在索取、也有所得：一方面他可以有时间和条件能够重新梳理中国媒体20年间的经验和体会；另一方面他自己也获得了更多的、系统的知识。他也认识到，人一生要不断地学习，扩大自己的认知领域，才能够深邃地看待自己和他人，理性地认识社会上出现的问题和现象，并得出自己的结论。

77摄影班的许多同学在毕业分配工作后，一直坚守自己的那份工作直至现在，而王政却为了改变环境一直在努力追寻着，现在的他更加明白人生的真谛。

王政：在经历人生太多的磨砺后，今天才更加明白：人应该平平淡淡渡一生，世间的许多许多都是浮云。

乔布斯在达到人生顶峰的时候，选择了离开，所以，懂取舍、知进退是人生的一种大智慧。“急流勇退，谓之知机。退而不褪，退有所为。”多数人虽然一直将这句话挂在嘴头上，但却非要死命地拽住种种欲望，就是舍不得放手；只有少数人付诸行动，云淡风轻般地放手，收获了内心的宁静。做人就应该识趣，懂得急流勇退才是最大的成功。

很庆幸，77摄影班有这样一帮同学，他们有过辉煌，有过灿烂。也许他们仅仅觉得他们是在做好自己的本职工作，但是，在其他人看来，他们的成绩却令人赞叹不已，他们的工作确实默默推动着中国电视业的车轮向前行进。是无奈也好，是潇洒也罢，个中原因我们无需一一考量，因为，他们的的确确选择了在事业的顶峰时急流勇退。他们就是：刘惠东、马国力、钟大年。

2010年日本东京电影节上潇洒的刘惠东

不管别人如何评价他们，但是有一点毫无疑问，他们是人生真正的智者。

现在的刘惠东，是潇湘电影集团的老总。他笑着说："30年后又回到了潇湘电影。"

30年前，刘惠东高中毕业，没有鹜从参军、警察、司机等热门行业，他选择到湖南电影制片厂（潇湘电影的前身）当了一名摄影学员。有意思的是，他填志愿总喜欢只填一个，虽然还可以有其他选择。高中毕业后择业填志愿，他只填了潇湘电影；上大学填志愿，他只填了北京广播学院；大学毕业填去向，他只填了湖南电视台。颇有破釜沉舟之势。

重回潇影的他，亦如在大学、在电视台时，还是那样的"不安分"，没有抑郁，没有欣喜，真实地反映着"不以物喜不以己悲"这句大家的至理名言，刚一出手，就信誓旦旦地勾画着一幅潇湘电影的新蓝图……

就在2008年8月24日北京奥运会闭幕的那一天，马国力向中央电视台递交了提前退休申请。

马国力：本人自2005年5月30日起从体育中心主任位置上借调到北京奥林匹克转播公司任首席运营官，除保留人事及组织关系之外未再领取任何工资和补贴。

现北京奥运会已经圆满结束，北京奥林匹克转播公司将在2008年12月底结束，届时本人应该回到台里听从重新分配。但是考虑到2009年时我已经56岁，副局级的位置很难安置；而且2010年广州亚运会组委会也在邀请我组织广州亚运会转播公司，这也是北京奥运会的遗产之一，本人愿意继续此项工作。

为了今后工作方便，特此申请提前退休。

马国力在十年前就国内赛事的转播权事宜曾与体育总局争论过，他认为电视垄断是国策，不是电视台可以决定的，至今他仍然这么认为。

马国力：中国体育"不"市场，其中的一个原因大概就是体育总局也明白了这个不可能近期改变的事实。但是，不可能改变并不代表不可以改良。因为中国体育市场的不振将要影响到中国体育电视的发展，因为中央电视台也需要外界的竞争才能够保证自己团队的斗志，而团队的激情才是一个电视台力量的保证。

现在，对于体育电视业的发展，现任盈方体育传媒（中国）有限公司总裁的马国力已经是局外人了。从外面的世界看进来，有的时候可以看得更清楚，当然也可以说得更加轻松。

他仍然坚持认为中国的体育电视已经到了该有些竞争的时候了，无论这个竞争来自外部还是内部。

马国力：中国的电视不可能完全竞争，但是一定应该有限竞争，否则垄断的优势就会变成劣势。因此，竞争不仅仅是对体育的救赎，而且也是在救电视自己。

2010年底随着岑传理、王桂华办理退休手续，加上先前主动提前退休的马国力和提前退出的叶青醇，再加上更早前出国的孙林、张旭奎、高燕文，77摄影班七位曾在中央电视台工作的同学全部退出了中央电视台。

2005年1月，中国传媒大学与中国教育电视台谋求合作，奉当时校长刘继南之命，把在凤凰卫视工作十年后的钟大年召回学校主持此工作。

2004年12月，因干部交流之故，时任甘肃电视台台长的乔保平同学，从工作了23年的电视专业岗位调往省新闻出版局任职。2005年1月，钟大年偶然获悉这一信息后，便向时任校长的刘继南及时推荐并获得她的首肯。经学校批准和积极运作，乔保平伉俪很顺利地调回了中国传媒大学，与钟大年搭档一起创建了传媒发展研究院，在年近50之际，乔保平难能可贵地实现了人生的重大转折和美好回归。

钟大年
生活照

乔保平：如果从新生报到踏入校门的时空层面来看，当时钟大年仅仅是偶然、单纯的引路人；那么，27年后，我从甘肃又调回中国传媒大学工作，再次投身母校，钟大年起到的是真正完全意义的引路人作用。

这一过程中，却有个有趣的格局：钟大年的上级、下级都是自己的老同学。

从学校离开到凤凰，再从凤凰回到学校，学校内的政治格局也发生了变化，现在的同班同学任金州已经是中国传媒大学的副校长。由于新工作面临着新问题，钟大年所负责的部门在运转过程中需要转动资金，这时“副班长”找到了“老班长”任金州，作为下级，向上级借公款。

对于这个故事的结局，钟大年的爱人，同样也是同班同学的王桂华却是记忆犹新，她这样调侃道：

毕业20年
聚会上的
乔保平(左)
和钟大年

任金州认真思考之后，结果还是不借。无论是私款还是公款，是亲是友，他一律不借，硬是把钱护得死死的，这分明是本性嘛！在毕业30年后，我已经看清楚，看家守财一定要找任金州。

任班长的执拗伴随着他的为官之路，毕业七年后就当上电视系主任的他提前完成了同学们交给他的任务。陪伴着母校，从北京广播学院再到中国传媒大学，一路走来，他见证了电视系、见证了电视学院、见证了中国传媒大学的每一步。从电视系主任、文艺系主任、电视学院院长、传媒大学副校长、凤凰学院院长再到现在的电视与新闻学院党总支书记兼新闻系主任，他也许是中国传媒大学唯一一个先后在四个院系做主任、院长的人。任班长一路在历练，在修行，也一直保持着一种亢奋的状态、一种警觉的状态，用任班长自己的话说："自得其乐，苦行其乐。"

电视学院成立大会前的会场准备现场（从左至右：李兴国、任金州、刘书亮）

2010年王小幸于母校留影

王小幸：30年转瞬即逝，我们失去了很多，也收获了很多。比如我们拥有了家庭、儿女、事业，也早过了不惑之年。从人生的顶峰开始下山了。人生到这个阶段，明白了许多事情，也更珍惜过往看重的东西。该追求的追求过了，该拥有的也拥有了，成败荣辱，大局已定。淡泊安定应该是我们大家后30年要追求的生活吧。

善于思考的余建成

余建成：我的一生，低调做人，低调做事，以常理论处，那叫失败。如果硬是要辩证一下，那就是求得一个休闲和清净。若能作为反面教材，也不失为一摊泥。前两天看到有篇文章这么写着“脑袋里只想着自己是一摊泥，一摊有质感的泥在一双纤长的巧手里被塑造成人。感受自己重生于这个世界，一切将重新来过”。

毕业后的20年里，他们都是匆匆赶路人，无暇顾及路边的闲花野草；然而当毕业30年即将成为过往，当初幸运地跨过高考门槛的年轻人，如今也已经年过半百。77摄影班的同学们年龄最大的62岁，年龄最小的也已经52岁。

2002年8月毕业20年返校时任金州与杜宪在送给母校的纪念品前合影

孔子曰："五十而知天命。""知天命"是一种大智慧。"世间之事，譬如下棋，总开疆于层层阻碍中，总辟土于重重限制里。有限制，才有成全；越大的限制，常常成就了越大的可能。"[①] 当年，苏轼因诗入狱，几濒于死，之后，一路贬谪，历尽艰险。但是，在灾厄中，东坡"幅巾芒屩，与田父野老相从溪谷之间"，如陶潜般"采菊东篱下，悠然见南山"。于是，这种种灾厄，竟成就了一个更雄阔、更旷视古今的东坡居士。同样，孔子五十好几开始周游列国，从此十余载的仆仆风尘与艰难险阻，是非成败，今人自有评说。

---

① http://book.zgyspp.com/modules/article/showvolume.php?aid=25354&vid=743788#743810

1977摄影·复杂未遂

一位作家曾经说过：童年是一场梦，少年是一幅画，青年是一首诗，壮年是一部小说，中年是一篇散文，老年是一套哲学，人生各个阶段都有特殊的意境，构成了整个人生多姿多彩的心路历程。

童年时，他们用绚烂多姿的色彩编织成一场场美丽的梦，而老年时他们是在用一路历练坎坷编组成一套耐人寻味的哲学。有人说这个过程好复杂，复杂到要用人的一生作为代价。

人生一路在行走，起初也许会觉得疲惫不堪，可是咬牙坚持住，反倒会轻松惬意、自由自在，这时回头望望才发现，原来自己又回到了最初的起点："哲学"原来不过是经历一番之后，方才意识到儿时梦的美丽，此时，路上的心酸痛苦早已抛诸九霄云外，留下的都是沿路最美的风景与笑容。

其实，没那么复杂。

尘与土·云和月

时间，是个很神奇的东西，它不能留住青春，却能让青春的印记更加深刻。古人说，"三十年曰一世"。

1995年2月7日77摄影班海南聚会（天涯海角）

毕业30年似乎很漫长， 然而，曲曲折折的生命路途上，总有那么几个时刻让他们重新有了新的交集，分享着各自的尘与土、云和月。

1995年2月上旬，77摄影同学毕业13年聚会于海南，相约在三亚的兴隆度假村。这一次是他们毕业13年后的再次重聚。

如果说大学毕业是扬帆起航的起点，那么毕业后的13年就如前行在碧波荡漾的大海，或许这期间有过狂风，有过暴雨，但是远方的航向依旧令人有所期待。

“成家立业”，是毕业13年后的关键词。妻儿老小相伴左右，看着孩子们一天天长大，生活也有了奔头，工作也有了动力。

1995年77摄影班海南聚会·请到天涯海角来

这13年，“忙碌”一直充实着他们每天的生活，哪怕是聚会，他们也没能好好歇一歇。聚会上，最后匆匆赶来报到的胡立德同学与匆匆离开赶去报道第二天北京国际马拉松比赛的马国力同学，前后仅仅相隔了五个小时，这也算是此次聚会的一个纪录吧——见面时间最短的同学，当属二位。

也许，这13年多多少少改变了他们的外貌，改变了他们的体型，但是，有一点却改变不了，曾经的风华永远无法磨灭，还有疯狂。

1995年2月上旬,77摄影班同学在海南聚会，马国力见程鹤麟拿着个相机拍来拍去的，便调侃了一句：“程鹤麟，你什么时候学的照相啊？”

1995年海南聚会（从右至左：程鹤麟、佘义宁、徐佳伦）

学摄影出身之人反被学摄影的同班同学讽刺，这是何等的奇耻大辱！可是偏偏、偏偏这句“天理难容”的话，在这次重要的“公开”场合被说了出来。

也许这句话马国力早已经不记得了，可是程鹤麟却记忆犹新，他调侃似地回忆道：

马说这句话讽刺程，被程一直记到今天。学摄影的人你伤不起啊有木有！

1995年2月6日77摄影班海南聚会（兴隆度假村）

1995年2月6日77摄影班海南聚会（三亚亚龙湾）

同样是在这次聚会上，不知哪位同学，认认真真地拍摄DV，煞有介事地记录着难得的聚会，或是见到多年未见的同学们太过激动，直到回放时才发现，只有图像，压根没出声。眼睁睁地看着聚会录像成为默片，同学们为此还好生嘲笑了那位同学一番。按照程老汉的话来说：学摄影的人你伤不起啊有木有！

久别重逢，不管处境怎么变化，不管地位如何不同，寒暄过后，脸上总露出几分似曾相识的表情，总有过去他们朝夕相处才能领会的某种语言和语气。

长大成人的"大毛""二毛"

毕业13年的聚会上，他们仍然如同在学校一样，肆无忌惮地开着玩笑，没有人会恶言相向，更不会有人因此而生气；他们没完没了地聊着在学校时做过的好事坏事。

毕业时，50后是第一批赶上计划生育的人。就在那"花儿香，鸟儿鸣，春光惹人醉"的时代，他们迎来了自己的下一代，开始了为子女奔波劳碌的历程。同学聚会之时，自然而然免不了要谈到孩子。

说到孩子，这次聚会因为资金有限，虽没允许爱妻陪伴，但是孩子们却是一个例外。一群孩子聚到一块儿跟大人一起有说有笑，甚是自在快活。在这群孩子里边，最显眼的要数一对双胞胎，他们就是李讯的儿子"大毛""二毛"。就连李讯自己也说，这两个孩子是他的"得意之作"。这次聚会上，两个孩子穿着黑白运动服，一左一右跟在他的身旁，好像李讯的"哼哈二将"，令老同学们是望而生畏，同学们还打趣地说道："我们班谁都可以得罪，就是不敢得罪李迅，看看这父子三人，惹不起啊。"

2002年毕业20周年广院77级编采、摄影、播音三个班同学聚会合影

77摄影班同学毕业20周年聚会合影

77级摄影班毕业20周年与老师们合影（电视学院门前）

可是，时间偏偏就是这样，飞逝也好，白驹过隙也罢，忙忙碌碌的生活里，就这么一眨眼的工夫，十年就这样过去了。十年又十年，接下来的十年中，同学们各自忙碌着各自的事业，虽然绝大多数的人仍然做着本行工作，但是当年的篮球健将、音乐爱好者、文学青年们，此时都已经有了自己的社会角色与地位，岁月的沧桑，也不得不写在他们的脸上。

如果说春天是一个生机勃发的季节，那么，夏天则寓意着对青春的无限向往。七年后，2002年的夏天，他们又再次重逢了。8月16日，北京河南大厦的大厅内，每个人脸上都洋溢着久别重聚的喜悦，每个人的脸上又都写着经历了世事之后的沧桑。这次的聚会并不仅仅是77摄影班的聚会，而是广播学院77届所有同学们的狂欢。

这次聚会预计会有70名同学到来，然而，最后却超出预期，额外又有一人赶到。这71人中，有23人是摄影班的同学，其中还有专程从大洋彼岸赶回来的同学们。见到当初的老师、同学、同事，辞掉当时广院老师工作的温化平是百感交集。

温化平：广播学院失去一位讲课极富风采的老师，我的公司得到了一个平庸的计算机软件工程师。

2002年温化平回学校与同学相见

这句看似“大言不惭”的话，相信于她而言，只是对于现实最真实的描述。也许她也曾有过遗憾吧，可是谁又能说得清呢？

温化平：人一生的追求不一定是尽善尽美，干自己愿意干的事业是一种享受。这种享受和享受家人、亲人所带来的爱是不一样，于我而言，这就像我的左膀和右臂，能说哪一部分更重要吗！

20年的时间，让这位曾经有过辉煌，但如今却远在大洋彼岸的老同学心头别有一番滋味；20年的时间，也让一位正在经历辉煌、身在此岸的另一位老同学感慨万千。

马国力：我没准备十年以后再聚会的时候我还在这个位置上。中央电视台一个部门待这么久、管这么久的没几个。我就准备再做六年，2008年12月31号，就是我退休的日子。

圆满地完成了2008年北京奥运转播，马国力等待着老同学们的召唤

这样一位身担重任，在世界体育的江湖中游走奔波的电视界名人，相信绝不会在其他的时间地点说出这样的话。然而，在这次聚会上，当他面对着的是自己的老同学们、老朋友时，他说他真的希望能够早点退休。

马国力：如果下次大家聚会，呼唤我到哪就到哪！

聚会上，任班长还开玩笑说：马国力一定要坚守到2008年，我们的30多张门票还等着他呢！

虽然最后的那一句玩笑话他没有兑现，但是，完美的奥运转播却告知我们：他做到了，他坚守到了2008！

2002年广院77级聚会留影（从左至右：岑传理、柳春江、余建成、叶青醇）

2003年8月，毕业20周年聚会时，曾任班主任的刘存志老师（中）与韩国强（左）、温化平（右）合影

20年的时间，似乎很长，长得很难想得出20年之间会是什么样子。但又确实是匆匆就走到了20年聚会的日子，匆匆得就像是上个月、上个星期刚刚分开似的。不讨论这20年之中都发生过什么，他们还是20年前的他们；想想这20年中都经历了什么，却又是那么地不同了，似乎才想起他们已经分开过20年了，长长的20年怎么可能没有变化呢？

26年后，2008年春节刚过，他们就再次相约。这次，他们相约在珠江两岸：广州、香港。

这次聚会与之前两次相比最大的不同就是可以携家带眷，一方面26年后，他们中的一些人多多少少具有了一定的实力，可以操办起这样难得的聚会；另外一方面，作为26年后他们最大的财富——儿女们，也都已经长大，男孩长得帅气大方，女孩们出落得亭亭玉立。这时，同学们30年的深厚情谊到该传递接力棒的时候了。

这一年，他们少了16年前的年少轻狂，更少了6年前的匆匆忙忙，多的却是云淡风轻、豁达平静。当提出要聚会时，每个人都觉得是件有意义的事情。于是，有人出钱，有人管钱，有人负责接待。

乔保平：因为涉及去香港，必须把每个人的身份证什么的传真过来，我还专门安排了一个退休的女同志，她就专门给我干这事，也很繁杂。那个时候我发邮件还不太熟练，我就让她打电话联系。

也就是在这次聚会上，重铸班徽的想法被提了出来。仇绍强主动提出由他来负责落实这件具有历史使命的工作。让所有人都没有想到的是，当大家在广州相聚时，仇绍强带来的竟然是31枚闪闪发光的金班徽。

“三十功名尘与土，八千里路云和月”，一路走过来，真的说不清楚是生活改变了他们，还是他们改变了生活。可是，无论怎样，77摄影的同学们得意也好，失意也罢，当他们见到彼此之时，相信展现在大家面前的依然是最最纯真、最最真实的自己。

三次聚会，终究还是会有些遗憾：有的人自毕业之后，就消失在了大家的视野之外，再也没有出现过。不知道他们现在在哪里？过得可好？大家很是惦念。30年，沧海桑田世事变迁；30年，人在旅途风雨兼程；30年，韶华匆匆花开花落。30年间，他们每个人所走的道路不尽相同。有的一帆风顺，有的平平淡淡，有的历尽坎坷……是非成败，贫富沉浮，终是过眼烟云。电影《笑傲江湖》中的那首插曲《沧海一声笑》不是唱得很好吗？“苍天笑，纷纷世上潮，谁负谁胜出天知晓；江山笑，烟雨遥，涛浪淘尽红尘俗世几多娇；清风笑，竟惹寂寥，豪情还剩了衣襟晚照。”这也正如程鹤麟所说的那样：卅年一觉京华梦，沧海桑田眨眼间。

“手艺人”的集体自白

人们谈到他们这个集体时，往往都会投以羡慕的表情：“77摄影班啊！那可是‘台长班’！”赞誉77摄影班是“台长班”一点不为过，全班31个同学，曾任和现任电视台台长和副台长的就有9位，几乎占到了三分之一：韩国强——山东电视台台长；乔保平——甘肃电视台台长；黄著诚——广西电视台台长；钟大年——凤凰卫视资讯台台长；程鹤麟——凤凰卫视中文台副台长；刘建新——河南电视台总编辑；余义宁——辽宁电视台副台长；刘新荣——新疆雪莲台台长；刘惠东——湖南电视台副台长，如果再加上频道“道长”徐佳伦以及央视5套的体育中心主任马国力和副主任岑传理，那就是11位。

的确，77摄影班是个造就能人的集体。然而，这个集体造就的并非是玩政治手腕的台长，而是一群台长级别的“手艺人”。

对于这个集体“手艺人”的定义，来自于钟大年对于自己的定位：

“我把自己定位于‘手艺人’，手艺人是干活的，只是专注于自己的工作，而不会去在意留名，特别是农民手艺人。”

手艺人们懂规矩，人生有太多的规矩，为官有为官的规矩，做学生有做学生的规矩，做生意有做生意的规矩，知识分子有知识分子的规矩，社会上没人告诉他们这些规矩，但是它像紧箍咒一样罩在头上，谁都不能为所欲为。这种规矩就是手艺人们的“本分”。又何止是钟大年呢？“77摄影班”就好似一道符咒，这里的每个人都在守着这个本分。

黄著诚：有时别人说我们敬业奉献，说我们成就如何如何，也许是因为我们比人家多了几分对这份广院因缘的敬畏，还也许是因为我们早已把对广播电视的挚爱溶进了血液，像农民种地那样下意识地去播种和耕耘。

都知道乾隆朝时期的瓷器是天下闻名，能够载入史册的却只有督陶官唐英，技术精湛的制陶工人虽不能在历史中留下名字，但是他们却沉醉于制陶的乐趣之中；长城堪称是天下奇迹，但是名垂千史的却只是秦始皇，真正干活的人是不会被人记住的，但这些人却会得意于自己的劳动之中。

手艺人不就是这样吗？本分做事却无拘无束，出人头地却无欲无求。

77摄影班虽有人经商，但为官者居多。但是，不管职业是什么，做的是什么，他们都是在踏踏实实做事，本本分分做人。

仕途上有这样一种人，他们游荡于政治与业务之间，打着擦边球，厮混于领导与下属之间，眼观六路耳听八方，围观着政治上的风吹草动。但要想围观得好，就要学会溜须拍马、见风使舵、圆滑世故。

77摄影班的同学们也做政治，但他们是业务上的骨干，他们做的是“手艺人的政治”。

王政：已走出校门的30年，同学们都是老骥伏枥，踏踏实实、无私地奉献，无论遇到任何艰难险阻，同学们都是无怨无悔，以事业为第一位，以人的生命为第一要务，做了大量的新闻报道。

手艺人鄙视围观者。

他们或从政，或为政，或搞专业，或经商，都在做事，都想往前走，但是，绝对不是围观。

任金州：我们班有一个很大的特点，在体制内的全部都是通过专业道路发展上来的。纯政治上的干部一个也没有，全都是业务干部。没有一个通过非专业手段在仕途上飞黄腾达的人。

30年时光荏苒，翻看历史，浮浮沉沉的官场中，有多少欲壑难填之人从高位坠落，然而，77摄影班却可以在30年的风风雨雨中、在现实的洪流下平稳地干着自己的手艺活。

任金州：还有一个很重要的特点，就是我们77摄影班31个同学中，7个局级干部、14个处级干部，大大小小20多个当官的，到目前为止，没有一个人被双规，没有一个贪官，没有一个因犯错误而被撤职。所有的人都健健康康地活着，潇潇洒洒地玩着，认认真真地干着。

官，不只分为清官和贪官，还分为聪明的官和傻帽的官。77摄影班当官的居多，可是他们是聪明的官：他们守本分，干手艺，身在官场却无欲无求。

无论是在官场，还是脱离体制，多年来，他们都试图寻找可以让31人都能独善其身的精神源头。而最终，他们来到了母校，来到了那片核桃林，他们就好像冥冥之中被“77摄影班”这道符咒所吸引，这道符咒悄悄地在每个人的心里埋下了一颗 “智慧生活”的种子。这颗种子在不同的环境里，无论风和日丽还是电闪雷鸣，都可以破土昂首，开放出它独有的花朵。

余建成：在皇城根下，在橘子洲头，在泰山之巅，在珠江两岸，在西子湖畔，在壮锦之乡，还有恐龙蛋的老家，丝绸之路的路边，井冈山红色根据地，以及大洋的彼岸，等等等等。那一朵朵、一瓣瓣，色彩各异却精彩纷呈，让我看得眼花缭乱、叹为观止。

20 班徽永存——从信物到精神

曾经的他们，共同经历着的那些点滴，岁月悠长，历久弥香。

那四年，是他们最美丽的时光，他们在懵懂中迎来成熟，细节不同，但方向一致。他们曾经在一起，哭过、笑过、唱过、跳过，他们说，多少年后，他们依然要在一起。

于是，这枚由“31”个人秉持的群体信物——班徽，由此产生。

30年年轮流转，但班徽仍风采依旧，它似乎在向人们诉说一个不争的事实：77摄影班，情谊永存，精神常驻。

精纯

1982年，他们毕业了。离别之时，他们用按捺不住的心写下青春感言的同时，也带走了“77摄影班”唯一的信物。这枚铜制班徽让31名同学感到了77摄影班的温暖和不同寻常的凝聚力。

2008年，他们决定要对这一信物进行版本升级，就像当年的刘惠东同学一样，这次升级的任务交到了仇绍强同学的手中。作为任务执行者，他选择将其升级至最高版本。于是，那年聚会，呈现在他们手中的就是这一版本——金质班徽。

化学元素中，铜的密度是8.92克/立方厘米，金的密度是19.26克/立方厘米。密度越大，分子间的缝隙就会越小，分子也就会更加紧紧地聚在一起。若想打造出至精至纯的情谊，就需要有度过一段共同的难忘岁月，历经时代的沉淀，去除名利的杂质，过滤物欲的浊流，之后，方可成为稀世珍品。

就如同这31枚升级后的金质班徽，其中还溶入了77摄影班的精神气质和31位同学对于彼此的思念。

黄著诚：现在交通发达，回乡出行都方便了许多，乡愁已不像当年求学时那般难以消解了；然而这些年来，思念母校的情愫和对大学生活的怀念却愈加的浓烈。

余义宁：站在毕业30年的节点上，回望这段路程，回望三十几年前初进广院大门的那个青年，我由衷地感到，一切未变。我这一路，有母校相伴，有“77摄影班”的记忆相伴，我们其实一直在一起，从未分开。

田广：我始终认同自己是广院77摄的人，也时常想起大学期间那段极富特色的幸福时光。假如给我重新选择的机会，我依然会选择我当初的选择。77摄是我永远的班集体。

叶青醇：班里这些同学在四年的“五同生活”中结下了兄弟般的情谊，在后来志同道不同的工作中我得到了他们无私的帮助。

著名哲学家克罗齐说过：所有的历史都是当代史。当尘封的往事随着时间慢慢在现代人的心中逝去，今天再回过头去看，能够留下的，便是历史的精华。这31枚班徽，有如行驶于时空之间的一艘船，承载着77摄影班31名同学的全部。

从未减退的情谊配以“只此一枚”的班徽，任班长甚是得意。

任金州：毕业之后做的班徽，把我们四年的精神和所有的思念都凝聚在一起。之后30年的漫长过程中，再次出现，把我们一直连接在一起。

77摄影班的同学们不仅有班徽，而且更可以称为奇迹的故事是：他们把班徽从铜变成金，再不会复制第二、第三版，仅仅是这31枚。看着金质班徽，金光灿灿，越磨越亮，可能这也是他们所希望的吧。班徽锈了以后，想改变它，希望它永远更亮，永远在心中显得更神圣更纯洁，希望班徽永存，希望77摄影班永存。

神秘

上世纪初，当一个叫贝尔德的沉默寡言的爱尔兰人，利用尼普可夫原理第一次把助手的一只手的图像，通过电视模模糊糊地传出去时，他没有想到在那个小盒子里，日后竟然承载着人类那么多惊心动魄的记忆：奥运会、解放、盛典、政变、婚礼、战争、屠杀……他更没有想到，当这些神秘的影像击撞人类生活时，竟然可以擦出如此绚烂的焰火，这样一个小盒子，竟然装得下这般五彩纷呈的万千世界。

佛曰：一花一世界，一叶一菩提。

也许当年的湖南老倌早已经参悟到这点，他用最抽象、最简练的线条，在由三个圆圈代表的镜头组中间嵌入77两个阿拉伯数字，设计出了这枚至今仍然那么精致而简洁、协调而神秘、含义深沉而又隽永的永不走样的班徽。他似乎想要透过这枚班徽告诉人们：我们77摄影班要用锐利的目光视线辐射全球！

怀揣着这样的雄心壮志，湖南老倌回到了湖南。

1994年，湖南卫视改革当道。被委以重任的刘老倌再次出山，主持设计台标。虽说不用老倌亲手设计，但凭借当年的经验与理念，他希望这枚台标能如当年的班徽一样，承载下湖南卫视。当然他也有所奢望，如果能够装载宇宙，那也未尝不可。于是，他将这种理念传递给了设计者。

终于，这枚不那么土气的LOGO最新出炉：一枚小小的芒果。

千万不要小瞧这枚芒果，此芒果却非彼芒果，这枚芒果暗含了湖南卫视有“鱼”有“米”的吉祥寓意；是湖南与世界相连的纽带；也有人说它是卫星运动的轨迹，是东方的上空又一颗璀璨的新星。瞧嘛，老倌的愿望终于实现了，这枚芒果承载下了湖南卫视，不仅如此，它还沿着卫星轨迹，来到了宇宙！

其实，只有老倌心里最清楚：再怎么说，它也不过是苍茫宇宙中的一颗小小的芒果而已。

就如同这枚芒果走进了每个观众的心里一样，刘老倌30年前用神来之笔绘制并升华出来的班徽，如今早已深深嵌进了77摄影班每个同学的气质里。回溯当年，不知老倌的这些奇思妙想是源自广院核桃林传说中的那些宫女们的点化，还是受到岳麓山上僧人们的启发？抑或是沾染了“广院”与“湘楚”的风水呢？

各种原因我们无从考量，但有一点却是毋庸置疑，刘老倌当年的雄心壮志如今已经实现了：77摄影班已然用他们锐利的目光视线辐射了全球！

潇洒

他们洒脱不拘，他们悠闲自在，他们坦然率真，他们能够做到这份潇洒，实属不易。

如果要用一个关键词来形容他们的这一路，我会选择“无常”。

那时，他们成长在荒诞的年代。

那是一个最缺乏管束、却又高度压抑的年代。在这样的氛围里，中国文化一片空白，没有高调与浪漫，更没有诗意与宏阔；就连看一眼西方翻译出版的著作都是一件极其奢侈的事情。然而与之相对应的却是这代知识分子精神上的极度自由。人们在物质匮乏之时，仍然没有磨灭掉朴素生活中蕴藏的情趣，他们任由思想信马由缰于过去与未来，穿梭于古今与中外。他们的思想在反省中行进，他们的灵魂在挣扎中觉醒，他们的行为在约束中冲动，他们的自我也在压抑中张扬，他们的身体与情感在相互碰撞中激荡出火花。

这时，他们体验的是焦虑与激情相互交织的“奔突”的超现实时代。

所有的信息有如无头苍蝇般蜂拥而至，毫无征兆地突然间就闯进了这个世界，猝不及防后人们开始变得欣喜若狂，人性中根深蒂固的贪婪和欲望就在这个时代发挥到了极致，每个人都在竭尽全力地吸吮大量信息中仅有的一点养料。如今的世界被共享于“地球村”这一最大的服务站，就连电视也沦为了终端，我们的生活只能通过被下载才能得以实现。人们都在询问这个疯狂的世界到底怎么了，就连这群被绑架到技术战车之上的电视摄影人，也会偶尔试问自己该何去何从。

然而，正是这些拧巴的时代铸造了他们冷眼看世界的处世态度，也练就了他们无比强悍的内心。任何独享某一年代的人们都不会有他们这般潇洒的心态。

无论世界如何风云变幻、如何风起云涌，他们的眼睛、他们的内心都会望向远处的那一座象牙塔：这里承载着母校所给予的专业素养和那份似海深的同学情谊。只要望着它，他们就不会缺失，更不会迷茫，于是乎，潇洒地走下去……

后 记

这本书与一个学科在中国的成长有着貌似松散、其实密切的关联。

创意写作Creative Writing，创生于美国，从1936年爱荷华大学成立的第一个作家工作室（Iowa Writers' Workshop）发展至今，全美目前有822个创意写作班，153个授予艺术硕士学位（Master of Fine Arts）的创意写作项目，其中37个颁授博士学位。随着这个学科的普遍开设，美国诞生了大批有着科班背景的当代作家，绝大多数知名作家也都在大学任教创意写作，这就形成了独具特色的创作传统和驻校作家制。

中国内地对于创意写作的关注与发声，最早来自于沪上高校。上海大学文学与创意写作研究中心成立于2009年4月，是中国首家致力于创意写作理论研究并将之与创意写作教学、创意产业实践结合的科研单位。中心以创建中国化现代创意写作学科为目标，致力于欧美现代创意写作学科的整体引进和中国传统写作学的现代化改造，改革中国高校中文教育教学培养机制，培养具有现代意识的专业创作人才以及具有原创写作能力的创意产业核心从业人才。也是在这一年，经教育部首批试点，复旦大学中文系开始正式招收创意写作(文学写作)方向的艺术专业硕士(MFA)，尝试文学写作的硕士学位教育。

与创意写作学科在中国的发端同步，理论的准备和教材的储备也同时开始，2011年1月，中国人民大学出版社推出了由本校外国语学院和文学院博士生导师刁克利先生翻译的《成为作家》、《开始写吧》等四本教科书，这也是中国内地出版的首套创意写作丛书。一年之后，上海大学文学与创意写作研究中心主任葛红兵教授又翻译出版了《创意写作的兴起——战后美国文学的“系统时代”》，这是一部美国“创意写作”的学科发展史，深度呈现了美国高校创意写作，令美国高校系统性地参与了美国战后的复兴，并在冷战中不仅仅为科技创造性，而且还为美国文化“创造力”提升发挥了决定性作用。不同于一般大学课程由教授向学生传授知识和思维方法，创意写作的教学接近于集体工作室的运作方式，学生与老师组成一个团队，通过人文理论的学习和经典著作的选读，针对具体的写作项目，经受一轮轮头脑风暴式的创意洗礼，使得每个参与者成为一个有创意的个体，并通过策划与写作系统实现提升自我的人文学养。创意写作系列成果的推出以及创新的授课学习方式，正在对中国文学教育教学体系的改革发挥着日益强大的影响力和推动力。

也许是中文和新闻的双重教育背景使然，加之创意产业的兴隆，笔者对于创意与写作的关注由来已久。2004年，笔者以传媒发展研究院为平台参与创立了“传媒前沿图书工作室”，带领研究生进行实践，与作家出版社和中信出版社等中国一流出版机构合作推出了多部纪实文学作品；2008年之后，又依托传媒大学电视台成立了“创意与写作”工作室，以实际训练课的方式继续探索，只不过将授课重点放在了电视文体写作上；2011年又通过参与戏剧与影视艺术学院MFA的教学，将创意与写作较为系统地进行了推介，学生们的反馈很好，我的收获也很大。

进入2012年，与母校中国传媒大学77级电视摄影班合作出品的《胶片的美好时代》以及与台湾铭传大学合作、正在编撰中的《永远的校长——包德明》等图书作品，无疑又是笔者以创意思维统合写作，将创意与写作付诸实践的又一成果。作为一名普通的教师和文字爱好者，我甚感欣慰。

本书同样以写作工作坊的方式推进和完成，有两名研究生和一名本科生参与了进来：“序言”“骄子前传”“定福庄的早春”“穷人美”“胶片的美好时代”“我为什么要赞美你”部分由朱冰撰写；“接匆爱情”“班球”“大师潇洒”“从物质到精神”“班徽只做31个”部分由余点撰写；“一线，一线”“第一个！第一个！”“出镜，出镜”“一等奖！一等奖！”“不是一个人在战斗”部分由朱冰、李蕊撰写；“体育大片”“电视有学”“翻滚吧，50后”“77摄影·复杂未遂”“班徽永存——从信物到精神”部分由焦阳撰写；余点和焦阳还参与了“一线，一线”“不是一个人在战斗”部分的修正。朱冰负责全书的策划、修改和校正。

感谢77摄影班的诸位校友，其中部分文字来自于他们的原创，是他们和我们一起完成了这段书写；感谢77级摄影班班长，电视与新闻学院任金州书记的关怀，感谢传媒大学电视台乔保平台长的厚爱，感谢导师钟大年教授的关照，感谢中国传媒大学出版社蔡翔社长、闵惠泉总编以及总编助理欣雯女士的提携，没有他们，就没有这本书的诞生。

正如77摄影班校友于书中所言，时光恰似胶片，用时方觉其短。幸运的是，冬去春来，一个更加美好的时代已然到来。

朱冰

2012年3月24日

图书在版编目(CIP)数据

胶片的美好时代:北广“77摄”口述实录/朱冰等著. —北京:中国传媒大学出版社,2012.6
ISBN 978-7-5657-0464-2

Ⅰ.①胶… Ⅱ.①朱… Ⅲ.①回忆录—作品集—中国—当代
Ⅳ.①I251

中国版本图书馆CIP数据核字(2012)第051918号

胶片的美好时代:北广“77摄”口述实录

主　　笔	朱　冰
责任编辑	欣　雯　赵丽华
封扉设计	灵动视线·张莹
封扉摄影	任金州
责任印制	张　玥
出 版 人	蔡　翔
出版发行	中国传媒大学出版社
社　　址	北京市朝阳区定福庄东街1号　邮编:100024
电　　话	86—10—65450528　65450532　传真:65779405
网　　址	http://www.cucp.com.cn
经　　销	全国新华书店
印　　刷	北京中科印刷有限公司
开　　本	710mm×1000mm　1/16
印　　张	17
版　　次	2012年5月第1版　2012年5月第1次印刷
书　　号	978-7-5657-0464-2/J·0464　**定　　价**　36.00元